ID
華開く英国モダニズム・ポエトリ

風呂本 武敏

溪水社

目　次

1　エミリ・ブロンテのモダニストへの貢献
　　　——C. Day-Lewisの場合 …………………………………… 3
2　ハーディ・オーデン・ラーキン——論述詩の系譜 ………… 19
3　エズラ・パウンド——イマジズムの伝統 …………………… 47
4　W. B. イェイツ——シンボリズムからモダニズム ………… 65
　　1）　一心になること　65
　　2）　大江とイェイツ　79
　　3）　イェイツとロレンスのオカルト　89
5　戦争詩——第1次大戦・スペイン市民戦争・
　　第2次大戦・北アイルランド ………………………………… 105
6　T. S. エリオット——イマジズムから瞑想詩 ……………… 121
7　D. H. ロレンスのモダニティ
　　　——T. S. エリオットの批判の後に ……………………… 135
8　W. H. オーデン——T. S. エリオットの後に ……………… 151
9　ヒュー・マクダーミッド
　　　——モダニストからポストモダーンへの架橋 ………… 165
10　エドウィン・ミュアーとジョン・ノックス
　　　——Edwin Muir : *John Knox : Portrait of a Calvinist*
　　を読んで …………………………………………………… 189
11　シェイマス・ヒーニー ……………………………………… 197
　　1）　観照の時『モノを見る』詩集　197
　　2）　二つの詩論集　——『プリオキュペイションズ』　212／

　　　　『言葉の力』　218
　　　3）　追悼　大きく費やされたエネルギーは
　　　　　大きな持続性と同義である　227
12　補遺　イーグルトンのポストモダニズム論
　　　──テリー・イーグルトン
　　　　『ポストモダニズムの幻想』によせて …………… 233

あとがき …………………………………………………… 239

華開く英国モダニズム・ポエトリ

1　エミリ・ブロンテのモダニストへの貢献
——C. Day-Lewisの場合

　デイ・ルイスがオクスフォードの詩学教授であった頃のカナダ・オンタリオのキングストンのクイーンズ・ユニヴァーシティの連続講演を出版した『美徳についての重要なイメージ』(*Notable Images of Virtue* The Byerson Press, Toronto 1954)にはメレディスおよびW. B. イェイツと並んでエミリ・ブロンテが論じられている。その大学の基金が人間社会の個人の「尊厳・自由・責任」の重要性の理解を促進するために最初の３年間は自由についての哲学的基礎を、次の３年間はそのテーマを応用した歴史・政治学・文学の分野から講演を依頼したという。自由と尊厳と責任というテーマに何を選ぶかは当然講演者に任された選択であり、デイ・ルイスがまず自由というテーマにブロンテを選んだ理由を考えてみたい。それより20年ほど昔ファシズムと民主主義の対立のなかで緊迫した選択を迫られたデイ・ルイスにすれば、詩学教授(Oxford Professor of Poetry 1951-6)、次期Poet Laureate(実際は1968-72)候補の噂など体制的な名誉の収穫時期にさしかかっていたにしても、自由のテーマは十分に今日的関心をそそるものであったに違いないからである。そう考えればこの大学の基金の設立目的が社会における個人的特質ではあっても、自由を社会的なものの文脈で考えていたのは間違いない。このデイ・ルイスの講演は1957年10月にヨークシャのハワースのブロンテ協会年次大会、1968年の10月にハルの大学での朗読講演会でも同じテーマで語っている。

　ついでながら「責任」のテーマにはメレディスが、「尊厳」にはイェイツが選ばれていることも付け加えておきたい。メレディスでは『今日の愛』の夫婦の絆が硬直した社会の影響で不毛なものに変わる。それを避けるには夫の側での感性と想像力を鍛える責任があるとする。「この作品の動きは夫の精神内部の葛藤から生じる一連の衝動と嫌悪感として辿るのがもっ

と良い。この動きは嫉妬から寛大さへ、哀れみから怒りへ、ヒステリカルな自己中心主義から礼節のある同情へ、後悔から冷笑へ、呪いから祝福へと激しく揺れる。」(36)

次のイェイツでは貴族性を継承すべきブルジョアジはそれに相応しい価値を形成する責任を放棄しているとして、望みを貴族性に託す。「貴族階級は彼には気高く大胆な思想、生き生きと情熱的な行動、くすんで沈滞したたわ言のようなものより溢れんばかりの個性、精神の独立性、人間関係の礼儀と芸術の様式、つまり陽気で、活気のある、誇り高い、高潔で、自己充足的なすべてを意味した。」(76) 一見保守的に見えるこれらの価値が時代を超えた人間の尊厳の根幹を作っていると主張する。

さてデイ・ルイスがブロンテに見た「自由」であるが、それは必ずしも唐突な、あるいは恣意的なテーマとはいえない。『エミリ・ブロンテ全詩集』(C. W. Hatfield ed.; *The Complete Poems of Emily Jane Brontë* Columbia U. P. 1941) を編纂したハットフィールドは既に「自由」を最も重要なテーマとしてその序文を締めくくっている。

> もし祈りを捧げるとして、私のために口を
> ついて出る唯一の祈りは——
> 「いま私の持っている心臓は残して
> 私に自由を与えてください」ということ。
> ・・・
> それこそが私の願うすべて——
> 生のときも死のときもずっと、耐える勇気を
> 持った鎖に繋がれぬ魂をこそ。
> (163)

そして5年後に書かれた『嵐が丘』の母のほうのキャシーが病床にあって口にするのも同じ言葉であると指摘する。

> そして一番味気ない思いをさせるものは結局この壊れた牢獄よ。ここに囚われて居るのはもう厭だわ。もううんざりだからあの輝く世界にのがれていつもそこにいたい、涙とそれへの憧れの中で痛む心の壁を通してぼんやりとそれを見るのではなく、本当にそれと共にそれの中にいたい。・・・私はたとえようもなくあなたたちすべてを超越しすべての上にいることに

なるわ。(12)

さらにハットフィールドはその超越の世界があの世ではなく現世的な地上のものであることも用心深く付け加えている。つまりキャサリンが逃れる世界は来世の天国ではなく現世的な愛にあふれたものであることを忘れないように。

この「自由」を憧れさせる前提は「束縛」である。今の引用でも明らかな「束縛」は魂に限界を与える肉体という障害であるが、それ自体は中世以来幾度も歌われた慣習的な二元論である。肉は精神を罪に誘う罠である。そしてブロンテにしばしば登場するのはゴンダル神話に絡んだ囚われの身、牢獄の束縛、さらにそれを比喩にする「籠に入れられた鳥」のイメージである。それだけならデイ・ルイスがわざわざ取り上げる今日的な意味は薄い。

もう少し彼がエミリにみたものをたどってみたい。

デイ・ルイスが結論としたものは彼がエミリをテーマにした詩を書いており、そこで意図したものがそれであるという。

吹雪が暖を与え雨が燈明となり
最も熱い炉の火もそれ以上精錬できないほどの人がいるだろうか。
どこかに、誇り高く慰めなど求めず
純粋な自由を求め続け、そう、恋人がいなくとも墓場まで
焦がれ続ける人が。そんな人がいたら
かれの不毛な土くれを私のそれと混ぜ合わさせよう。

でも心の深い傷の中に彼の光の種子を
忠実に植え付けた人がいるだろうか。
闇が最も暗くなり、風が最も激しく吹くとき、
その人にこそ、彼の苦痛をこえて、私の清らかな、
私の死に立ち向かう解放された星が
はるか遠くに上ってくるのを見せてあげよう。

C. Day. Lewis : *Collected Poems* 1954 (Jonathan Cape 1954) 279

ここで引用されたものに先立つ初めの4連のうち3連は「全ては元のまま」で始まり、4連目は「今でもなおこの丘には風が予言を叫ぶ」とはじめ、「人の愛は嵐に打たれた木の葉に施された模造の彫刻であれ、愛し続

けよ」とヒースやキキョウが叫ぶという。その不変の世界の道具立ては「真実と苦痛」であり、茨の木と苔薔薇とノビタキのようなヒースの原野の住人である。「純粋な自由」もまたその道具立ての一つで、それを憧れ続ける人、そのような人はまずいない。もし居ればその人にこそ私の愛を見せてあげようという前半のレトリカルな条件は後半につながるところでアイロニに転ずると読める。実現の困難が大きければ大きいだけその理念との距離感が増大すると読めるのである。そのような人の存在は難しいなら、むしろ己れの内にこそその火を消さずに保持し続けようとの決意ともとれる。エミリは具体的な恋人よりも自由という理念に恋をしたというのであろうか。とはいえ誰にとっても人生を歩み続けさせてくれる最大の契機は「希望」であり、その言葉を使わなくとも、解放と自由はその合言葉の役割を果たす。死という試練の向こうにむしろ現れてくる星、光の種子を見るのは来世で出会う可能性としてではなく、個を超えて幾度も引き継がれ繰り返される現世的な事象としての確信の必要ではないのか。

　詩人が先輩詩人を題材にして歌うのは別に珍しくもなく、デイ・ルイス自身がトマス・ハーディ、ヲルター・デ・ラ・メア、エドマンド・ブランデンについても書いている。また小生の少ない知識でもエミリ・ブロンテについてロバート・ブリジェスが書いている。

　　　　エミリ・ブロンテよ「あなたはダイヤをお持ちでは？」
　　　　　　　　　　　　　　　　　　　ハインリッヒ・ハイネ『歌の本』より
　　あなたは情熱のすばらしさ全てを持つ
　　　　　あなたは天国の永遠の宝石の
　　驚くべき蓄えがある
　　　　　愛しい人よ、それ以上の何が要るか。

　　あなたの所有したものは内気な野生の
　　　　　動物の自由な戯れ
　　知恵の憂鬱
　　　　　子供の無邪気さ

　　・・・・・

赤薔薇の太陽のように恋に
　　魅せられたあなたにとって何かあらん
あなたの千もの恋人のうち

　　誰一人をも目にしなかったとて。
今のまた過去の可能な
　　全てのあなたの恋人のうち
誰一人、恋人よ、あなたの幻を
　　見たことがなかったとて、

やがてあなたの声にならぬ栄光は
　　孤独のままに地上から立ち上った、
その世界では一つの星のごとあなたは
　　不滅の玉座から照り映える。
　　　　　　(David Hopkins ed.: *Poets on Poets* (Routledge 1990) 257-8)

　さて先の引用で言う「純粋な自由」とは何を意味するのであろうか。エミリの求めた自由を先の肉体と心の問題にしてしまえば、彼女の感じた束縛は矮小化してしまうのではないか。この問題は多くの評者も論じている。つまり家庭的にも環境的にもほぼ何不自由なく暮らしていた彼女にそのような解放を激しく求めさせる動機を見つけるのは難しい。唯一考えられるのが男らしい魂の持主であった彼女が女性としての制限と束縛に耐えきれなかったとするものである。それは当然、社会的、時代的制約の産物と考えるべきものである。とすれば先の「純粋な自由」を観念的なものではなく、もっと社会的な基礎に関わったものと考えるべきであろう。デイ・ルイスもこの束縛の意識の発生を同じようにエミリの女性の身分に対する反撥に見ている。「エミリ・ブロンテの誇り高き頑固さ、虜囚・追放・自由というテーマへの拘りの源はその女性の身分による、つまり男でないことからくる限界である。」(19) そして繰り返しデイ・ルイスは彼女の中にある「女性の肉体を持った男の精神」を挙げている。a boy's value (10, 11), a masculine cast of mind in a woman's body, masculine-rationality (20)
　このエミリの自由の問題についてのデイ・ルイスの考えに長男のショー

ン・デイ・ルイスの評言がある。

エミリの自由への支配的な情熱がこの講演のテーマであるが、それをセシルはエミリに似たあいまいさを伴いながら共有していた。「彼女の詩が我々に与えるものは、最後に、自由のイメージではなく、人間のそれに対する抜きがたい空しい憧れである。無限の天Empyreanではなく羽ばたく翼であった」(229)

彼(セシル)は自由そのものというよりそれへの憧れ、「羽ばたく翼」の興奮を求めた。(231)[1]

「似たあいまいさ」と語るのは自由の内実の具体化よりも、自由を憧れる気持ちというロマンティックな習性を作り出す刺激剤の効用のことであろう。

彼は結論に近いところでマルクシズムの有名な命題「自由とは必然の認識」を引用したり、完全な自由とは人が奉仕する対象の至高存在からの贈り物と考えようと、結局はその限界を自覚すべきであると述べている(24)。それはまた自由とは社会的責任を伴うもので、これがなければ現世的には無秩序かまったくの狂気にすぎず、詩的世界でも創作の自由を享受する前には芸術的訓練を伴うものであるのと同じという。前半の出典はエンゲルスの『反デューリング論』のヘーゲル哲学の解説にからむもので、デューリング氏の擬似唯物論を厳しく批判したものである。デイ・ルイスの共産党員の経歴を考えればそれは当然の読書目録に入っていたであろう。後半は信仰の自由意志と関係したもので独立した人格の自由な選択によらねば真の信仰はありえないとする信念に基づいている。この問題もまた『反デューリング論』で一部問題にされている。「道徳と法についてちゃんと論じようとすれば、いわゆる自由意志の問題、人間の責任能力の問題、必然性と自由の関係の問題にゆきあたらないわけにはいかない。」(大月書店、国民文庫『反デューリング論Ⅱ』174)

どちらにしても、必然の選択はどれだけ多くの自然の法則を認識しそれを特定の目的に計画的に作用させうるかにかかっている。従って自然の法則、言い換えれば制限をきちんと発見して可能なものはその制限を除去し、その限界内の自由を達成する努力をするべきだということである。自然の

法則の枠を撤去した自由など空想の産物にすぎない。「純粋な自由」という言い方は一見勇ましい響きがあるがそこには今の危険が含まれている。

　「純粋な自由」「完全な自由」というのは理想主義的な詩人の物言いに付きまとう。詩人という任務を通して人間の「尊厳」を伝え、それを人々、とりわけ抑圧された植民地人のアイルランドに自覚させようとしたイェイツにもこの言い方がしばしば登場する。
　イェイツの自由は大きくは次の三つに分類できる。
「言語の自由」「想像力の自由」「主題選択の自由」
The Trembling of the Veil, The Bounty of Sweden　　（*Autobiographies*）
The Irish Dramatic Movement　　　　　　　　　　　（*Explorations*）
「肉体的欠点からの自由」「自己を歓喜させる自由」
The Cutting of An Agate　　　　　　　　（*Essays and Introductions*）
「死んで神の自由の中に入る」「究極の現実としての神の自由に再び吸収される」
Pages from A Diary Written in Nineteen Hundred and Thirty
　　　　　　　　　　　　　　　　　　　　　　　　（*Explorations*）
第一のものは通常我々が使う日常の制限からの解放で、とりわけ芸術家の思想・表現の自由と関係したものである。この場合束縛や制限の姿は具体的でそれを除去する戦いも明白である。第二のものは肉体の限界からの解放、とりわけ精神の独立を認める方向である。それは肉体が第一の自由と関係する世界とつながっているのに対し、その部分を消去させようとする。観念や意識が主体となる。この場合の危険は現実のその障害や制限が解消していないのにその部分に目をつむって、独りよがりの解放に酔いしれることである。にもかかわらずこの場合は未だ「存在が意識を規定する」痕跡をとどめている。つまり肉体の意識、個体の現世での存在の意識が付きまとっている。そして第三のものは第二のものの究極の形で、それこそ絶対的ともいえるもので、そこでは存在つまり肉体は完全に消去されている。この分類を使えばエミリ・ブロンテのものは２と３に入りそうであるが、そのように考えない方がエミリに正当に対しているように思える。理

由は後で述べるが、イェイツ神話の肉を脱ぎ捨てた霊の観念に近い。

イェイツは『オクスフォード現代詩選』(1936) の序文で、自分の若いころは、恋愛詩人と同じくらい多くの宗教詩人がいたが、哲学者はいなかったとし、今日の変化は頭でっかちで社会的情熱と苦悩の感覚のある詩が増えたことに結果しているとし、宗教詩を探して行き着いたのがウスター県の牧師であったウイリアム・フォース・スティードと「地方の舞台で有名な女優」のマーゴット・ラドックだという。このラドックの詩は「エミリ・ブロンテを想わせる作品」remind me of と述べている。これだけではブロンテのどんな特性を見ているのかあいまいである。マーゴット・ラドック詩集『レモンの木』にもイェイツが序文を書いて、そこでは「子供の同情」「秋」を選び、「エミリ・ブロンテの激しさの幾分か」intensity をもっているとし、さらにラドックの特質に「彼女の世代に特有の霊的苦悩の表現の力」「あの高貴さと不思議さ」を指摘する。またその特殊な才能を、恍惚状態 (ecstasy) を発見した神秘主義者がその得た知識を試すのに再び正常な人間の世界に戻らねばならないことに似ているとする、つまりその才能は狂気・正気の間の束の間の危うさに拠っている事を述べている。ラドックに深入りする余裕はないが、一つだけそのイェイツの序文から引用する。

> 悲嘆は真理の中にはない
> だが悲嘆中の真理は悲嘆を生きねばならぬ
> しかも悲嘆は知らない。
> 真理は自ら以外ははじくから。
> (William H. O' Donnell ed.: *The Collected Works of W. B. Yeats* vol.VI 187-9)

エミリ・ブロンテについてのイェイツの直接の記述はほとんどないが、このラドック評から間接的な批評を得ることが出来る。それは最初の宗教詩のコンテキストのつながりで、いまの「恍惚状態」の神秘主義的要素を持っていることを暗示するし、エミリ・ブロンテの「激しさ」intensity とはラドックの「霊的苦悩」spiritual suffering の激しさと同じものと考えられるからである。

またイェイツは1899年2月20日の手紙でグレゴリ夫人を贈り物への感謝

として食事に誘っている。夫人は行かなかったがその食事会でエメリ夫人（フロレンス・ファー・エメリ）がA. E. の詩とエミリ・ブロンテの「記憶」を朗読したという手紙もある。新刊のロナルド・シューハード『最後の吟遊詩人たち』Ronald Schuchard: *The Last Minstrels*（OUP 2008）によるとこの前日のグレゴリ夫人のディナーパーティでエメリ夫人がAEの「夢の国の門」とこのブロンテの「記憶」を、そしてイェイツが「コノハトの恋歌」を朗読したこと、それがイェイツが当時考えていた特別の朗誦法の実験であったことが述べられている。

　したがってイェイツはエミリ・ブロンテの詩の魅力は知っており、「記憶」の内容も覚えているはずである。ハットフィールドの言う「凝縮され、簡潔で、活気に満ち、真実味のある」彼女の詩の特性はデイ・ルイスも違った言葉で次のように言う。「彼女の詩は飾りのないもので、直接的な、情熱のこもった陳述の詩である。比喩は極端なほどまれで、語彙は少なく、具象への言及はヨークシャの風景と天候に、いくつかのゴチック的特性を加えたものに限定される。彼女の韻律は一般に18世紀の讃美歌作者の四角ばった韻律で、それは彼女の福音主義的生い立ちのいま一つの影響である。」(13) このように簡潔さを中心とした言葉の「激しさ、密度の高さ」がおそらくイェイツにも大きな長所に映ったのであろう。

　先の「記憶」はデイ・ルイスも引用している印象性の強い作品である。

　　　R. アルコウナからJ. ブレンザイダに（思い出）
　　地中に冷たくなり、深い雪があなたの上に積もった。
　　はるかに遠く離れて、恐ろしい墓の中に冷たくなる。
　　私は、いとしい唯一の人よ、あなたを愛するのを忘れてしまったのか、
　　すべてを磨滅する時間の波に隔てられては。

　　今や独りになり私の思いはもはや
　　アンゴラの岸の山々の上を舞うことがないのか
　　ヒースと羊歯の葉があの気高い心臓を永遠に覆う
　　場所に思いの翼を休めることはないのか。

　　あなたが地中に冷たくなって、15回もの厳しい十二月が

これらの赤茶けた丘から春へと雪解けした――
こんな変化と苦悩の年月の後でも
まだ記憶を留める魂は確かに忠実と言える。

青春時代の甘美な愛しい人よ、世間の波が私を押し流して
ゆくときにあなたを忘れてしまったなら許しておくれ、
もっと激しい欲望ともっと暗い希望が私に付きまとう
あなたの影を薄れさせるがあなたを傷めはできない希望が。

別の太陽が私の天に照り映えたわけではない
別の星が私のために輝いたこともない、
私の人生の幸せはすべてあなたの愛しい命から与えられた
私の人生の幸せのすべてはあなたと共に墓場にある。

しかし金色の夢の日々が滅んで
絶望までももはや破壊する力を失ったとき
その時に初めて私は学んだのだ、人生が大切に思えることを、
歓喜の助けがなくとも力と滋養を与えられて。

その時初めて私は空しい情熱の涙を押しとどめた、
私の若い魂にあなたのそれを焦がれることから乳離れさせた、
私の墓場以上のものとなったあの墓場に急いで降りてゆきたいという
私の魂の願いを厳しく禁じたのだ。

さらにまた私はその魂にしおれることは許さない、
記憶のうっとりさせる苦痛に耽ることを許さない、
ひとたびあの最も神聖な苦痛を深く飲みほしたからには
どうして空しい世界など再び求め得ようか。 (Hatfield 222-3)

この詩はAugusta Geraldine Almedaが王で夫のJulius Brenzaidaが暗殺されたことを悼むものであるが、肉体の世界の限界を超える愛の深さを典型的にあらわすものである。それは単純に死んだ夫につき従うことを求めているのではない。死後の世界（empty world）に急いでゆきたいと願っているのではない。夫とともにある実感の記憶が今の人生の幸せであり、力

と滋養を与えているというのである。その世界での一体感の充実を、その歓喜を伴う苦痛を知ったからにはそれ以外のものは不要であることを語っている。(デイ・ルイスの『永続する歓喜』の中にもこの詩を収め、英語の詩で「最も素晴らしくもっとも情熱的な詩の一つ」64と述べている。)

またデイ・ルイスは「ジュリアン M.とA. G. ロシェル」(虜囚の身)のロシェルに訪れる不思議な歓喜を彼女が語る部分を引用する。これを「最も偉大な一節」としている。

> 彼(希望の使者)は西風と共にくる、日暮れ時のあてどない空気と共に、
> 空一杯の星をもたらす空のあの澄んだ暗闇と共に。
> 風はもの思わしい調べを帯び、星たちは優しい光を放ち
> 私を欲望で死なせる幻視が湧いてきて変化する。──
> ・・・・
> それから見えなかったものが開ける、見えないものが真理を開示する、
> 私の外への感覚が消え、内なる本質が感覚を始める、
> その本質の翼がほぼ自由になる、その家郷が、その港が見出されたのだ、
> その深淵を測定し、その内なる本質は身を屈め最後の跳躍を行う。
>
> ああこれを阻止する力は恐ろしい、苦悶は強烈だ、
> 耳が聞こえ始め、目が見え始める時の、
> 鼓動が打ち始め、頭脳が再び思考を始め、
> 魂が肉体を、肉体が束縛を感じ始める時の。
>
> でも私は刺激を失いたくない、苦痛を弱めたくない、
> 拷問が激しければそれだけ早く喜びが来る、
> 地獄の火の衣装を着け、あるいは天国の光に輝いて
> たとえそれが死の先触れでも、この幻視は神々しい。　　(Hatfield 238-9)

この部分を導く2行に自由のテーマの簡潔な魅力を読み取る。

> A messenger of Hope comes every night to me
> And offers for short life, eternal liberty.
> 希望の使者が夜毎私を訪れる、
> そして短い人生のために永遠の自由を与える。　　(238)

先の引用の第4連では「神秘体験が頂点に達する場面、魂がその肉の束縛

を脱ぎ捨てようともがき、ついで容赦なくそこに突き戻されるところであるが、そこでは脚韻がごつごつし、強い中間休止が再来し、われわれは苦しみ喘ぐ苦悶の印象を受ける。」(14) と解説している。この文中「ついで」とあるのは第5連であろう。その中間休止は各行が二つの独立した事象を対句的に並べている。「阻止する力」と「苦悶」、「耳」と「目」、「鼓動」と「頭脳」、「魂」と「肉体」という調子である。囚われの逆境に身も心も萎えそうな中でロシェルがジュリアンに語る解放の幻視である。外界の否定的な要素がすべて脱落し、本質のみが残る時、それは獲得した自由の歓喜に打ち震える。しかし幸か不幸か未だ肉体の制限は残っていて、それが完全な解放を阻止し、苦痛を倍増する。しかしひとたびその解放と自己の本質に目覚めた魂はそれ以下のすべての条件を突破することに最高の喜びを感じるというのである。ジュリアンは自分の父の城の牢獄に幼時の遊び友達のロシェルが囚われの身になっているのを見つけ、彼女を解放し自分の居住地区にかくまう。「死の解放を願っていた」ロシェルの中に、「疑いを知らない、揺るがぬ貞節」、一つのもの、自由の原理への揺るがぬ信念を見つけたジュリアンはついに対等の愛に出会う。

　デイ・ルイスによればこのロシェルの体験は神秘家の体験に近いという。「瞑想的静寂、服従、高まる恍惚感、神・見えないもの・絶対的なものとの霊的結合感、それからその恍惚感の薄れゆくときの苦悶」(17)。近代の心理学でいう「自殺願望」が人類の愛に変わる変形という説明もある。しかしデイ・ルイスはエミリには自殺願望の痕跡はなく、もっと「肯定的なもの」を見ている。デイ・ルイスは創作過程の客体化、経験の距離化の一つを見ている。エミリ自身にも何が起こったかわからないようなこの内面への旅は、生命の限界を突破しようとする自由という装置なしには考えられない。その自由の装置を提供したのがゴンダル神話の枠組みだとデイ・ルイスは言う。つまり想像力を発動させるきっかけになったものが神話だというのである。このことはまた、ゴンダル神話のエピソードに関係したテーマでありながら、その状況に仮託したエミリの個人的な思い、その故により普遍的な状況にも妥当する多くの詩の説明にもなる。

　とはいえ彼女の抑えがたい生来の情熱の方向が内部にのみ向かう傾向の

限界もデイ・ルイスは指摘する。

> その情熱を内部の世界——ゴンダルと「個人的な」詩にのみ閉じ込めること、自然というものを情熱の流れる通り道、真理が理解される象徴の野としてではなく単なる慰め手としてのみ扱うこと、男性の世界を容赦なく拒否すること、これらのすべてによって、エミリの詩はそうでなければ達成できたであろうような才能の完全な発達を不発に終わらせたといえる。
> (21-22)

このように内向きの目は時に激しく脳を刺激することがあっても、別の限界、つまり社会的に人と人とを結びつける関心の欠落を露呈する。自由とは個人の精神の問題であると同時に社会的に個々人相互の権利を保障しあうものでなければならない。勝手な個人的自由は他者の同様の権利を平気で侵害する危険が大であるからである。「自由」のテーマの観念性には、肉体を離れて精神だけの領域に限定する危険、その暴走の危険がいつも付きまとうことを考慮しておかねばならない。

とはいえ先の精神の「恍惚状態」は単純に観念だけの世界ではない。精神がある状態から目覚めて現実に戻る過程も忘れずに描いている。「容赦なくそこに突き戻される」というのは精神に付随して肉体もその快楽と喜びを共有していたこと、「恍惚状態」は紛れもなく現世的な体験であることを物語っている。精神がある高みから失墜するのは肉体も同じ喜びを失う苦痛を経験するのである。

デイ・ルイスはほかでもエミリの詩に言及している。『抒情的衝動』(*The Lyric Impulse,* Harvard UP. 1965) でジョン・クレアにふれて次のように述べる。最後の20年間でクレアの詩は本質にまでそぎ落とされた。水晶のように透明で子供のように正直になった。それはブレイクの叙情詩を思わせる。「瀕死の子供」The Dying Childを書いたのはクレアであるがブレイクでもあり得る。また「天国への愛を失った」(I lost the love of heaven) の第二、第三連でもブレイクが響くと、同じく第一、第四連ではエミリ・ブロンテが聞こえるという (118)。

　　　　幻（A Vision）
　　私は天上の愛を失った
　　この下界の土くれなど軽蔑した
　　私は想像の愛の甘さを感じた
　　地獄それ自体が唯一の敵と感じた。

　　地上の喜びは失ったが天上の炎の
　　輝きが内部に満ちるのを感じた。
　　ついにその美しさに達するまで。私は
　　不滅の歌人になる。

　　私は恋をした、しかし女どもは去った。
　　私は彼女のかすんだ名声から身を隠した
　　私は太陽の永遠の光を掴んだ、
　　そして書き続けついには地上は名のみとなった。

　　地上のどの言語にも
　　どの浜辺にもどの海の上にも
　　私は自分の名に不滅の誕生を与え、
　　我が霊を自由なものと共に居らしめた。
　　　　　　　(J. W. Tibble ed.: *The Poems of John Clare* 118)

クレア詩集の編者ティブルの序文から、精神療養所の詩の理解には自由の憧れではなく、詩における自由の達成であるとし、「その自由の価値は生身の人間と詩人の切断にある。」という言葉を引用する。これは塀の外に出てゆく自由というよりも詩の中に自由を実感できる世界を構築することである。そしてデイ・ルイスがクレアについて述べることは、そのままエミリにも妥当する。「クレアの狂気は彼の詩をして並みのものならぬ深さの想像の世界に到達（break through）せしめた、そこでは・・・幻覚（hallucination）が人を圧倒する偉大さの幻影（vision）を帯びる。」(119)

1　エミリ・ブロンテのモダニストへの貢献

　このようにエミリ・ブロンテが提供する教訓は限界の指摘と共に自由を求める一途さの重要性であった。デイ・ルイスはエミリの観念論の傾斜の危険を察知しつつも、その詩の持つ緊密度、集中性に最大の敬意を払った。それはまたデイ・ルイスが、そしてまた30年代詩人がともすれば見失いがちの特性であった。

　このデイ・ルイスの欠陥についての彼自身の言葉を引用しながら私は次のように書いたことがある。

　　　作家の良心の内容についてデイ・ルイスは少なくとも二つ挙げている。一つは拡大された関心の結果として詩における集中度が失われたことである。エドウィン・ミュアの書評によって「私の詩がいかに堕落しているかを、いかに安易に軽率に流れているかをきっぱりと指摘」されたことを記している。もう一つは社会的政治的活動の自分に付きまとうどこか借りものという意識である。　　　　　　　　（『W. H. オーデンとその仲間たち』22）

エドウィン・ミュアの書評というのはデイ・ルイスの『ノアと洪水』(*Noah and the Waters* 1936) に関するもので、ミュア自身はintegrity正直さ、真摯さ、集中性などの意味を持つ特性で有名な批評家である。これと先のintensityは殆ど同義語に近い。(Edwin Muir in Spectator no.5620 482, 484, March 13, 1936) デイ・ルイスの共産党員のイデオロギーと日常活動の結合の難しさはその後彼自身が「イデオロギー的に反発」したわけでもないが、信念が課してきた仕事が性にあわないと気付いて「こっそりと逃げ出した」と語っている。自伝『埋もれた時代』(*Buried Day*) で語る思想と行動の乖離・矛盾は中世の精神と肉体の二項対立の現代版といえるが、その意味からも、このエミリの集中性への情熱は正にデイ・ルイスには教訓的といえる。ただデイ・ルイスに同情的な条件を一つ付け加えるならば、それは『現代詩論』(*Modern Poetry* OUP 1968) でルーイ・マクニースが語っているように今日のような雑多な要素の入り組んだ社会と時代においては詩もまた雑多で不純な要素を取り込まざるを得ないということである。

　　　本書は不純な詩、つまり詩人の人生や周りの世界の条件に縛られた詩のための弁護である。（同書『序文』）

　ここで以前にアンソニー・スウェイトが述べた「古典的主題」という言

葉を思いだす。それは誕生・愛・老齢・死など時代や社会を超えて繰り返されるテーマである。それに対してデイ・ルイスの世代は新しい、機械的発明のイメージを積極的に取り入れようとした。すなわち飛行機、送電鉄塔、幹線道路などである。しかしデイ・ルイスは続けてそれらのイメージがそのコンテキストに無事収まるように周りの風物となじむのには一定の時間が必要だという。「雑多な要素が要りこむ」というのはこの古典的主題からの逸脱を意味すると言えるが、新しい主題、新しいイメージには新しい感性が必要であり、それはまた理解されるのに一定の時間を経過することが不可欠と言える。スペンダーも現代詩の難しさにこの「新しい」という属性の理由を挙げている。

　エミリの時代も決して見かけほど純粋な整合性のある時代ではなかったと思われる（たとえばイーグルトンの論じるアイルランドの大飢饉の影響など）が、少なくとも詩人や文学者が視野の拡大と関心の多様性を今日ほど要請された事はなかったと思われる。新しい視野と関心を基礎にどれだけ集中性を確保できるかそれぞれの詩人・文学者の責任であるにしても、エミリのような具体的な実例を目にすることは後の世代にとって大きな幸せであったことは間違いない。

注

1) Sean Day-Lewis: *C.Day-Lewis—An English Literary Life*（George Weidenfeld & Nicolson 1980)

2　ハーディ・オーデン・ラーキン
――論述詩の系譜

　おそらく20世紀前半の詩の中心はmodernists、言い換えればimageの詩を中心に展開してきたといえる。Imageとsymbolの区別は難しいが、imagistsがimagesを詩の中心に置いたことはかなり意識的な操作であった。サンボリスツやイマジスツの宣言や理論が彼らの詩をその方向で、そこに視点を据えて読むことを半ば強制したと言えなくもない。

　このイメージの詩の対極に立つのが「論述の詩」といえる。Donald Davieの引用するIrving Howeの言うpoetry of statement（Davie 32）である。ほかにもたとえばロバート・ロウエルは1958年のウイリアム・エムプソン宛ての手紙でエムプソンをハーディ、グレーヴズ、オーデン、ラーキンと一緒にして'more icon than inspiration'（Allen Lane ed. *The Complete Poems of William Empson 2000*, Penguin に引用）、またクリストファー・ノリス（Christopher Norris）はエムプソン批評の知的性格として「公共の論争」への訴えかけを見て次のように述べる。「エリオット支持のシンボリスト側面は積極的理性の役割を抑圧する。論述的関係（discursive connection）は意図的に抑圧され、詩の構造はアイロニと逆説の並置によって、その意味を理性的議論（reasoned argument）の可能な連続から切断するように思われる。」*William Empson and the Philosophy of Literary Criticism*（Univ. of London, The Athlone Press 1978 9）

　エムプソンはオーデン世代の後方に属するが「論述詩」の伝統とハーディの復権に一役買ったといえる。しかし考えてみればシンボルもイメージも言葉が使用された当初からそこに半ば本質的に、いや、言葉そのものがシンボルとしてあった。したがって20世紀以前の詩にそれを探すのは何の困難もない。ハーディは1928年まで生きたし最も感動を呼ぶ詩集は1912-13年だとしても、彼をストレートに20世紀の詩人とするにはあるためらいが

ある。それはさておいて、モダニスツの流行の中で彼が不当に脇に追いやられ、復権するには世紀の半ばまで待たなければならなかった。

　その本格的復権のきっかけはラーキンたちのThe Movement派の詩人の登場にあったといえる。その派の代表格LarkinはHardy評価をAudenから学んだといえる。オーデンは『染物屋の手』(1948)の幾つかのエッセイでハーディに言及、とりわけ「作ること、知ること、判断すること」でのハーディへの言及、あるいは1940年夏のSouthern Reviewに載った「文学的感情転移」A　Literary Transference（短いが専らハーディだけを論じたもの）など、早くから自分の詩人としての成長にこの詩人が大きな力を持ったことを自認している。その主な理由を以下に列挙してみる。

　自分の「巨匠」の一人、理由は上手過ぎないので模倣が可能、父に似ている、その世界と感受性がオーデンのものに近似している、多様な韻律と複雑なスタンザ形式への愛好。この「作ること、知ること、判断すること」の伝記的記述はその他での発言をほとんどカヴァーしている。父に似ているということと世界観や感受性に親近感があるという生身の生き方の世界と、模倣や詩形式への技巧面での関心は形を変えて幾度も登場する。オーデンはまたアメリカ詩を論じて、その大陸の広大さに比べて人間の活動の卑小さを感じ、そこでは「人間の平等は政治や法律上の教義ではなく自明の事実であることを実感する」という。世界の大きさを「理解」し、「判断」するには理念的な言葉に頼るほかないことを述べている。

　またロレンス論では、自然に似たものを作るのは、そう見せる効果を作るという本来矛盾する事柄であるから、「多くの思索と労力と注意」の後でのみ可能で、詩人は「精神が自らを住むに適した肉体とする」のに失敗したロレンスは、ハーディ論では鋭い指摘をしたという。愛の原理につく男性は流動と変化があり、法則の原理につく女性は安定性と保守主義に向かうことを述べた後、ロレンスは次のように言う。

> 押韻と規則正しいリズムへの執着そのものは「法則」に対する譲歩、肉体に対する譲歩である。存在に対する、肉体の諸要求に対する譲歩である。それらは、運動への純粋な意志ではない。生命の他の半分である生きて実在する惰性の容認である。（中桐雅夫 訳『染物屋の手』（晶文社）256）

ちょっとわかりにくいがロレンスがハーディに見た、法則が生命を拘束する部分への関心がオーデンには重要であった。そしてそれは上手下手はあるにせよハーディの多様な詩形の試みに一致している。

　もう一つのサザンレヴュのハーディ論も以上の発言をより敷衍したものと言ってもよい。「文科系よりも理科系の家に生まれ、私は夢の国の孤独な独裁者であったが、その国は銅山と狭軌鉄道と上掛け水車があった。」

　30歳前に内向性でない詩の好きな人、青春時代に不幸でない内向性の人は知らない。外向性の人は成功し人気があり、自分はだらしがない、劣っている、おびえている、退屈だと感じることには耐えられない。しかし（内面の）そういう失敗とうらやみの人生は後年にその頃の英雄が平凡で不毛な人生を送っているのを見てやっと癒される。内向の人はその集団的価値が非常に幼稚な産業文化に一番適応でき、そのタイプの人だけが自分の想像力を教育し、内面の才能を引き出すことを学べるからである。落ちつける社会を想像できないので、子ども時代の優しいあるいは恐ろしい姿に慰めを求めて駆けもどることを神秘な本能で止められて、彼は人間よりも人間以外のものに向かう。ホームシックになると母ではなく山々や秋の森に向かう、友人がいないので野生動物で最も人見しりの少ないものを黙って観察する、彼の中で成長した人間は音楽や死と無常の思いへの献身を表現する。彼にとっての芸術は何か無限に価値ある悲観的で人生に敵対的なあるものである。

　ここで注としてオーデン初期の詩集『演説者たち』の序歌に歌われた家族と風景の地図の結びつきを思い出すのも適切かもしれない。

　　かつて母の姿を思わせた風景により
　　彼が記憶している山々は絶えず大きくなる。
　　地図用の極細ペンで好んで彼は
　　親しい場所にすべての家族の名を記入する。
　　　　　　　　　（風呂本 訳『演説者たち』（国文社）9）

　そして芸術が愛を語るには、成功はガサツで騒々しいものだから満たされぬ愛でなければならない。教訓を与えるならそれは禁欲的な諦観の教えでなければならない、というのは彼の知っている世界は自己充足して変化

しないものにすぎないから。

　こうしてオーデンは青春の詩人の教育として模倣の情熱、彼好みの後年の洗練と精妙化も砕きえない気取りを自覚させた詩人たちを列挙する。テニスン、キーツ、スインバーン、ハウスマン。そして自分の場合は1923年のハーディであって、一年以上他は読まなかったという。ハーディは詩学の原型を提供したばかりか、同時代の風景となったという。その同時代の風景の舞台道具は次のようなものである。

1）ハーディに父の面影を見る。幅広い汚れのない口髭、禿げた前額、感情と興奮という別世界に属する深い皺のある同情的な顔（私は母に似て直観的思考のタイプだったから）。そこにあるのはその表れが時に単調で感傷的であってもその感情が私のものより深く誠実であり、その地上に対する愛着がもっと確実で観察的であるような作家である。

2）ハーディの「再訪の土地」「回復された時間」の多くの詩がひどく感動的であるのは私の不幸な恋のせいでそれらの詩を自分に当てはめたせいであり、また私の性格は自分よりもっと冷淡でもっと活発で深く感じることが難しくない人に対しうらやましく思ったからである。

3）ハーディの世界の道具立ては私の少年時代のそれ、洗練されず、地方的で、専門職階級、牧師、医師、弁護士、建築家の英国、未だ主としてヴィクトリア時代の世界で、日曜には二度教会に行き、朝食前の家族の祈りを欠かさず、離婚した人は知らず、二輪馬車か自転車で出かけて拓本を取り化石を収集する。娯楽は家族内の範囲のものに頼り、音読・庭いじり・散歩・ピアノの連弾・ジェスチャー程度。何よりのロンドン・芝居・フランス文学とは無縁の世界。

4）ハーディの生まれは産業主義と都会的価値に実質的に侵されていない農村社会だったが、死んだ時にようやくその解体が完成した。テニスンを悩ませた信仰と科学の対立に悩んだが、悲観主義、決定論などが最終的な解決にならないことを見ながら生きながらえた。私オーデンの生まれた1907年は地方性を残した英国で、オクスフォー

ドに上がった1925年は「荒地」の英国であった。

　私たちの時代のもっとも重要な問題は個人化のそれである。私たちの信用と忠誠を求め、ヴィクトリア時代人がドグマと科学として理解していた対立命題は、今では「個人」と「集合者」、自覚的エゴと無意識のイド、意欲するものと決定されたものの間にあり、ハーディ詩がもっと際立った永遠の価値を持つのはこの点にある。

5）ハーディのもっとも私が評価するのは彼の持つ鷹の目の鳥瞰的視点である。注［「行方不明」（Missing）45頁参照］。『ダイナスツ』の舞台指示、『帰郷』の一章のように高みから人生を見下ろすが、それはその時の特定の一地方の社会に関係した特定の個人を見るだけでなく、人類史全体、地上の生を、星々との関連で見る、このことは人に謙遜と自信の両方を与える。この視点に立てば個人と社会はどちらも卑小でそれらの対立は取るに足らないものとなり、両者の和解が可能になる。

6）以上の考えができるようになると自己中心的で過度に理性的なヒューマニズム、自分独自の人生を意欲できるなどと愚かにも想像するものは受け入れ難くなり、個人の自由意志を拒否し人間社会は自律したものだと主張する疑似マルクス主義も受け入れ難くなる。

7）最初に私にエロスとロゴスの関係を幾分なりとも教えたのはハーディである。理論上彼はギリシャ人のように意志を変えるには意識で十分だと考えた。今日、霊知主義（gnosis）はそれだけで十分とするのは疑わしい、おそらくは機械がエロスを古来の外的な訓練から解放したから、公的に企画され私的に実行される克己主義のみが無政府主義あるいは専制主義の苦しみから我々を救うことができる。それをハーディたちが見えるようにしてくれたので自分にその問いかけが可能になる。

8）ハーディは若い私の慰めで人間としてのヴィジョンを与えてくれたがもっと重要なのは技術上の教育である。シェイクスピアやポープは上手すぎて圧倒的であるが、それに次ぐもので彼ほど多くの彼ほど複雑なスタンザ形式で書いたものはいない。彼の文体を模倣する

ものは単語を複雑な構文に適合させ、形式の内容に対する影響について知ることができる。

　　　「殺戮された者の霊魂」(The Soul of the Slain I)
　　夜の厚ぼったいまぶたが閉じて　私を捕らえた
　　　私は　ひとり　レイスのそばの
　　　ポートランド島の岬の上――
　　洞窟の多い　木も生えない　しわだらけの岬の上に立つ。
　　すると　周囲の暗闇と沈黙とともに　私の中にも
　　　黙って思いに耽る精神が訪れた　　　　　　　　　　（Ⅰ 77）
（以下ハーディ詩はすべて森松健介氏訳『トマス・ハーディ全詩集』Ⅰ、Ⅱ
　　　　　　　　　　　　　　　　　（中央大学出版部　1995）に依る）

こうして一見容易に見える自由詩が実は意図と表現力が一体となった人だけが使いこなせること、芸術の本質がいかなるものかをハーディは教えてくれたという。つまりその本質とは意識的な芸術家に可能な部分はいかに少なくて、大きな神秘的な美は言語の才、伝統それにまったくの偶然に負うているということである。

　　　ハーディは詩の父であるが、彼は死に、彼の住んだ世界はなくなり、我々
　　は別の道を建設しなければならないが、自然の前に謙遜であること、苦
　　しんでいるもの、目の見えないものに対する彼の同情、彼の調和への感
　　覚は今も必要である。
　　　　　　　　　Mendelson ed.: *H. W. Auden, Prose* (Princeton 2002) (42-9)

オーデンが繰り返すハーディの自然はイギリスの伝統的な村の風景と言える。それは別のエッセイ「罪の牧師館」でも形を変えた興味で登場する。このエッセイは探偵小説論であるがその一番適切な舞台は「構成員のすべてが潜在的容疑者であるような、密接なつながりがある社会」と述べている（中桐 139）。村の知的・経済的・政治的中心は地主・牧師・教師で構成され、その周りに同心円を描くように集団が作られている。その構成員の役割は決まっており、彼らの行動様式のパターンも予測可能である。作者と読者はこのルールの中で知恵比べをするわけである。
オーデンはモダニストとしてT. S. エリオットの側に身を置きながら、

2 ハーディ・オーデン・ラーキン

このようにハーディの伝統が底流として自分の内に内在するのを認めた。その底流を外化するのが以下の歴史である。

アメリカの批評家Richard Tillinghastの「イギリス詩はいまひどく低調である」(The Southern Review 1969) の言葉にたいする答えとして出されたDonald Davie: *Thomas Hardy and British Poetry* (Routledge & Kegan Paul, 1973) はハーディの伝統を継いだAuden 以下The Movement 派詩人の活躍を主張している初期の書物と言える。

Cf　John Lucas: *Modern English Poetry from Hardy to Hughes* (Batsford Academic 1986)

Johan Ramazani: *Poetry of Mourning: The Modern Elegy from Hardy to Heaney* (Univ Chicago P 1994)

James Persoon: *Modern British Poetry 1900-1939* (Twayne 1999)

Donald Davie: *With the Grain; Essays on Thomas Hardy and Modern British Poetry* (Carcanet 1998) 改訂増補版

Michael L. Johnson; *From Hardy to Empson: The Survey of the Modern* (1985, 1) South Atlantic Review vol.50, no.1 47-58

この書物はもう一方でJ. Alvarez; *The New Poetry*のgentility批判への反論であるとともにモダニズムに内在する非人間性に対し、civic sense と political responsibilityにも言及する。それは中産階級から労働者階級への移行に伴う礼節と改良主義の限界をどのように考えるかの大問題を含む。アルバレスもまたモダニストの中にハーディの底流を認めた一人である。

それはハーディのリベラリズムの評価であると共に、The Movement 詩人の置かれた社会の変容への注視を促すものである。デイヴィのラーキン初期の政治的無関心と見える中立主義やオーデンの鳥瞰図的視点の章に触れるよりも、デイヴィがハーディ詩をどう見ているかに注目したい。まずハーディの技巧面の特性を称揚するのは建築家としての訓練から生じた関心とみていることで後期ヴィクトリア朝英国は「機械技術、重科学工業」に依存した英国であるという。これはオーデンの幼年時代の牧歌的なものとは異なる。ハーディ詩の対照的な構造は自然科学的な知識とつながっているというのである。

デイヴィはその主張の根幹にかかわるところで次のように述べる。パウンドのイメージを論じた部分であるが、パウンドは聞き手に言語で伝える感情の等式に詩と幾何学の類似を持ち出したことから発して、synecdoche（代喩）からpresentation（表出）へ至るより、equation（等価物）のほうがもっとバネを引き締めるようなものだということを学んだという。

　こうしてイマジズムは厳密にはイメージを通した感情経験の表出にではなく、まして付随した物質的な属性の蓄積的記述を通したその経験の喚起にではなく、その等位物に関心を寄せる。　　　　　　　　　　　(47)

そしてこの議論は等価物（equation）、表出（presentation）、記述（description）と正確度の度数は落ちてゆくと出張する。

　　　　　　イマジストのequation の例　　Snow in the Suburbs
　　　　　　　　　　presentation　　　　　A Spellbound Palace
　　　　　　　　　　　　　　　　　　　　　(subtitled Hampton Court)
　　　　　　　　　　description　　　　　 Overlooking the River Stour

次いで今度はこの順序を逆にdescriptionからたどると、ghostly、さらにmythへと至る時、密度（intensity）は高まり、視野（scope）と理想（ambitiousness）は増すという。

　表出とイマジスト的等価物の重要な区別としてデイヴィはパステルナークの芸術は泉ではなくスポンジのようなものだという比喩も引用する。一般の人は芸術は湧き出してくるとかんがえるが、実は吸い込んで満たされるものであり、記述（depiction）の手段に分割されうると考えられるが、実は認知（perception）の器官から構成されているという。(49)

　以下にデイヴィの上げている実例を見てみたい。

１）equation　「郊外の雪」Snow in the Suburbs

　　　　　　　枝は全て　雪のために肥大し
　　　　　　小枝は全て　そのために曲がり
　　　　　　小枝の分岐は　白い蜘蛛の足のよう。
　　　　　　全ての街路と舗道は沈黙したまま。
　　　　　　幾つかの雪片は途中で迷い　手さぐるようにして再び上昇、

2 ハーディ・オーデン・ラーキン

　　くねくねと落ちてゆく他の雪片に出あって　向きを変え　又下降する
　　　　くい打ちした柵は互いに密着して白壁と化し
　　　　羊毛のような雪の降るなか　風はひと吹きさえしない

　　　　　　雀が一羽　樹のなかへ入り込む
　　　　　　すると直ちに　この雀の
　　　　小さなからだの三倍の大きさの雪塊が
　　　　雀の上に落ち、彼の頭と目に降りそそぎ
　　　　　　彼を転覆させ
　　　　　　あわや　埋没させそうになる
　　　　塊はさらに下方の小枝に乗る。すると小枝に触れられて
　　降り積もっていた他の雪の塊が　どっと一斉に落下する

　　　　　　玄関先の石段は　今は漂白されたスロープ
　　　　　　この坂を　わずかな希望に支えられて
　　　　一匹の黒猫が　目を見開き、痩せたからだで登ろうとする
　　　　　　私たちは　猫を家に抱き入れる　　　　　　　（Ⅱ 276）

これは感情的経験の等価物の例であると言うが、雪の日の雀と小枝と猫の動きを見つめることによってそこに生じたドラマに気付く。それを面白いとした感情を写し取ろうとする。しかしただ写すだけではなく、「はかない」希望で獲物に近づく「やせた」猫を家に入れてやることで、見ている人の哀れみを描こうとしている。こうしてこの一遍は情景の等価物ではなく観察者の感情のそれになる。

2）presentation　「呪文に縛られた王宮」A Spellbound Palace
　　　　　　　（ハンプトンコート）
　　低空を旅する穏やかな太陽。この優しげな黄色い日には
　　　　　　イチイ並木の　小動きもしない遙かな果ては
　　　　　　霧のように青みばしり、また、おぼろに見える。
　　広々とした歩道には　しだいに伸びる影法師の尖塔が続き
　　　　古いレンガの　風に傷んだ壁が　くれないに燃える

　　　　　　二羽、三羽、季節に先がけた陽気なアトリが、やがては五月
　　　　いや六月に増幅される旋律を　今は試し歌いしている

　　　　　大ツグミ、あるいは黒ドリから
　　　　　　折ふし　一声が届けられる
　　その間じゅう　冬場は弱めてある噴水がどこか内部から聞こえている

　　　　　　私たちの足どりは　しばし留まり
　　　　　　そのあと　大宮殿の下に近づく
　　　　　　すると内部の庭園が　いわば
　　　　　〈歴史〉それ自体の通路を　打ちひろげてくれる
　　そこでは　外界の喧騒の魔手を無視する受動的な時の流れのなかで
　　今や私たちに視覚化された噴水が　希薄化された水晶を撒き
　　冷たい触手の呪文のように　この場所全てに執拗に麻酔を敷きつめる

　　すると羽飾りと剣をつけ　肉感的な顔をした馬上の王の幻が闊歩し
　　そして見よ、彼の大臣の幻も　大胆な自己中心のペースで進む
　　亡霊たちは紛いもない昼のひなかを通り過ぎる。すると全てが静まり
　　ただ　無頓着な噴水だけが　か細い意志でチリチリと鳴り続ける
　　　　　　　　　　　　　　　　　　　　　　　　　　　　　（Ⅱ 265-6）

イメージによる表出が想像から幻視へと歩みを続けるにつれ、現実の記述とその表出は想像の世界へののめりこみを強める。「馬上の王の幻」、大文字のShadeは後のghostlyに比べてより言葉・幻の独立性は強い。

　3）description　「スタウア川を見おろしながら」Overlooking the River Stower

　　　　燕たちは　川面がほのかに光る上を
　　　　　　　　8の字の曲線を描いて飛んだ
　　　　　　　濡れた六月の日の　最後の光のなかを
　　　　ちょうど　生命のある小さな石弓のように
　　　　燕たちは　川面がほのかに光る上を
　　　　　　　　8の字の曲線を描いて飛んだ

　　　　水晶のような　飛沫のかんな屑を飛ばしつつ
　　　　　　　赤雷鳥の雌鳥が矢のように飛び出した
　　　　　　　まわりの土手のあたりから。
　　　　そして川の輝きのなかに　飛ぶ道を切り裂いて行った

水晶のような　飛沫のかんな屑を飛ばしつつ
　　　　　赤雷鳥の雌鳥が矢のように飛び出した

　　　水キンポウゲの花は閉じたまま、牧草地はこの夕べ
　　　　　一面に単調な緑から雨水をしたたらせていた
　　　　　この一日の朝の光は　この牧草地を
　　　金色に、蜜蜂の群れる姿で見せていたのに
　　　水キンポウゲの花は閉じたまま、牧草地はこの夕べ
　　　　　一面に単調な緑から雨水をしたたらせていた

　　　そして私は一度も振り向かなかった、悲しいことだ
　　　　　これらの景色が　私の目に映じているあいだに
　　　　　雨粒で泣きぬれた窓ガラスの奥の
　　　私の背後に展開していた　より大型の情景①を見るために・・・
　　　おお　私は一度も振り向かなかった、そして悲しいことだ
　　　　　私はこれら　小型の情景に見とれていたのだ！　　　　（Ⅱ 50-1）

　　①より大型の情景──例えば、窓の奥で自分に無関心な夫を嘆く妻の情景
　　　　　　　　　　　　　　　　　　　　　　　　　　　　　　（森松　注）

この「記述」の劣ったものとして、無気力な観察、さらには列挙などが考えられるとデイヴィはいうが、ここでは著者の注意を充分にひきつけていない例と考えられる。観察は閉じられた視界に制限され、その目の前の世界に、「小型の情景」に捉えられ、それから脱却する「大型の情景」、「部屋の奥まで包み込んだ状況」には目が行かない。

4）gohstly　ハーディの想像力の最も強力な発露は言うまでもなく亡霊の幻で、我々はいたるところにその例を見出すので、デイヴィはとくには例示しない。しかし一例だけ強いてあげるなら、「ある旅路の果てに」After a Journeyは判りやすい。その第一連を上げれば充分であろう。

　　　ここへ来るのは　声もない亡霊に会うため
　　　　　どこへ、ああ、どこへ今度は　霊の気紛れは僕を誘うのか？
　　　崖を登り、下り、僕は一人きり　自分の居場所もわからなくなり
　　　　　見えない波の射出する怒号に　圧倒される

  君が次にはどこに現われるのか　まったく予想もつかない
   僕がどちらを向いても　周囲のいたるところから
    君は　僕に顔を向けて立ち現われる、あの栗色の髪をうち振り
  灰色の眼をして、濃淡の薔薇色が変幻する頬をして。

時間空間は無限定のまま容姿だけは異様に具体的な幻である。話者は心の内の幻に見とれている。外界の対象が存在してそれを記述によって写し取ることからますます遠ざかる。

 5）myth　「変身」Transformations

  このイチイの木の一部は
  祖父の知り合いだった男だ、彼はいま
  ここの根もとに抱かれている
  この枝は彼の妻かも知れない
  血色の良い　ひとりの女の命が
  いまは緑の枝に伸びた姿。

  これらの草は前生起に
  安息を求めてよく祈っていた
  あの女性からできているに違いない
  ぼくが何度も知りあいになろうとした
  あの遠い昔の美少女は
  このバラの花に入ろうとしているのか

  だから、この人たちは地下に居るのではなく
  葉脈として　細管として　地上の空中に
  生い育つもののなかにあふれている、
  彼女らは太陽と雨を肌に感じ
  かって彼らをあのような男に、女にしていた
  あの活力を再び感じ取っている！
             （Ⅱ 42）

この実例はあまりに自明のことと考えたのかデイヴィは特に説明も加えず、例示もしていない。またmythの例に「変身」を考えたのは筆者の独断で見当違いもありうる。しかし木や草花に変身する話はギリシャ以来無数の神話に語り継がれているそのものずばりの現象である。

いずれにしても以上のように叙述の発展を語れるのは、陳述の詩（poetry of statement）、論述の詩（discursive poetry）の特徴ではないだろうか。空間的イメージの積み重ねは輪郭をあいまいにし、暗示力を高めるにしても、このような発展性は期待できないのではないか。これはイメージに視点を定めた読みとは異なる原理を主張しているのであり、最初のモダニスツ詩学と異なる流れの開発である。

次に我々はThe Movementの主張を見てみよう。デイヴィ自身もそうであったが、初期の緩やかな妥協の主張の後、彼に言わせれば「スエズ危機以後」であるが、この流派は解体の方向に進む。その緩やかな統一的傾向を保持していた間の特徴をBlake Morrison: *The Movement*（OUP 1980）に見ておきたい。

> 1956年まではムーヴメント派の文書は社会改革の願いと現状保存の願いに分かれていた。252
>
> 私は人生の悪——失敗、孤独、恐怖、倦怠、伝達不能などの多くが政治的手段では除去できないのを見てきた。・・・（Amis）253
>
> もっと豊かな過去に対比して下落した現在を測量することをラーキンは拒絶したこと 257（Quoted from Davie:*The Poet in the Imaginary Museum* 48）
>
> ムーヴメント派は目的を厳しく限定した、見せ掛けを苦痛なほど謙遜にすること、視野について意図的に地域的になること、このような英国詩を作ることで、見せ掛けや文化的な飾り窓的装い、高慢な自己表現を除去しようとしていた。(271)
>
> シンボリストの理論家に反対するのが私の立場で、彼らは詩から人間臭を取り去ろうとして害を流していた。詩が偉大であるためには、詩は人間的なものを発散させねばならない。271（quoted from Davie: *Articulate Energy*（1955）last page）

デイヴィがこのムーヴメント派の中で最も極端に立場を変えた例かもしれない。上記の引用の後に併記するようにモリソンはデイヴィのヒューマニスチックな立場を芸術至上的にあらわす詩を引用する。"The practice of an art / is to convert all terms / into the terms of art"（July 1964）. 同じく反アメリカからアメリカ支持に変わるのも彼である。またもとからあったモダニスト支持もより鮮明にする。

再びモリソンの解説に戻れば、
　　ムーヴメント派の代表する価値（合理主義、懐疑主義、公正さ、節度）273
　　ムーヴメント派がずっと抵抗し続けた・・・一つのロマンは的主張は・・・詩と狂気が緊密に結びついているという考えである。(278)
1960年代には理性と常識を信奉する点で以前ほどうまく行かなかった。(279)
　　他のムーヴメント派の詩人たちも分かったことだが、精神は「安全な避難場所、小さな家庭」ではないこと、理性は人間の経験の全領域を十分に扱う能力に欠けることである。(280)
　　死についてますますとらわれた考えをするようになる。(280)

以上の陳述に見るthe Movementの一般的な特徴は当然Larkinも共有している。

次にはLarkinがHardyやAudenの何を読み取ったかを見てみたい。彼には*Required Writing-Miscellaneous Pieces 1955-1982*（Faber 1983）と*Further Requirements*（Faber 2001）の２冊の評論集があり、二人の先輩詩人について一再ならず言及する。

LarkinがHardyから学んだ一つは後悔の感情の表出である。ご承知のようにハーディのもっとも哀切な後悔の詩は詩集*Poems of 1912-13*である。しかし不思議なことに後悔を表現する仮定法過去完了（tense of regret）はこの詩集の中で驚くほど少ない。

　　　「旅立ち」The Going
　　（・・・・どうしてあの時の再現を計ろうと
　　努めなかったのか？）こう言い合っても良かったのに
　　　「この素晴らしい春の日に
　　　　むかし一緒に訪れた
　　様々なところへ　一緒に行こうね」

　　いやよそう！　　　　　　　　　　　　　　　　　　　　（Ⅰ 290)

　　　「君の最後のドライヴ」（Your Last Drive)
　　　　　・・・だがあの晩
　　君の隣に坐っていたとしても　私の見ているその顔が

ゆらめく夕明かりのなかで　末期の表情を
見せているなどとは　気付きもしなかっただろう
君の顔の上に　こう書かれていたのも見過ごしただろう
「私はまもなく安住の地へ　旅立ちます

「するとあなたは　わたしを恋い求めるかもしれません
でもわたしは　あなたが何度　あそこを訪れるのか
その時あなたがどう思うのか　それとも　全然一度も　訪れては
来ないのか　知りもしないでしょう　気にもしないでしょう
あなたがわたしを咎めても気にしません
あなたの褒め言葉も　もうわたしには要りません」　　　　　（Ⅰ 291）

　　「墓に降る雨」Rain on a Grave
冬の雲が　彼女の上に　猛烈に
　　嘲るように　容赦なく
　　雨水をほとばしらせている
ほんの最近まで
　　もしこんな雨の矢が
これほど冷たく　正面から
彼女を直撃していたら
彼女は　辱めを受けたかのように
　　苦痛に　身を震わせていたのに　　　　　　　　　　（Ⅰ 292）

　あの詩集21編の中でこれだけである。しかし今の用例でも最初のものは「昔訪れた場所を一緒に再訪しようといっても良かった」がそうしなかったのは、その前に「再現を計ろうとは努めなかった」といった直後である。さらにすぐ「いやよそう」と打ち切るのである。別の運命を想定してその失われた現実を悲しむよりはそうなっても特に取り立てて言うべき程のことではないという諦念が主題である。第二のものは後悔の苦痛を直接うたうよりその場にもう一度居合わせてもやはり自分は機敏に君の衰えの気配に気付くような別の反応はできなかったであろうと事実を素直に認めているだけである。自分の度し難さを悲しむのは別であるが。さらに第三例は仮定法過去完了の後悔というより過去の一つの推測の叙述にすぎない。

このように真正の後悔の情を表わす仮定法過去完了の希少さの理由の一つは現在から振り返って、別の運命を想定して、起こったことに異議申し立てをするのではなく、起こったことを受容してその条件の中で今をどう考えるかの方に目が向いていたことによるのではないか。「双子の出会い」のように、「人間の目には無縁と見えたものが」が出合うのは天の配剤としては必然である。人は理解しがたい結合を「偶然」と名付けるにすぎない。ハーディの運命観はその意味で一貫している。

　もう一つの理由は二番目の例の後半によく表れているように、現在から過去を見るのではなく、まず過去に入り込んでそこを起点に現在を見てその二つの落差を注目するのである。しかしハーディの追慕の気持ちの強さは後悔よりも亡霊にもせよ現在を共有する関心のほうにむけられている。そこで使われるのはしたがってむしろ直接法現在時制が多い。

　ところでラーキンのもっとも痛切な後悔の詩といわれるものを見てみよう。ハーディが過去と現在を対比して、失ったものの大きさに気付くのとは少し違って、ラーキンは過去の豊かさを追慕するより、現在の落剝を自覚するためである。

  「我が家は悲しいもの」Home is So Sad
  家とはとても悲しいもの。放置されたそのときのまま、
  最後に去った者の気にすむような姿で
  まるでその人たちを取り戻そうとするように。そのかわり
  喜ばせる人も無く家はただだ衰え行くばかり
  盗みを退ける人も無く。

  始まったときの姿に
  ものごとの理想の姿に
  すっかり違ったものに戻そうとする
  人も無く。その昔の姿はわかる、
  掛けられた絵やナイフ・フォークをごらん、
  ピアノの椅子の楽譜も。あの花瓶も。

これはハーディのように特定の人の追憶と哀悼ではない。しかしそこにあるのは我々の置かれた運命が常に時間・空間を脱ぎ捨ててゆかざるを得な

い事実である。つい今しがた立ち去った人の印象のthe last to goはこの家の住人ばかりかつい今先の自分の過去でもある。It withers soのsoは*York Notes Philip Larkin*のDavid Punterによると、この言葉のあるなしの効果を比べればその重要性がわかるという。つまりそれは「無限のあるもの」を示し、読者だけがwithersの進行状態を想定しうる、詩人は安易な答えを出さず読者の記憶力に挑戦しているという。またもう一方ではこの文脈でのsoには見捨てられ希望のないものがあり、そこには希望と成就の間のぞっとするような距離を測定しようとすることの無意味さを示しているようにも見えるという（32）。我々が直前に見たハーディのRain on A Graveの終わりもso, suchが繰り返されていたのは記憶に新しい。

この詩でもう一つ指摘しておきたいのは最後のThat vaseである。イェイツが指示代名詞の多様で読者を自分の世界に効果的に取り込んだ前例に倣い、ラーキンも読者にあなた方もご承知のこの家ですよと語りかけているようである。

　　「1916年　復活祭」Easter 1916
　あの女性の日々は
　愚かな善意に費やされ
　その夜は論争にあけくれ
　ついにキーキー声になった。

オーデンの『アキレスの盾』（1956）の書評ではラーキンは「詩的活力の衝動」は薄れ、詩人は「書くのに都合のよい詩のためのうまい枠組みを自由に選ぶ」ように思えるという。したがって結果は「冗漫で、器用で、遊び半分の気分で、目的のないもの」になっている。「30年代の強力な暗示性に富む、省略的な独創」から「今日の愚かしい冗漫さのごった煮」への逸脱は嘆かわしい。振り返ってみて以前にそう思っていたものまでがそうではなかったのかと思えてくる。「彼の才能は模倣と総合に向いていて、知性と知識の見せかけを作り出していたに過ぎない。彼の善悪の観念は粗雑で未熟であった。事実、イメージやメタファーの点で彼がいつも幼年時代に立ち返ることは彼の詩的個性の発達の中断を暗示する。何よりも彼の作品はセンティメンタルでない、器用ではない、思いやりに欠けていたし、

今も欠けている。」(*Further* No More Fever 168-73)

『歴史女神クリオ讃歌』(1960) の書評で「ひどくわくわくする社会詩人、活動的で非文学的ドタバタ劇に満ち、独特の透明な文言にみちたもの」から「愛想のよい本好きのアメリカ人、記憶に残るには冗漫すぎ、感動を呼ぶにはインテリすぎるひと」への変化を指摘。「石灰岩讃歌」は「快適で利口なエッセイ」にようである。その理由は１）新しい方言を回復したがプラスチック時代の童謡、バレエ向け民話、ハリウッドむきの古典学者（ラムプリエル）の混淆物になった。２）オーデンは決して高慢であったことはなかったが、いまや真面目さを欠いた詩人になった。真面目な意図の欠如は真面目な成果の欠如を意味する。３）戦前の英国の特別な不安が研ぎ澄ました才能はもはやなく我々の想像力を掻き立てない。(*Required* 123-8)

ラーキンがアメリカに行ったオーデンを批判した最大の理由は言語的土台からの切断である。このオーデン批判は当初から一貫してあった。これは土地と人間が一体となった風土からの乖離そのものである。ラーキンが風土をどのように考えていたかを示す格好の文章が、オーデンと同じく愛好の対象にしたJohn Betjemanに関して語られている。

> ・・・彼の詩が場所と同じく人々についてであるのは驚くに当たらない、また場所が人々と分けられないのと同じく、人々もまたその場所から分けられない。彼ら各自ははっきりと描かれた背景を携えている。——Mayfanwy、北オクスフォード、牧師の未亡人、the house of rest, 汚いロンドンの路地の奥のナイトクラブの女主人、壊れそうな作り付けの浴室の女事務員、もう着られなくなって久しい聖職者の長衣の中のハツカネズミまで。その一つ一つを通して我々は知らなかった人生を、すでにもう消えてしまったかもしれない状況の中に見る。　　(*Required* 212)

ついでながらベッチェマンの詩が如何にイギリス的風土に根ざしているかの例を見ておきたい。

「クリスマス」Christmas
クリスマス・イヴには、銀の鈴や花で
ロンドンじゅうのショーウインドーが飾られる

商社マンたちは、あわただしくシティーを引き揚げ
　鳩の飛び交う古風な塔へと足を運ぶ
尖塔の林立するロンドンの空を
　大理石色の雲が駆け抜ける
　　　大橋勇 他訳『桂冠詩人ジョン・ベッチマン、詩と人生』（中日出版　2007）(157)

　しかしオーデンの、これらの風土との一体化の破損、とりわけその言語的結びつきの消失の危惧を見たのはラーキンが初めてではなく、最初のオーデン論の著者フランシス・スカーフがすでに述べたものと同じである。「オーデンの強い感傷的な英国への気持ちが表れていない詩などほとんどなかった。イギリスとの接触を絶って、彼は詩人として彼の助けとなったもっとも基本的な事柄を失う可能性がある。戦時のイギリスを見ないことはもう一度イギリスを理解するのには妨げになるであろう。この苦しみを、目下完成中のこの感情の声にならない変革を共有することを拒否したことは、ここに戻ってもよそ者であることを意味するであろう。」*Auden and After* (Routledge 1942)(28-9)

　とはいえその風土の意識はオーデン自身ハーディから学んだものであるのは間違いない。先に挙げたイギリスの村の風景はもちろんハーディの風土であるのはいまさらいうまでもないが、もう一つだけ例を挙げれば四季・花・鳥の変化に敏感であることである。そこには列挙の習性も見られる。

「もしいつか　もう一度春が来たら」'If It's Ever Spring Again '
　　春が来たら
ぼくが出かけたあの場所へ　また出かけたい
あのとき、まだら模様の赤雷鳥の雄と雌が
互いにからみあっていて　ぼくに気付かず
そのそばでぼくは　彼女に腕をまわして立っていた
もしいつか　もう一度春が来たら
　　春が来たら
あのとき出かけたあの場所へ　また出かけたい

もしいつか、もう一度夏が来たら
　　夏が来たら

干し草の収穫がたけなわのときに
　　そして郭公が――二羽打ち揃って――昔のとおり
　　あるいはそう思われていたとおり　雌雄で声を和するとき
　　ぼくたちも　永年夢見ていたとおりのことをしたいものだ
　　もしいつか　もう一度夏が来たら
　　　　　　　夏が来たら
　　干し草が刈られ　蜜蜂が合奏するときに　　　　　　　　　（Ⅱ 154）

　ハーディ詩は共有する自然の記憶を喚起してその魅力を再確認すること、話者の過去の経験と読者の現在とが素直に合体することが大きな魅力の一つであろう。

　もう一つデイヴィの言葉でいうハーディのリベラルな政治的態度の問題がある。なるほどヴィクトリア朝人として国家や女王など体制への平均的忠誠心は否定できないが、そうした公的な場に登場する人々よりも庶民の悲しみや苦しみにいつも目を向けていた。反戦もその限りでといえばそうであるが、そのヒューマンな立場は時代を超えて共感を呼ぶ。

　　　「国々の砕ける時」に In Time Of "The Breaking of Nations"
　　枯れ草の築山から　炎も見せずに
　　　一すじ　立ち昇っているかすかな煙。
　　権力者の＜王朝＞が　幾代も幾代も過去のなかへ去るとしても
　　なおこの煙は　同じように続くだろう　　　　　　　　　　（Ⅱ 105）

　「国々の砕ける」時に」に登場する個人の具体的な労働や日々の営みへの目配りはそのままラーキンにも引き継がれた。ハーディの大状況と個人的状況の両者への目配りは、ラーキンのミニマリスト的好みに姿を変える。ラーキンもラディカルではないが、時の政府のありように市民的な批判の目を向けることがまれにある。

　　　「一つの政府賛美」Homage to a Government
　　来年は兵士らを帰国させる
　　金がないからという。結構なこと。
　　彼らが守ったあるいは秩序を保った土地
　　は自分らで守り秩序を与えるべき土地。

    我々は故国で自分らのために金が要る
    労苦をせずにと。そしてこれは結構なこと。

    こんなことが起こるのは誰の望みか不明、
    でも誰も気にしない決まったからには。
    あれらの土地は遙かに遠く、ここではない、
    それは結構。聞くところでは
    兵士らはあそこじゃ紛争の種。
    われ等はもっと心安らか来年は。

    来年は我々は金がないので兵士らを
    引き上げさせた国に住む。
    彫像は木に囲まれた広場に同じように
    立ち殆ど同じに見えるだろう。
    われらの子供たちは国が変わったなど判らない。
    彼らに残してやれるのは金ばかり。

後でも触れるがハーディの二つの傾向はオーデン的な世界を俯瞰的に、人間を一般的な性質のうちに捉えようとする抽象的な傾向と、ラーキンの、世界や人間をミニマリスト的に具体的な個別の現象のうちに捉えようとする傾向に分裂して引き継がれたといえるかもしれない。

　またラーキンは「苦しみ・悩み」に敏感であることを詩人の大切な要素と考えていた。彼のオクスフォード詩選集は悪名高いイェイツのものとことなり、オーウエン、サスーン、ローゼンバーグなどの戦争詩人を加えており、オーウエンや戦争詩人についてのエッセイもある。Passive suffering について独自の偏見を持ったイェイツに夢中になった経験があるにもかかわらず、ラーキンはその偏見から解放されていたのは幸いである。（この *The Oxford Book of Twentieth-Century English Verse*（1973）について一つ特異性を上げるとすればそれはKipling にYeatsとほぼ同じ頁数を与えていることであろう。）ラーキンはハフェンデンによるインターヴュで次のような問答をしている。

　　ハフェンデン「あなたの言う＜苦悩についての受動的懸念＞へのハーディ
　　　　　　の感性とそれがもたらす霊的成長の能力をあなたは実際に

　　　　　　　共有していますか。」
　　　ラーキン　「苦悩について敏感になればなるだけ良い人になれるし、人生についてより正確な考えを持てる。ハーディは一番最初からそれを持っていた。」　　（*Further Required Writings*）

　このようにそれはハーディからの遺産であると同時に、ラーキン自身の成長の糧でもあった。それに敏感であることによって詩人は成長すると述べている。

　ラーキンのもう一つの特徴の「消極的肯定」とも言うべき物言いも、ハーディのアイロニの系譜といえるかもしれない。これもインターヴュの発言であるが、以前にオーデンから Hull の生活は好きかと問われて次のように答えたという。「他の何処にいるのと比べてもそこで、より不幸だったとは思わない。」（*Required* 67）

　また別の問いの「この世で幸福はありえないと思いますか」に対して、「だって、健康で、そこそこお金があり、目に映る将来には特に悩みがないのなら、それは望みうる最大のことでしょう。しかし連続した感情の興奮という意味での「幸福」はそれではない。自分はやがて死ぬそして愛している人もやがて死ぬと知っているだけでもそうではない。」（*Required* 66）

　定義するのは難しいにしても、事実として、「不幸は詩を書かせる。幸福であることの詩を書くのはとても難しい。みじめであることについて書くのはとてもたやすい。」（*Required* 47）気に入りの主題は失敗と弱さと言われているがと問われて、「失敗についてのよい詩は成功だ」と答えている。（*Required* 74）

　それらは一見皮肉なように見えるが、皮肉というより大真面目な真実と言うほうがよさそうである。皮肉に聞こえるのはわれわれの前提が肯定のほうから出発しているからである。つまり不幸の側から始めれば少しでも当初より希望が見えれば幸いになる。始めが幸せの少ない位置にあれば幸せへ向かう変化は増大するわけである。これが「消極的肯定」と述べた内実である。

　この文脈でラーキンのペシミズムを見ておく必要がある。全面否定の毒が皮肉という距離感の取り方で多少やわらげられている印象がある。

「これこそ詩になる」This Be The Verse
あの人たちはお前を作る、父ちゃんと母ちゃんが、
　　つもりはなくともそうなるのだ。
自分らの欠点をお前にくれるが、
　　さらに余分も付け加える、正にお前のためだ。

だが彼らだって自分のときは作り出された
　　古風な帽子や上着の愚かな連中によって
その連中はいつも涙っぽく厳しかった
　　半ば互いに傷つけあって。

人は不幸を人に手渡すもの。
　　不幸は海中の岩棚みたいに深くなるのだ。
できるだけとっとと足を洗うこと
　　自分はガキなど残さぬことだ。　　*Collected Poems*（Faber 1988）(180)

　もう一つ最後にラーキンにもっと直接的にオーデンの痕跡があることを付け加えておくのが公正であるように思う。
　先の'Here'のswervingに見られるように現在分詞を効果的に多用するのはオーデンであった。

　　Coming out of me living is always thinking,
　　Thinking changing and changing living,
　　Am feeling as it was seeing-　　　　　　　　　　　　　　（*1929*）
　　おらが生きることから出るのがいつだって考えること
　　考えることは変わること、変わることは生きること
　　眼に映っていたことを感じている。

また不定詞を重ねて簡潔な定義を下すのもオーデン調である。

　　But to wish is first to think,

　　And to think is to be dumb,
　　And barren of a word to drop
　　That to a milder shore might come

And, years ahead, erect a crop.　　　　　（'I am washed upon a rock'）
　　　　　　　　　　　　　　　　　　　　　　　　（*Collected Poems* 23）
　　　でも　願うことは　先ず考えること

　　　そして考えることは黙っていること
　　　もっと穏やかな風土にくれば
　　　何年か先には収穫を産むかもしれぬ
　　　言葉一つも発しえぬこと　　　　　　　　　　　　（岩場で洗われ）

これらにはまぎれもなくオーデンの To ask the hard question is simple (The Question) エコーがある。

またラーキンのHereにはWordsworth-Hardy的な風物の列挙scarecrows, haystacks, hares, rivers, clouds, domes, spires, などに交じってcranes, trolleys, などが並列される。これはやはりオーデンの世代を経過したことは紛れもない。

　　　Here
　　Swerving east, from rich industrial shadows
　　And traffic all night north; swerving through fields
　　Too thin and thistled to be called meadows,
　　And now and then a harsh-named halt, that shields
　　Workmen at dawn; swerving to solitude
　　Of skies and scarecrows, haystacks, hares and pheasants,
　　And the widening river's slow presence,
　　The piled gold clouds, the shining gull-marked mud,

　　Gathers to the surprise of a large town:
　　Here domes and statues, spires and cranes cluster
　　Beside grain-scattered streets, barge-crowded water,
　　And residents from raw estates, brought down
　　The dead straight miles by stealing flat-faced trolleys,
　　Push through plate-glass swing doors to their desires-
　　Cheap suits, red kitchen-ware, sharp shoes, iced lollies,
　　Electric mixers, toasters, washers, driers-

A cut-price crowd, urban yet simple, dwelling
Where only salesmen and relations come
Within a terminate and fishy-smelling

Pastoral of ships up streets, the slave museum,
Tatoo-shops, consulates, grim headed-scarfed wives;
And out beyond its mortgaged half-built edges
Fast-shadowed wheat-fields, running high as hedges,
Isolate villages, where removed lives

Loneliness clarifies. Here silence stands
Like heat. Here leaves unnoticed thicken,
Hidden weeds flower, neglected waters quicken,
Luminously-peopled air ascends;
And past the poppies bluish neutral distance
Ends the land suddenly beyond a beach
Of shapes and shingle. Here is unfenced existence:
Facing the sun, untalkative, out of reach.

(*Collected Poems* 136-7)

　　この土地
豊かな工業地帯の影と交通の場所から
一晩中北にむけたあと東に逸れて、牧草地というには
痩せすぎアザミだらけのあいだを、
夜明けに職工を風から守る強い響きの名の駅舎を
時には抜けて逸れて、逸れた先には空と案山子と
干草山と兎と雉の孤独があり、
広がる川の緩やかな流れ、
金色の雲の重なり、かもめの足跡のきらめく泥、

大きな町の驚くべき人出に至る。
ここには円屋根、銅像、尖塔それにクレーンが群がる
穀粒の散乱する通り、艀の込み合う水域のそばで。
そして新しい住宅地からの住人たち、ゆるやかに進む

先の平面のトロリーバスに何マイルもの直線を運ばれてきたものらが
　　　板ガラスの自在戸を抜け望みの品に殺到する
　　　安売りスーツ、赤の食器、尖った靴、冷やしジュース、
　　　自動ミキサー、トースター、食器洗い、食器乾燥機など

　　　値引き品目当ての群れ、都会人だが質素、その住所には
　　　セールスマンか親類程度しか訪れぬ、
　　　通りの奥の突き当たりの魚臭い舟泊まり、
　　　奴隷博物館、刺青屋、領事館、面白味のない
　　　頭巾付けた主婦たちの場所、
　　　その場所の抵当付の建築途中のはずれの向こうに
　　　生垣ほどに高く伸びた翳りやすい小麦畑
　　　孤立した村々がある、そこでは隔離された人生を
　　　孤独がいよいよ際立たせる。この土地では沈黙が
　　　熱病のように居座る。この土地では木の葉は人知れず生い茂る。
　　　隠れた雑草が花を付け、省みられぬ川水がとく速く流れ、
　　　明るく人の気配のする大気が立ち上る。
　　　そしてケシの花の向こうで青みかかった中立の距離が
　　　突然陸地を終わらせる、その端は形の様々な
　　　砂利の浜。この土地は囲いのない空間、
　　　陽に向い、人声もなく、手の届かぬところ。

イェイツの荘重な思索に相応しい八行体オッタヴァ・リマの変形といえるが、swervingを重ね、そのエネルギーを引きずりながら、間に旅の車窓を思わせる景物の列挙を挟む技巧は、先のオーデンの現在分詞、動名詞の多用も感じさせる。

　先のアメリカ移住後のオーデンについてのほとんど「酷評」ともいえるラーキンの言葉の真意は二つ考えられる。ひとつは最初の魅力の大きさに対する期待の実現の希薄さである。『アキレスの盾』評にあった最初の魅力すら偽物に思えてくるという悔しさはオーデンその人に向けてのものよりもそれを見抜けなかった自分への腹立たしさの口吻である。もう一つは最後に見たようにそこここに現れるオーデンの口調の影のことである。

これはラーキン自身が気付かぬはずはないのであって、振り払っても振り払っても付きまとって来るオーデン口調の魔力である。おそらく詩人はこの種の厄介な影響に最大の無念さを感じるのではないか。つまりまるで生得の癖のように付きまとう第二の天性的影響がそこに見られるということである。ハーディやイェイツのように明らかに過去の大詩人とは違い、オーデンはラーキンには生きた手本となる同時代の先輩であった。

以上のようにラーキンにはオーデン経由のハーディと直接ハーディから学んだ部分混在しているが、そのいずれもがハーディの英国現代詩の中に多様な形の影響を残している証明である。

注　[Audenの俯瞰的視点の例]

MISSING	行方不明
From scars where kestrels hovers,	チョウゲンボウの舞う断崖から
The leader looking over	指導者は幸せの谷と
Into the happy valley,	果樹園と湾曲する川を
Orchard and curving river,	眼下に見下ろして
May turn away to see	さらに眼をあげ
The slow fastidious line	丘原を限る
That disciplines the fell,	ゆるやかな確かな稜線を見る
Hear curlew's creaking call	思いがけない角度から
From angles unforeseen,	ダイシャクシギのきしり声を、
The drumming of a snipe	シギの太鼓が人を驚かすのを聞く
Surprise where driven sleet	それは風に吹かれたあられが
Had scalded to the bone	骨まで皮膚を焼き
And streams are acrid yet	流れは不慣れな口に
To an unaccustomed lip;	いまだ苦味を残すところ。
The tall unwounded leader	背の高い負傷のない指導者、
Of doomed companions, all	呪われた仲間すべてを率いるもの、
Whose voices in the rock	仲間たちの岩場の声は
Are now perpetual,	今や不滅

Fighters for no one's sake,	彼らは人のための戦士たちではない、
Who dies beyond the border.	彼らは国境の向こうで死んだ。
Heroes are buried who	死を信じなかった
Did not believe in death,	英雄たちは埋葬された
And bravery is now,	そしていまは勇敢さは
Not in the dying breath,	瀕死の息のときにではなく、
But resisting the temptations	稜線を越える軍事作戦の
To skyline operations.	誘惑に抵抗することにある。
Yet glory is not new;	されど名誉は珍しくもない、
The summer visitors	夏の訪問客たちは
Still come from far and wide,	遠く広くから変わらずやってくる
Choosing their spots to view	賞を求める競争者を
The prize competitors,	見る相応しい場所を求めて、
Each thinking that he will	客の各自はそれぞれに
Find heroes in the wood,	首都から遠く離れた
Far from the capital,	森の中で英雄を見つけんものと
Where lights and wine are set	首都では明かりとワインが
For supper by the lake,	湖水のそばの夕食に用意される。
But leaders must migrate:	しかし指導者は行かねばならぬ、
'Leave for Cape Wrath to-night,'	「今夜発って怒り岬に行け」。
And the host after waiting	客待ちの主人は
Must quench the lamps and pass	ろうそくを消して命あるまま
Alive into the house.	母屋に戻らねばならぬ。

3　エズラ・パウンド
――イマジズムの伝統

　エリオットのゲーテ論に「本当の意味で親近感あるいは自然さでもって一度も近づけなかった少なからぬ作家、死ぬ前に私の負い目に決着をつけなければならない作家がいる。」と言う箇所がある。[1]　私にとってパウンドはちょうどそのような詩人の一人である。そして今回頂いた機会はその宿題を私なりに一部解決するまたとない機会になったことを感謝する。初期エリオット批評の、作品から作者の消去の理念には、ニューイングランド・ピユリタン的禁欲性が感じられたが、今のエリオットの言葉はある程度人生を振り返る時点になって発せられるそのような顧慮を払拭した気配がある。さらに、そうした一般論だけではなく、我々がエリオット、そしてパウンドをよりよく理解する問題も潜んでいるように思う。つまり今日の時点は、モダニスト運動の輪郭が既に明確になったこと、パウンド自身の作品をトータルに捉える機が熟していることである。
　モダニズムでパウンドの主張が中心となったのはイマジズムからヴォーティシズムにいたる1910年から20年、せいぜい30年までである。もっともHugh Kenner: *Pound Era*（1971）のように新批評以後の世代の教育を受けたものとしてパウンドをモダニズムの創始者だけでなくその中心人物だとするのはかなりアメリカの伝統に偏っている印象もある。
　ここでパウンドが主張したモダニズムを見ておくとイマジズムの三定式1）物に即した言葉、2）不要な言葉の削除、3）メトロノームの機械的なリズムではなく現実の発話的リズム　であった。これはワーズワースが『リリカル・バラッヅ』序文で述べた「日常生活からの事件や状況」を「人々が実際に使う言葉」で描くのに、「想像の彩を添えて平凡なものを普段と違う姿に提示する」努力と殆ど同義である。また言葉の絵画性に力点があるとは言え、ポスト・モダーンの論述的詩学と並んで、この二つの性質は

もともと言葉に内在した性質で、時代によってその力点が移動するに過ぎないといえる。ただ論述性に比べて絵画性による事物の提示は時間性を排除するので、必然的に断片的になりがちであり、この性質はパウンドに後々まで付きまとう。とはいえパウンドの側でのヴォーティシズムへの移行はイメージだけでなく、それが生まれる過程という連続性に注目した試みだという指摘もある。[2]

まずイマジズムのもっともよく引用される

　群衆の中のこれらの顔の亡霊は
　　濡れた黒い小枝に付いた花びら[3]
　　（In A Station of the Metro *Ezra Pound: Selected Poems*（Faber 1959）113）

も、彼の前書き的タイトル「地下鉄の駅で」がなければ、後半を主題とした梅の花を逆に群集の中で二・三の目立った顔のようだとすることも可能である。物に即するのは例える物と例えられるものの相互互換性を可能にする。（ただしそれは俳句の前書きが連句から発句が独立して不特定多数の読者を対象とした時の解釈の自由に一定の制限をつける工夫と同じといえるかもしれない。）

　比喩の互換性で言えば、エリオットの「プルフロックの恋歌」でもそれがいえる。

　夕暮れが手術台の麻酔を嗅いだ患者のように
　　空を背景に広がったとき[4]
　　　　（T. S. Eliot: The Love Song of J. Alfred Prufrock *Collected Poems 1909-1935*（Faber）11）

夕暮れが手術台の麻酔をかけられた患者のように広がる風景は眞に斬新であるが、ぐったりした患者の様子がまず視覚に焼きついて空がそれに従属している感すらある。これが物に即したイメージの力ではないか。

　この初期のパウンドの主張を彼が書評したイェイツやエリオットに見てみよう。

　このパウンド論集の序でエリオットは1910年前後を振り返り、それが出された1954年の読者から見て、当時の詩的風土は、想像もできないほど「沈滞していた」（stagnant）と述べて、それを打破するパウンドの文章は「新

鮮さ、再活性化、斬新さ」を動機とするので、書かれた時期を無視することができないという。次の三十年代のモダーン・ポエトリから見た直接の祖先の一人とされる戦争詩人のウイルフレッド・オーウエンですら、そのリアルな戦場描写と共に、ジョージアン風の美意識も残している。

　「一揺れごとに血液が腐った肺からごぼごぼと出てくる音を聞いたなら」（Wilfred Owen: Insensibility）と
　「彼らへの供花は耐える人の心の優しさ」Owen: Anthem for the Doomed youthのようにリアルさと真情の美学が共存している。[5]
　　　　　　　（John Silkin ed.: *First World War Poetry* (Penguin 1979)）

　この一次大戦の直前の時代にあって、その論集に納められたパウンドのイェイツ論（1914.5）は「最近のイェイツ」となっているがそれは詩集『責任』(1914)の書評である。そして既に知っている世紀末的「きらびやかさ」、靄と霧にうんざりで、もっと直接的な意識の詩「教えてくれ、猟犬たちは自分の蚤を賛美するかどうかを」[6]、この種の詩は前の詩集（*The Green Helmet and other poems* 1910に収録されている）で既に始まっていた。あるいは（A Coat）のような「硬い光」を受け入れる用意があるという。その結びの２行は文字通り簡潔で率直な表現の硬質性を示している。「裸身で歩くことには／より大きな想いが篭っているのだから」For there is more enterprise/ In walking naked.

　またパウンドはイェイツはイマジストかと問いかけ、いやシンボリストだといい、しかし「イメージズ」Des Imagesのような作品も書いているので、イマジストに異論はないだろうという。つまり表現されたものよりも、その背後にあるものへの関心がより大きいことを言っている。さらに続けて常に二種類の詩があり、一つはいやおうなく入り込んでくる音楽性のもの、もう一つは彫刻や絵画がいやおうなく詩に入り込んでくる種類のもの、この二つは喚起力と記述性、天才と才気というような超えがたい区別があるという。そして神話と同時代の詩人のあり方を比べた「灰色の岩」The Grey Rockのような作は「あいまい」だが「異様に綿密な注意力」unusually close attentionを必要とするという。これは「曖昧さ」を排し、より厳密さを求める知性への関心を示している。

また『プルーフロックとその他の観察』のエリオットについてはまずエリオットの現代社会の記述が完全で、
　　窓からシャツ姿の孤独な男が身を乗り出して
　　Lonely men in shirt-sleeves leaning out of windows
またサロンらしきところの女性のおしゃべりがリアルであるという。
　　ミケランジェロの話を交わしながら歩き回る
　　　　　　　　　　　　Come and go/ Talking of Michaelangelo.
　　あるいは「安宿の一夜」one night cheap hotels,
　　あるいは「頭上の天井に当る光の四つの輪／ジュリエットの墓地の雰囲気」
　　Four rings of light upon the ceiling overhead, / An Atmosphere of Juliet's tomb [7]

　そしてジェイムズ・ジョイスの『ダブリン人たち』*Dubliners*と並べてその作品を「その精妙さ、その人間性、そのリアリズム」(its fine tone, its humanity, and its realism) の故に賞賛するといい、ここでも「言葉の背後に並外れた理解力 (intelligence)」を感じるという。
　これらから先のイマジズムの主張は文体よりも用語面に、論理よりも視覚面に、機械的リズムよりも有機的な自由なリズムに傾いているのがわかる。さらにまたエリオットの批評の出発となった伝統論や個人的才能の逆説——「詩は情緒の解放ではなくて情緒からの逃避であり、個性の表現ではなく個性からの逃避である。」(矢本訳) とか、反ロマン主義詩学として自由な情緒の発露よりもリアルで注意深い理解力が必要だとするなどは先のパウンドの主張と表裏一体である。この理解力の訓練は主として文体の分析を軸に展開するのであり、そこにモダニズム批評を支えた作品と作者のより厳密な分離を主張する新批評の流れがあった。新批評はエリオットの「客観的相関物」やI. A. リチャーヅの科学的実証性を初めとして、アメリカで開花したジョン・クロウ・ランサム『新批評』(1941) 以降の批評運動である。それ以前の文学史的伝記的研究や美と倫理性を問う鑑賞批評に対抗した、よりテキスト中心の科学的・体系的・客観的な傾向といえる。この新しい文体、よりリアルで、口語リズム的で、いわゆる詩語として慣習化された表現からの脱却は、しかしながら、一定の期間を経過して、

その新しさになじんだ定式を形成するようになる。詩の革新とはこの繰り返しである。

　以上のモダニスト原理にイェイツ自身の反応はどうであったかを少し見ておきたい。「イニスフリーの島」の文体にすでに不満を感じていたイェイツの自己再生の時期とパウンドの付き合いは重なっていた。自分の世紀末からケルト的ロマン主義に感じていた不満はイェイツの自伝の中に述べられている。

　「イニスフリーの島」は記憶から突然生まれてきたが、自分の音楽的リズムをもった最初の抒情詩ではあったが、そのとき既に「雄弁からの脱出、雄弁がもたらす群衆の情緒からの脱出として、リズムを緩めようとしていた。しかし私の特定の目的には日常の統語法だけを使うべきだということはぼんやりとまた時々しか理解していなかった。もう数年後ならArise and goというような慣習的な擬古文は書かなかったろうし、最終スタンザの倒置——On the pavement grey——も使わなかったであろう。」[8]この世紀末についての告白はパウンドとの出会い以前のものであるが、能舞台に触発されたときと同じく、自分の模索していた要求に合致しているものの発見という出来事の例である。注2で挙げた先のナダル編のパウンド論集でジョージ・ボーンシュタイン[9]は「パウンドとモダニズムの誕生」というエッセイの中でイェイツがグレゴリ夫人にパウンドと話して自分の目標がはっきりしたことを述べているのを引用している。つまりイェイツはまだ「暗示・シンボリズム・ムード」に引かれてはいたが、近代人（モダーン）の抽象を捨て、明確で具体的なdialectの文章を書く、「明確で、具体的で、明白で、統語法的に自然であること、これらはすべてモダニストの長所である。」そしてボーンシュタインはイェイツが受け入れたパウンドの修正を列挙する。

　　Once walked a thing that seemed as it were a burning cloud（Fallen Majesty）
　　　　As it were 削除
　　Nor mouth with kissing or the wine unwet（The Mountain Tomb）
　　　　or the　を　nor with

Nor he、the best labourer, dead（To a child Dancing upon the Shore
　　　　　heを　him

　『責任』詩集は紛れもなく新しい文体に特徴がある。
　オクスフォードの『モダーン・ポエトリ詩選』の序文でイェイツがパウンドについて述べた批評はこの文脈で示唆的である。
　「彼の作品を全体として見たとき、形態（form）よりも文体（style）が目に付く。ときには私の知っている現代詩人の誰よりもより多くの文体、より多くの高貴さとそれを伝える手段が目につくが、しかし絶えずその正反対の物つまり神経質な執着、悪夢、口ごもる混乱によって遮られ、壊され、捻じ曲げられて無になってしまう。・・・この自制心のなさは無教養な革命家たちにはよくあるが、（シェリにもある程度あったが）パウンドのような教養と博識の人にはめずらしい。文体とその反対物は交互に入れ替わるが、形態は充溢して、球体にも似て、単一でなければならない。妨害のない場合でも、パウンドはある詩の行が文体さえあれば満足することがしばしばで、意味不明の橋渡しのない移行、説明抜きの発話をそのままにしておく。」これは後に述べる文体の絵画性と論述性の問題にもつながるが、直接には「断片性」の別の言い方でもある。Styleとformの区分は必ずしも明確ではない。しかし文脈から推察するに、前者は技術的な側面を言い、従って、diction, phrase, imageなど部分的にも習得可能なものであるのに対し、後者はそれらを含みつつそこに留まらず、それを発話するときの人物の息使い・身振り・状況・人柄などトータルな人格的要素も含むように思える。
　パウンドが評価したイェイツの簡潔さ・明白さ・自然な口語的リズムは比喩の面白さ・斬新さでも充分伝わるものである。
　　　でも今はもう私の願いが叶うなら
　　　魚にもまけず冷ややかに沈黙し耳もふさぎたい　　　　「万物が私を誘う」[10]
しかしパウンドの三原則の一つの即物性という点では、イェイツの文体・形態は抽象的であることを恐れない。今の比喩の絵画性とは別に次のような抽象的でありながら、口語的自然さを失わないのも鍛えられた形態の強みであろう。

> 人の知性は選択を求められる
> 人生の完成か芸術のそれかを
> 後者を採るなら、暗闇で荒れ狂い
> 退けねばならぬ、天国での安住は。
> すべてあのお話が終わると、次はどんな知らせがあるや。
> 運・不運は仕事に跡を留める、
> いつものあの当惑　空の財布
> それとも昼間の空威張りに夜の悔恨　　　　　「選択」[11] The Choice

イェイツとパウンドを分かつもう一つの重要な点は、慣行化された文体からの脱出で発話の自然さに近づける努力の面である。先にワーズワスの『叙情的バラッヅ』の序文で述べられた意図とパウンドの意図の近似性を述べたとき、慣行化された文章をより話し言葉に近づける努力との類似性を指摘した。しかしその文体の通常人の自然な言葉への接近はイェイツの発話の自然さとは大きく異なる。彼の「私の作品への一般的序文」の第3部「文体と態度」で繰り返すのは「情熱的で正常な話し言葉」(passionate, normal speech)、「強力で情熱的統語法」(Powerful and passionate syntax)、「私は情熱的主題のための情熱的統語法を必要とするので、言語と一体となって発達してきた伝統的韻律法を努力して受け入れた。」[12] つまり一見自然に見える発話も努力して習得された結果なのである。

　この初期の反詩語、簡潔さ、自然な日常的文体についてイェイツは伝統的世代の側からの接近であったが、エリオットは詩作に於いては当初からパウンドと同時代的連帯感をいだいていた。しかし批評家エリオットはやがてパウンドとは袂を分かち、分裂はより明確になる。それはエリオットの革新性が一段落して、新たな慣行を定着させるのに対し、パウンドの詩学は一種の永続革命的な変化の連続性を中心にすえていたからである。

　エリオットの側でのパウンド評は『パウンド詩選』(Faber 1928)の序に見られる。これは必ずしも明晰ではないが、内容と表現の慣行的二元論が必ずしも絶対的ではなく、相互に補足しあっていること、技法への関心の強いときと、内容が湧き上がるときの両方の時間に詩人は書き続けることを述べ、詩人の発展はどちらの場合にもあると述べる。経験の蓄積が昇華して芸術的素材を形成し、技法的努力の年月は適切な手段を準備するとい

う。そしてキャントウズはその両者をもっとも近づける苦闘のあとを留めているとする。これもまたキャントウズの断片性をどのように肯定的に受容するかの一つの示唆と読める。

　キャスリーン　V. リンドバーグ『パウンドの読書——ニーチェ以降のモダニズム』[13]の第3章〔「伝統と異端」——エリオットとパウンドにおける「分裂」〕はこの間の事情を詳しく追っている。出発当初一度は共同戦線をはるかに見えた二人であるが、1930年代以降エリオットは彼の批評原理を制度化する努力を強める、とくに『詩の効用と批評の効用』(1933)で創作と批評の議論を分け、『異神を追いて』(1933)では伝統と正統の概念で、モダニズム文学、特にキャントウズを裁断しようとした。これに対してパウンドは、従来型の、詩と散文の分離と優劣、アメリカ文学に対する英文学の優位、東洋に対する西欧の、喚起的断片よりも論理的整合性の優位などに対抗する、反伝統的伝統を主張した。このエリオットはキャントウズの静止的完成を意図しない作法、ロマン派的自発性の詩学とはもともと相容れない傾向であった。リンドバーグのエッセイにちりばめられた対句的述語は両者の違いを雄弁に語る。神秘主義的懐疑論者vs懐疑論的唯物論者、神学vs物理・生物学、体系的価値論vs折衷的・多元的・異端主義、是正主義的vs逸脱的、伝統論的一元論vs民主主義的・個人主義などなど——これは先のキャントウズの断片性の印象を一層強める議論でもある。

　とはいえ最初にも述べてようにパウンドには作品の統一性をすべて排除し続けたようにも見えない。初期のHugh Selwyn Mauberley (1920) はパウンドのロンドンとその詩的風土への別離を架空のペルソナに託して述べたものである。この「擬似的自伝」は直接の告白とするにはためらいはあるが、ちりばめられた、失敗の連続、意図のまちがい、時代の読み違いなどは、紛れもなく一人称の響きに満ちている。時代に合わない詩風の回復に努めた愚かさと無駄、自分を生んだアメリカの野蛮さとロンドンの偽善や上品振り、「崇高さ」と「美」と「永遠性」の錯覚に捉えられ、時代の求めるのは「まやかし」、「粗製乱造」に過ぎないことを気付かされたエピソードが語られる (II)。「聖餐のパンに代わる新聞」「割礼の代わりの選挙権」「平等」の名による「選ばれた悪党」(III)。「古い嘘」「ごまかし」「新

しい破廉恥」が「勇気」「毅然さ」「率直さ」に取って変わる（Ⅳ）結果となる。これらの衆愚支配、大量生産、消費文化など利子（Ⅳ）に支配された金融資本の時代の到来を呪っている。

　　この人々は戦った　ともかくも／あるものたちは信じた／「祖国のために」
　　と（Ⅳ）おびただしい人々が死んだ／なかには最良の人々も（Ⅴ）[14]

　もちろん1920年とは1918年の大戦の記憶はまだ生々しいものであったはずである。
　そしてこのペルソナによる自伝的作風からキャントウズに至る移行期を代表する作品が『セクストゥス・プロペルティウス賛歌』である。[15]
　ローマ詩人セクストゥス・プロペルティウス（B.C. 50?-15?）賛歌は彼の『哀歌』を伝記風にまとめた自由散文訳であるが、繰り返される主題は「愛・戦争・死・それに詩」である。この作品はエリオット編『パウンド詩選』（Faber 1959）では除外されているが、その除外を惜しみつつエリオットは序文で「それが知識不足の読者で古典の教養のない人には何のことか判らないし、古典の教養のある人でも、それが彼の翻訳の概念とどう一致するのかわからないであろうからである。それは翻訳ではない。パラフレーズである。いやむしろ（教養のある人には）一人のペルソナである。それはプロペルティウス批評、非常に興味あるやり方でプロペルティウスにあるヒューマー、皮肉と嘲笑の要素を強調した批評である。」と述べている。プロペルティウスは翻訳者の目と声をとおして、帝国戦争の幻滅を語るのであるが、パウンド自身も1917年の時点での「大英帝国の無限の言語を絶した愚行」を提示していることを認めている。[16]
　ついでながら次回にフェイバーから出た編者記載のない『パウンド詩選1908-1959』にはエリオットの意思を尊重してかプロペルティウス賛歌が収録されている。ここで使われている手法はプロペルティウスの資料を使い彼に語らせながら、書き手のパウンドとの対話を構成する。[17]

　　英雄たちの本を注文したのは誰だ、
　　　　　　　プロペルチウスよ、そんな名声は
　　獲得しようなど考える必要はない、
　　　　　　弛んだ平地は小さな轍に踏みつけられ、

君の冊子も投げ捨てられよう、たいていはあの長椅子に、
　　そこでは娘が淋しく恋人を待つばかり。
　　　　何故君の話をくどくどと脱線させるのか
　　　　　　　II Ezra Pound: *Selected Poems 1908-1959* (Faber) 81-2

　先にパウンドの翻訳論の話が挙げられたが、彼の漢字のダイアグラムの話も必ずしも厳密な学問的裏付けによると言うより思いつきの面が多い。彼にとっては翻訳はきっかけで、別の言語に移す作業がすでに創作なのである。そのように考えれば、このプロペルティウスの訳も新しい作品ということである。今日のグローバリズムのなかで、翻訳の重要性が見直され、翻案・雑居性・もじり・パラテキストの意味が再評価されつつある中で、パウンドがやろうとしていた新たなテキストの構築はこうした後代の流れを先取りしていたといえる。

　このペルソナに仮託して自己の経験を語らせる手法は、先のモーバリーで既になじみであるし、次のキャントウズでも、幾つかのエピソードに挿話を繋ぐ糸として生きながらえている。「長編詩の組織原理としてペルソナに代わるもの」[18]の探求がキャントウズの始まりの『スリー・キャントウズ』の主たる話題であったという指摘もある。このようにキャントウズ全体でなくとも限られたエピソード内で、ペルソナ的な人物がその統一を保証する役目を担わされている。ピサの体験を語るピサン・キャントウズ、アメリカ建国の父祖を称えるジェファソン[19]、さらには15世紀のイタリア動乱のさなかにあってルネサンス的に多様な才能を発揮したシギスマンド・マラテスタを扱うマラテスタ・キャントウズなどである。オールブライトによればVIII～XIシギスマンド・キャントウズは中国王朝のLII～LXI登場までの中では「一番統一が取れていて、年代記的にも理解可能な連鎖を形成している。」[20]と言う。またオールブライトは「半仮面」という表現で、詩人がすべてを投影するペルソナではなく、時に出たり入ったりする技法を挙げている。それは先のプロペルティウスからの自由訳の場合と似て、シギスマンドの伝記や恋人宛の手紙、芸術のパトロンとしての指示の書類など直接の資料の引用と、より主観的な自己の感慨を述べたものとの混在を意味している。

シギスマンドはイタリア半島が5つの主要な都市国家に分かれていた15世紀前半に小国マラテスタを率いて傭兵隊長となり「リミニの狼」の異名をとり、懐柔、合従連合、裏切りなど政治的才能を発揮し、私生活では、最初の妃を毒殺した噂、二度目の妻の不可解な死など話題には事欠かない人物であった。また彼は詩を書き芸術のパトロンとしても有名で、リミニの町のマラテスティアノ・大寺の建立でも知られている。パウンドは1922年、夫妻でイタリア旅行をしたときにここを訪れているが、ブルクハルトの『イタリア・ルネサンス文明』はこの時期を「モダーンな個人主義の登場」シギスマンドを「全人」と位置づけている。

　パウンドが旅したこの時期に『牧神の合唱』(1908)、『愛の寺院』(1912)の著者ジャーナリストのアントニオ・ベルトラメリは『新しい人間』(1923)を出版した。

　これは1922年10月の政権奪取後のムッソリーニ最初の伝記であった。ただしその書をパウンドが直ぐ読みふけったとするのは早計であると言う説もある。[21)]シギスマンドと聖フランシス大寺の関係の書物やベデカの旅行案内を読みふけったパウンドであるが、それらの書と経済学とイタリア・ファシストのつながりは時期的に重なっているのも事実である。シギスマンドに芸術のパトロンの理想の姿を見て、ムッソリーニにそれを重ねたのは充分考えられる。イタリア・ルネサンス風の波乱万丈の人生と芸術的パトロンの理想を見たことがこの人物を中心にしたエピソードをキャントウズに挟み込む気を起こさせたのであろう。しかしシギスマンドの事跡を追うだけでは詩的成功はおぼつかない。第8篇では恋人イソータに捧げたという有名な頌歌が引用されたり、ミラノやヴェネチアに雇われたいきさつが描かれたりする。しかし詩的に読者を惹きつけるのは第9篇の書き出しのような部分である。

　　ある年は洪水が起こり
　　ある年は雪原で戦った
　　ある年は雹が降って、樹や塀をだめにした
　　この沢地のまんなかで、ある年は敵のわなに陥った
　　水のなかに首まで浸って

やっと猟犬たちを追い払った[22]　　　　　（新倉俊一 訳 104）

また第10篇の初め

「シギィ、あなた、木々や我が家のぶどうの木のような、殴り返す
手だても、感覚も持たないものに戦いを挑むなんて
止めてくれない。いっそ仕えるよりも支配すべき街、シエナに
雇われたらいかがでしょう」[23]　　　　　　　　　　　（風呂本 訳）

　引用は引用符で囲まれる限りそれぞれ独立の意味を読み手に与えるべきだから、地の分との重層的関係が問題となる。ある人はこのパウンドの手法は歴史的記述を一歩フィクションのほうに進めたというが[24]、第９篇の後半のように日記や手紙を連ねただけではあまりパウンドの姿が目に浮かばない。ここには歴史とフィクションの興味深い問題が提起されているが今は深入りする余地はない。

　これに比べて同じルネサンス・イタリーにあこがれるイェイツのペルソナははるかに強固な人格を示している。
　「民衆」の詩でイェイツは直接には芸術（アベイ座の芝居やヒュー・レイン絵画など）に無理解なダブリンの市民たち（特にそのブルジョワジ）と対比させてイタリア・ルネサンスのウルビノ宮廷への憧れを語る。[25]

　　　　私はそうしてもよかったのだ、
　　　その憧れの如何に大であるか知っていたろう。
　　　私の足がフェララの城壁の緑なす木影の
　　　あたりを踏みしめる土地に住んでも、
　　　あるいは昔の彫像、宮廷人の動かぬ影像の間を歩むところに、
　　　夕な、朝な、その国日とたちが対話を続け
　　　壮大な夜を徹して、ついには大窓の側で
　　　夜明けを迎えるまで立ち尽くすあたりに。
　　　　　　　　　「人民」The People *The Collected Poems* 169

　イェイツのこの記述の元になったカスティリオーネ『宮廷人』に公爵夫人エリザベッタ・ゴンザーガ（1471-1526）が友人たちとウルビノ城の城壁の下、あるいは大きな窓のそばで愛の神聖さなどを論じた記録がある。しかしイェイツの場合シギスマンドのような特定化はない、にもかかわらず

イェイツはそうしたエピソードを単なる想像の出来事ではなく、読者も共有できる真実のように描いている。20世紀の初めのダブリンから、読者は紛れもなくその宮廷の階段や、ガラス窓から夜明けの庭を見下ろしている貴婦人の姿を見ている。それを見ているイェイツと視線を共有している。この視線を感じさせることこそ、イェイツ詩の自伝的・告白的響きによる作品の統一性と関連している。[26]

　おそらくパウンドはイェイツの詩の有しているペルソナの自伝的身振りの雄弁さのこもった作風は充分承知していたであろう。これに比べればパウンドのシギスマンドは特定の事件に絡んだ記述の引用である。ただ今まで見てきたようなピサン・キャントウズ、マラテスタ・キャントウズ、あるいはジェファソンなどアメリカ建国の父祖たちのペルソナたちの語るエピソードはどれも報道伝達的で、歴史資料的である。そこにはそれらを語る詩人パウンドの身振りに読者の同化を促す工夫は少ない。[27]

　　　教会はかれに背を向け
　　メディチ家の財ばつも保身のためにそれにならい
　　たぬきのスフォルツァ彼に背を向けた
　　かれ（シギスマンド）に自分の（フランチェスコの）
　　娘を九月にめあわせて
　　・・・
　　　　　かれ（シギスマンド）は「寺院を建てた」
　　家畜泥棒の群がっているロマーニャで
　　　　門のあいだで戦に負けたが
　　それでも一四五〇年までは完全には敗けなかった

（新倉　訳 101-2）

　　そしてシギスマンドはヴェネチアの人々の傭兵隊長になって
　　小さな城を売り払い
　　　　かれの計画のとおり大きな城を築きあげた
　　モンテルロでは十人の悪魔のように奮戦して
　　　　決して敗れることがなかった
　　そして宿敵のスフォルツァがペサロでわれわれをだました　　（105-6）

ただし、このようにシギスマンドとその競争相手の動向を描きつつ、必要に応じてその名をまるで呪文のように繰り返す。こうすることで、シギス

マンドの生涯の事象が蘇らされ、個別の事件と思われたものも、一連の関連した章に仕上げられてゆく。そして、キャントウズのほかの部分に比べれば、これらの部分はやはりその主人公の名がエピソードを繋ぐ糸の作用を果たしている。オールブライトの「半仮面」は新しい工夫と言うより、ペルソナと自伝的統一の魅力をパウンドが捨てきれなかった痕跡と見るほうが良いのではないか。

　イェイツはモダニストの工夫と言文一致の古くて新しい努力に惹かれはしたが、詩に自己を投影させる努力では首尾一貫妥協しなかった。彼の多くの自伝的詩作の最も心に残るのは次の一節である。[28]

　　ずっと昔に口にしたり行ったこと、
　　もしくは口にも行いにも出さなかったが
　　口にしても行いに出してもよかったと思うことが
　　重く心にのしかかり、一日たりとて
　　何かが思い出されて
　　良心や虚栄の心が揺らがぬ日はない　　　　　　　「動揺」Vacillation

少し前に引用したthe day's vanity and the night's remorseと並び、これらは時間の不可逆性と言う悲劇に捉えられた人間の運命の真実を語るが故にいつまでも心を打つのであろう。

　同じことはエリオットについても言える。彼の初期の「観察」と「分析」を中心にすえ、人格的な価値を後景に追いやった作風から、『四つの四重奏』の率直な自己告白にいたる道はイェイツと違った過程をとりながら、真実を語る新たな技法にたどり着いたことを示している。[29]

　　　　どの試みも
　　全く新たなものか、異なった失敗かに過ぎぬ、
　　人が言葉の制御を学ぶのは
　　もう言う必要が無くなったものかそれを言う気も
　　失せたものについてだけだ
　　　　　　　　　　（East Coker *Four Quartets*（Faber 1944）21）

　パウンドにもこうした人生総括的な認識がないわけではない。モーバリの「三年もかれの時代と調子はずれに／死んだ詩の芸術を生き

3 エズラ・パウンド

返らせようとつとめた」（新倉 訳）とかあるいはピサンキャントウズ。[30]

　　おまえが深く愛するものは　おまえから奪われはしない
　　おまえが深く愛するものこそ　おまえの真の遺産だ
　　この世は自分のものかかれらのものか
　　　　それともだれのものでもないのか
　　はじめに見えるものが現われ、つぎにふれうるものがこうして
　　現われた
　　　　たとえ地獄の広間でもそれは極楽　　　　　（新倉 訳 314-5）

　ピサの収容所ですべてを失い自由すら与えられない中で、残った最後のものを確かめるパウンドのありようは確かに人の心を打つ。しかし先のイェイツやエリオットの人生を全体的に回顧した認識が作品全体の中心に座っている感じはなく、どこか一過性の通過儀礼的な感じが付きまとう。特にイェイツに顕著であった作品と人生を総体として一つの全体像に帰一させようとする意志がこれらの認識を生み、その視線に読者を誘い込むのであるが、パウンドの場合、キャントウズの壮大な企画が不十分に終わったことが一層その欲求不満を感じさせるのかもしれない。

　とはいえ最初に述べたことではあるが、モダニストが初期の文体の革新を成し遂げて後、ポストモダーンに到って、もう一度「論述詩」の伝統が見直されるようになった。クリストファー・ノリスはエンプソン批評の知的性格として、「公共の論争」への訴えかけを見て、次のように述べる。

　　エリオットが支持したシンボリスト的側面は積極的理性の役割を抑圧する。論述的関係は意図的に抑圧され、詩の構造はアイロニと逆説の並置によって、その意味を理性的論議の可能な連続から切断するように思われる。[31]

　これはドナルド・デイヴィの引用するIrving Howeのpoetry of statementの復活を述べる文脈である。それは詩の技法だけでなく、批評の風土に於いても、イメージ・用語・韻律の断片的文脈から、より大きな文脈の文体・態度・個性の連続的文脈への移行が始まったことと関連している。厳密なテキスト批評から読者・伝達・影響関係という歴史的接近の回復とも言える。丹治愛氏の言う「テキストと読者をつつむ政治的歴史的コンテク

スト」[32]への移行をまって、モダニズム作品の自伝的・告白的要素の再評価が進行していると言えるかもしれない。初期モダニストの主張にもかかわらずからパウンドの中にキャントウズの回帰的・修正的傾向の一貫した執念、統合性への憧れが潜在していたことを読み取ることは可能である。論述的構造の再評価と共に、彼の畢生の大作のキャントウズの全体的な理解も新たな文脈を要求しているのではないだろうか。

注

1) T. S. Eliot: *On Poetry and Poets* 210
2) (オールブライト Early Cantos I-XLI, Ira B. Nadel: *The Cambridge Companion to Ezra Pound* 60)
3) The apparition of these faces in the crowd: Petals on a wet, black bough
4) When the evening spread out against the sky Like a patient etherized upon a table;
5) Wilfred Owen ; If you could hear, at every jolt, the blood/ Come gargling from froth-corrupted lungs, (Dulce et Decorum Est) と Their flowers the tenderness of patient minds (Anthem for Doomed Youth)が共存している。
6) Yeats; Tell me, do the wolf-dogs praise their fleas ?
7) T. S. Eliot: *Prufrock and Other Observations*
8) W. B. Yeats: *Autobiographies* (『自叙伝』 153-4)
9) George Bornstein; *Pound and the making of Modernism* (Nadel; ibid 25)
10) (All Things Can Tempt Me 1910) *Collected Poems* (109)
11) (The Choice 1933) C. P. 278
12) Yeats: *Essays and Introductions* (521-2)
13) Kathryne V. Lindberg: *Reading Pound Reading* (OUP 1987) Tradition and Heresy: "Dissociation" in Eliot and Pound 76 〜
14) cf. エリオット『荒地』 death has undone so many
15) "the key poem in this transition" (Hugh Witemeyer; Early Poetry1908-1920) Nadel; ibid 51
16) (ウイッテマイアー引用、Nadel 52)
17) 　Who has ordered a book about heroes ?
　　　　　You need, Propertius, not think
　　　About acquiring that sort of reputation.
　　　　　　Soft fields must be worn by small wheels,
　　Your pamphlets will be thrown, thrown often into a chair

　　　　　Where a girl waits alone for her lover;
　　　　　　　　　Why wrench your page out of its course ?　　　　　（Ⅱ）
18）（Witemeyer、Nadel; 52）
19）「その一人アダムズは統一した人格の例
　　　　　Ian F.A.Bell; Middle Cantos XLII-LXXI　　Nadel 105」
20）Albright; Early Cantos I-XLI（Nadel 72）
21）Lawrence S.Rainey; On Pound and Sigismondo Malatesta
　　（Modern American Poetry）
　　　　　http://www.english.illinois.edu/maps/poets/m_r/pound/poundandmalatesta.htm2014/08/05
22）新倉俊一 訳『エズラ・パウンド詩集』（角川　1976）以下同訳
23）Pound; *The Cantos of Ezra Pound* (Faber 1955) 46
24）（Marjorie Perloff）cf 21）Rainey
25）　　　　　　　　I might have lived
　　And you know well how great the longing has been,
　　Where every day my footfall should have lit
　　In the green shadow of Ferrara wall;
　　Or climbed among the images of the past-
　　The unperturbed and courtly images-
　　Evening and morning and her people talked
　　The stately midnight through until they stood
　　In their great window looking at the dawn;　　　Yeats;（The People）
26）（ちなみにこの前のBetween the night and morningはパウンドのVillanelle: The Psychological Hourに引用されているとオールブライトは注している。）Albright ed.: *W.B.Yeats The Poems* (Dent 1990) 575 notes on 'The People'
27）　With the church against him,
　　With the Medici bank for itself,
　　With wattle Sforza against him,
　　Who married him (Sigismundo) his (Francesco's),
　　Daughter in September,
　　　　　　・・・・
　　　　　　He, Sigismundo, templum oedificavit
　　In Romagna, teeming with cattle thieves,
　　　　with the game lost in mid-channel,
　　And never quite lost tll '50.　　　　　　　　　　　　　　（Ⅷ）
　　And he, Sigismundo, was Captain for the Venetians.
　　And he had sold off small castles

> And built the great Rocca to his plan,
> And he fought like ten devils at Monteluro
> And got nothing but the victory
> And old Sforza bitched us at Pesaro;　　　　　　(IX)

28)　Things said or done long years ago,
　　 Or things I did not do or say
　　 But thought that I might say or do,
　　 Weigh me down, and not a day
　　 But something is recalled,
　　 My conscience or my vanity appalled.　　　(Vacillation V)

29)　　　　　Every attempt
　　 Is a wholly new start, and a different kind of failure
　　 Because one has only learnt to get the better of words
　　 For the thing one no longer has to say, or the way in which
　　 One is no longer disposed to say it.　　　(East Coker V)

30)　What thou lov'st well shall not be reft from thee
　　 What lov'st thee well is thy true heritage
　　 Whose world, or mine or theirs
　　　　　　or is it of none ?
　　 First came the seen, then thus palpable
　　　 Elysium, though it were in the halls of hell,
　　　・・　　　　　　　　　　　　(Pisan Cantos LXXXI)

31)　Christopher Norris: *William Empson and the Philosophy of Literary Criticism* (Univ. of London, The Athlone Press 1978) 9

32)　丹治愛『批評理論』(講談社　2003) 32

4　W. B. イェイツ
——シンボリズムからモダニズム

1）一心になること

　ホーソーンの「偉大なる石の顔」にそれを見て育った少年が偉人になる話が出てくる。これは或る理想をいつも意識し続ける事がそれを実現する一つの道であることの見事な例である。イェイツがホーソンを読んだ証拠はないが、この考えは彼も知っていて、胎教的に母の理想が胎児に伝わることを語っている。[1]

　イェイツの生涯自体にそれを実践した経過が個人としても民族としても読み取れる。個人としては「詩人」になること、民族としては理想とする国家のイメージを持ち続けることである。詩人になることを願うよりも詩を書くことが大切だといったのはW. H. オーデンであるが、その区別を立てること自体が時代はすでに分析的厳密さを意識する方向に推移してしまったことを物語っている。しかしイェイツにはその区別が必要とされるほどの推移は現れていない。詩人であることを願うというのは、ロマンチックな詩人的イメージを思い描くのと詩を書き続けることが矛盾なく直線的につながっていたのである。それを願うことは書くこと、書けること、書く意欲を刺激され続けることと一体であった。また人々に国家としての一体化を促すイメージの創出によって始めて国家の形成が人々の頭に具体化することもイェイツは知っていた。これらの経緯について述べた有名な一節が自伝の中にある。「民族も人種も個人も、すべての心的状態のうちで不可能ならざるもののうちで、その個人・人種・民族にもっとも困難な心的状態を象徴したり喚起したりできる、単一のイメージもしくは関連した複数のイメージの束によって、一つに統一される。」（『自叙伝』[2]）

　詩人の偉大さを測定する尺度には幾つか考えられるが、オーデンは次のものを提示している。1）記憶に残る表現の多少　2）自分の生きている時代についての深い洞察の有無　3）自分の時代の進歩的な思想について

の共感と理解である。[3] また同じ書物で読めるT. S. エリオットのイェイツ論では詩人の偉さについて「絶えざる発展」という言葉が見える。このいずれもがイェイツの理解には彼の作品とそれを生み出した人物の深いつながりの糸を見つけることが不可欠であることを物語っている。つまり真実を思考することと生きる肉体的経験が弁証法的に相互にフィードバックしてつながっているということである。またそのために彼の長い一生と作品の連続した記録とが私たちに精神と肉体、思考と経験の統合の豊かな教訓を提供し続けているのである。この生涯を貫く一つの明確な特徴は自分が詩人であることを、詩人であろうとすることを、持続した意志とすることである。したがって彼の伝記的研究は未だ汲み尽くせないほどの有効性を示唆し続けているのである。

　私はここで三篇の詩によってイェイツの生涯の発展の相を考えてみたい。そしてイェイツがアイルランドの近代文学を代表しているがゆえに、彼の成長はアイルランド文学とその国家の発展の一つのパターンを提供していることを証明できればと考える。その三篇とは 'To Ireland in the Coming Times'、'The Grey Rock'、'Under Ben Bulben' である。

　　Ⅰ　夢の象徴に導かれて
　デイヴィス、マンガン、ファーガソンに
　劣っているとは考えてもらいたくない
　よく思いを巡らす人には
　私の詩は彼らの詩以上に
　肉体の眠り込んだ深い世界で
　見つかるものについて多くを語るからだ。
　　　　　「将来のアイルランドに」（To Ireland in the Coming Times）

　第一のものは *The Rose* (1893) からのものであるが、この詩集の象徴性を物語るように肉体が眠り込んで夢を見る、その意識の深みに出会う物事を歌にしたということと、直前の先輩詩人に負けないという自負がほほえましい意気込みの若さを示している。国を背負い、新しい詩歌で国のアイデンティティを作ろうとする愛国心、それとその先輩詩人たちの詩風とは違ったことをやろうとしている意気込みも見える。Thomas

Osborne Davis (1819-45)、James Clarence Mangan (1803-49)、Sir Samuel Ferguson (1810-86) の三人はイェイツ初期の成長に不可欠の人物であった。彼の最も早い時期の評論に取り上げられ、そこでの主張が自分の理想にイェイツがどのように近づこうとしていたのかを雄弁に語る文章に表れている。ロジャー・マキューの序文とトマス・キンセラのエッセイの付いたこれら三人についてのイェイツの文章を集めたものから引用する。[4]

デイヴィスの人気に影を差すことがアイルランドの大義名分に不利と考える風土の中で敢えてデイヴィスの瑕瑾を指摘するのは冒険を犯すことになるのは承知していた。しかしデイヴィスがオコンネルの人気を支えた政治的風土の上での人気に乗ったことは必ずしも賛成できないという口ぶりは既に後の大衆との決別を予想させる。

「オコンネルの政策は大きな改革を齎したがその人格的影響はほとんどまったくといってよいほど悪しきものであった。彼の乱暴な性質、罵り、破廉恥さなどはこの国の社会的・政治的な分裂の主たる原因となった。彼はいつも自分の態度の弁護に次のように言った。こうゆう手段だけがカトリック処罰法で気力を失った民族に元気を吹き込むことができると。」(16)「デイヴィスの影響を受けた人は皆彼の勧告か先例から次の考えを受け取った。すなわちわれわれは政党ではなく国家を求めて苦闘する、そして何らかの面でアイルランドに奉仕してきた我々の政敵は、あるいは我々以上に良い愛国者かもしれない。」そしてイェイツはデイヴィスのオコンネルとの論争に彼特有の美徳、「高潔さ」magnanimitiesを見て取る。ただNation誌に向かった若者たちはデイヴィスの（集中性）concentrationと（熱意）enthusiasmだけを学んで前者を写し取らなかったと嘆いている。

大衆行動と人気についてイェイツはいつも一定の距離と不信感を持ち続けていたが、ダグラス・ハイドの人気については屈折した羨望を抱いていた。1912年の雑誌に載せたクリーヴィン・イビン（ハイドのペンネーム、「楽しき小枝」）は副題にフランス16世紀の「ロンサールを真似て」とありロンサール得意のソネットを使っているが恋歌ではない。イェイツは『自叙伝』の「ヴェールの揺らぎ」、第2章の「パーネル以後のアイルランド」で自作の後半を引用している。[5]

愛すべきクリービン・イビン・・・われわれにも分け与えよ、
あなたの秘密は守るが、人を喜ばす新たな技を。
嵐の海のように波打ち返し姿を変える
このプロテウスのために轡はあるのか、
最も人気のある人よ、それともあるのはただ
向こうが嘲笑するときは嘲笑を返すのみというのか。
　　　　　　　　「アベイ座で」（At the Abbey Theatre）

　イェイツはこの時すでに舞台で大衆の悪意ある嘲笑と妨害を経験していた。そしてハイドへの呼びかけはロンサールが仲間の若い詩人の売り出しに一役買った故事を頭に描いて、ハイドからの助言を本気で求めていたのかもしれない。[6]

　クラレンス・マンガンは幸せな田園風景の少年時代を知らず、成人しても辛い悲惨さに見舞われ続けた。「名もないもの」'The Nameless One' が最も力強い詩の一つであるとイェイツは言う。

行きて語れ、才を浪費し
友に裏切られ、恋に見放され
難破した精神と萎れた青春の希望を抱いて
彼はなお、なおも努力を重ねたことを。

イェイツはこのマンガンに関し「この世の偉大な詩のすべてはその基礎に苦悶を有している」と語る。そしてマンガンは文学に一つの新しい特質、彼独自の悲惨さという主題を齎したという。マンガンはこれらの苦悩と悲惨を経験することで「楽しい美しいことよりも恐ろしいこと」のヴィジョンを見る方が多かった。そのことでの一つの利点は彼に「人間の運命への無限の信頼」を齎したことだという。運命とはここでは不幸という否定的な側面を指し、それへの信頼とは、避けがたいものとしてそれを英雄的に受容する、ニーチエからイェイツへと流れる「運命愛」とも言うべきものを指すのであろう。ここで面白いのは初期イェイツの詩的信仰は「美と真実」というロマン派の延長にあり、なかでも美を作り出す想像力と夢を重視していたにもかかわらず、人間の不幸・絶望・孤独といったものに創作

意欲をかきたてる契機を見ていた節があることである。それはまた生涯を通じて貧困や悲惨を中心とした人生の悲劇性への関心を持続したことともつながっている。(それは裏返せば、自分がその成功を手に入れた後ですら、彼は金銭・名誉・地位の俗物性には、半ば自戒の意味も籠めてであろうが、終生批判的であった。)

  彼の幸せの夢はすべて実現した――
  小さな古い家、妻、娘、息子、
  李とキャベツの植わった畑、
  詩人と知者が彼の周りに集まった。
  プラトンの亡霊は歌った「だからどうした」と。

  老いたとき彼はこう考えた「少年の
  計画通り仕事も仕上げた。
  馬鹿な奴は荒れ狂うが、俺は一つも脱線などせず
  物事を少しは完成した」と。
  だがその亡霊は更に声を張り上げた「だからどうした」。
       「だからどうした」(What Then)

　サー・サミュエル・ファーガソンはこの三人の中では最も評価が高い。「国民はデイヴィスに戦いの雄たけびを、マンガンには絶望の叫びを見たが、今日の唯一のホーマー的詩人のファーガソンだけは最初の世界の朝露に濡れる不滅の英雄たちの仲間を提供し得た」(31)。評価の高さの割には、クフーリン、デアドラ、コナリなどの物語の優れた英訳の紹介が中心だが、時々加えられる寸評からイェイツの狙いが分かる。「ケルトの精神は永続性のあるイメージを離れがたく思う、鎮めがたい憎しみ、鎮めがたい愛を・・・」そしてこの古い時代の人々は「祖国と歌」という二つの熱い思いしか持たず、「彼らには人生の個人的な悩みは薄れ、その世界にのみ気高い悲しみと気高い喜びが残っていた」(47)。「偉大な詩は、何かを教えるのではなく我々を変える。人間は多くの弦をもつ楽器のようなもので、その弦のうちのほんの少数だけが日常生活の狭い関心によって音を出すだけである。ほかの弦は使われないので絶えず響きを失い忘れられてゆく」(49-50)。「サー・サミュエル・ファーガソンがアイルランド最高の詩

人であると私が言うのは、彼の詩と伝説がほかの誰の文章よりもはるかに完全にアイルランド性を具現しているからである。ある一つの目的への揺るがぬ献身を、その情熱を具現しているからである。・・・悲劇的で悲痛なものへの、人の人生をすり減らし喜びを浪費する考えに、専念することにかけて、ケルト人は他の全ての人と比べて抜きんでている。」(52-3)

ここでやっと我々はマンガンの悲劇性、苦痛と恐怖と悲惨への傾向とファーガソンの一つのもののためなら人生の浪費も辞さない情熱のアイルランド性を結びつけることができる。巻末のキンセラのエッセイに言う「偉大さ・中心性・民族性そしてそれらの相互関係の可能性は別にして、どうやらイェイツはファーガソンの叙事詩の優越性は自明のことと考えていたらしい。イェイツがどこにその優越性を見つけたのか戸惑うが、それに似たものを、時には調整され時には深められた＜訂正され＞理想化されたファーガソンに見ていたのではないかと思う」(69)。国民文学を確立することに性急であったイェイツとその恩恵でアイルランド文学のアイデンティティをあらためて問う必要のないキンセラの時代的落差を明らかにする一節に思える。

この時期のイェイツの理想は一つは現世的なものよりも夢・理想・想像力に美を見つけようとしていた、それに対して金銭と名声と人気という世俗的成功は半ば憧れはあるにしてもそれへの軽蔑を正当化する貧困と無名の悲劇性に積極的な価値を見つけようと努力していたといえる。もう一つはやがて来たるべきアイルランドでは、現実主義的な近視眼が克服されて、理想を抱くことが正当に評価される時代が到来すると信じていた、信じたいと願っていたといえる。また国家的独立の課題が情熱を伴う事業であるにしても、その情熱が大衆的な扇動を基礎にしたものであることには懐疑的であった。民族主義には二面性があって、現実との接点を探るリアリズムの面と理想を実現する上での功利主義的な側面である。イェイツには後の劇場経営で発揮されるような世俗の金銭感覚も当初から十分備わっていたのである。

II 人生の悲劇を糧として

私がこの職業を共に学んだ詩人たちよ

4　W. B. イェイツ

　　チェシャチーズ亭の仲間たちよ
　　ここに私の作った物語がある、
　　今流行の話よりこの方が
　　あなた方の耳を楽しませると思ったのだ、
　　死よりももっと生があふれる情熱が
　　存在すると思い無駄な息を使っていると
　　お考えもあるかもしれないが、
　　またあなた方の酒の仕込には
　　元気なゴバン老人も文句はないが。
　　教訓は私のものだからあなた方に差し上げる。

　　　　　　　　　　　　「灰色の岩」（The Grey Rock）

　引用にある「古い物語」はゴバンの作った酒で酒盛りする神々が歌われ、そこに人間に恋した女神が登場する。それは気に入った英雄アシーンをさらって行って自分の想い人として仙界に囲うニーアヴのいる第1期の『アシーンの放浪』の続きと考えても良い。アイルランド妖精物語に、仙界の乳児の乳母として新妻をさらって行く話は多いし、イェイツもその話を妖精物語の中に収録したり、物語詩に仕上げたりしている。（例えばA Host of the Air。）ここに登場する女神の話はそれらのヴァリエーションと考えても良い。彼女は自分の情けよりも最後に人間の運命を愛した男への恨みを嘆く。「なぜ永世の身が一過性の存在を愛せねばならぬのか、／なぜ神々が人間に欺かれるのか」と。イェイツの収録した『神話』の中のある老婆の話ではゴバンは「伝説上の石工」であり、初版ではヴィーナスの連れ合いのヘファエストスのように「がにまた」となっていた。彼の作る酒は飲む人を「不死」にするという。ここでもヘレンに譬えられたモード・ゴンが「数年のうちにどこかの哀れな飲んだくれと結婚する羽目になる」嘆きを語りこの女神との一体化を果たす。神々の酒盛りはチェシャチーズの仲間の宴の譬えである。スリーヴナモン（女たちの山）はオリンポスの山に匹敵し、女神イーファーは「岩間育ち」である。

　チェシャチーズの仲間の人々はすでに死者となり「骨と筋肉を捨て去り」亡霊のような「イメージ」となってこの神々の宴に連なる。ジョンソンやダウソンが酒や女や歌（芸術）に溺れ若くして亡くなったとは言え、彼ら

は金儲けのために自分の基準を下げた歌を作りはしなかった。その「ミューズの他より厳しい掟を守ったが故に」(妥協や堕落を知らないがゆえに)、「仲間を増やそうと大義を声高に叫んだこともないので」(人気取り)、「後悔もなく終わりを迎えた」その理由で詩人は彼らを神々の列に加えるのである。「今流行りの歌」より私のもののほうが気に入るだろうというのは、流行の愛国的な反英国闘争心を煽るものより美と酒の伝説・神話を取るだろうというのである。死よりも生命に溢れる情熱というのは愛国心で戦地に赴くのとは違った情熱のありようを提示しているつもりであろう。あるいは諸君はすでに死者であるから生のほうに傾斜した情熱をより懐かしむであろうと考えたのか。それはしかし生き残った者の勝手な思い込みで無駄な呼吸に過ぎないというかもしれないが、自分としてはこうした物語のほうが諸君の気にいると考えたという。生死を超越する中の教訓はあなた方も私も共有していた、それがあなた方の死後に生じた我々の歌の不人気という変化を忘れさせてくれるという。ここで挙げられる三つの忠誠の対象、女性・芸術の神・国家はイェイツの終生変わらぬ関心事であり続けたことも指摘しておきたい。

　第一部は先輩詩人たちを対象にした取り組みであったが、この第2部は同時代詩人が扱われている。そのチェシャチーズ酒場の仲間は同時代人である親しみとライバル意識に彩られて、その長・短所の指摘においても共感とある意味での容赦のなさとで際立っている。

　ライマーズクラブの面々についての手際の良い紹介を書いたノーマン・アルフォード『ライマーズ　クラブ』[7)]の記述にもあるが、世紀末の只中(1892年)を叙した『自叙伝』と、死期も近い1936年のBBC放送の中での思い出とではこれらの仲間の記憶も変質しているのは当然であるし、アルフォードも述べているように前者は比較的広い視野に立っているのに対し、後者は主としてダウソンとジョンソンに焦点が当てられているので力点も違っている。

　『自叙伝』の中の最も印象深い一章である「悲劇的世代」は「苦悩と悲惨」を主たる調べとした先のマンガンの延長にあると考えてもよさそうである。不幸が詩人の思考に深みと幅を持たせるからである。不幸は避けが

たい運命感を育て、その問題を持続して考えさせるからである。この世代の代表であるジョンソンとダウデンを叙した文章を引用しておく。

> ジョンソンは厳しい性格で、強い知性の持ち主で、思うにいつも意図的に友を選んだ。それに対しダウソンは温和で情が深く移り気であった。彼の詩は宗教の魅力を彼がどれほど本気で感じていたかを示しているが、彼の宗教は無垢の恍惚状態への願いにすぎないのでドグマとしての形式をもたなかった・・・ジョンソンの詩はその人格の最後の崩壊前の自身のように喜びと明晰な知性と硬質の活力などの一つの感情を伝え、彼はわれわれに勝利の一部を分かち与える。それに反してダウソンの詩は彼自身もそう見えるとおり、悲しいもので、誘惑と敗北の人生を描いている・・・[8]

「酒と女性と歌」に身を持ち崩し、自ら人生の悲劇を引きよせそれに殉教した詩人たちを描くイェイツの筆は批判的な共感に満ちている。この世紀末の傾向からの脱却のイェイツ的テーゼはシングの口を借りて語られる。「二つまでは共存するが全て揃うことはめったにない三つのものがある。すなわち恍惚（ecstasy）、禁欲（asceticism）、厳格（austerity）である。その三つを一緒に実現したい」[9]。この三副対は幾度も登場するが相互に若干の重複を重ねつつも、恋・理想・芸術と読み替えることも可能である。

問題はこの時期のライマーズクラブの詩人たちが一種の芸術至上主義と「純粋主義」に憧れて、人生そのものの雑多なあるいは俗世の関心事を軽視・無視しようとしたことである。イェイツの才能の大きさはそこに安住することを許さなかった。彼は「不純さ」を除ける闘いを続けながら、それを取り込んで大きく成長してゆくのである。

Ⅲ　発展の相を

アイルランドの詩人たちよ、技を磨け
出来栄え良きものを称えよ、
軽蔑せよ、今のし上がってくる
全身いびつな連中を、
記憶の悪い彼らの心と頭脳を
賤しい寝床の賤しい生まれのものたちを

「ベンバルベン山の麓で」（Under Ben Bulben）

この詩の中心主題は「完全さ」の追求にある。オールブライトに拠れば

3連の行動人、4連の画家、5連の詩人、6連のイェイツ自身はそれぞれ完全さのヴィジョンに向けて存在の充足を求める。「ボイラーの上で」と名づけられたエッセイは「下品・不恰好・愚劣さ」を浄化する戦いを推奨する論戦であり、立派な文明を再生させる優生学の理想を後代の詩人に託すエッセイであるが、それとつながるこの詩は「優生学の詩」であるという。[10]

　また創作過程の推移を草稿の移動で辿るストールワージ[11]は3段階の散文原稿の主題について1）万物における神の内在性、人間の英雄的な自恃、2）死の取るに足らぬこと、3）心身共に調和する象徴としての子供の踊りなどを取り上げる。ついで韻文原稿に移ると「測定」の重要さ、闘争の中の平和、相互に咬合するガイアと性行為の類似が来る。またタイトルは「信条」Creed、「彼の確信」His Conviction、非人称的な「ベンバルベン山の麓で」Under Ben Bulbenと変わることもあげられる。この変化の中で第一連の始まりのI believe はSwearという命令文に変わる。「誓え」と命令するのは、古代ギリシャや東洋の聖者の言葉を信じて、シェリィの「アトラスの魔女」にかけて、騎馬の人・血色も容姿も超自然を思わせる女性・情熱がもたらす完全さをもって空を行く青白の細面の一団にかけて、第2連以下の真理を認めることである。このアトラスの魔女にオールブライトは注して言う、この美しい魔女はマレオティスの湖水の表に「消されず常に揺れ動く影となって」映される人の生のすべてを見る、(『アトラスの魔女』LIX, 3)、つまり「地上の存在を象徴する水に映し出された事物の姿、究極の現実を見る」という。[12] それは最初の「私は信じる」という個人的な感慨の陳述よりも、死後に生者に向かって呼びかける切迫さを伴ったものである。ハザード・アダムズはこの変化は先王ハムレットの霊界からの呼びかけを模した死後の世界から自分が後代の詩人たちへ呼びかける威厳を伴ったものという。[13]

　さらにストールワージを続ければ、第1連と3連は一般聴衆を相手にするのに対し、第4連は特定化し、詩人と彫刻家にdo the workつまり創作に励めと語り、第5連ではさらに特定化を進めて、詩人たちに限定する。

したがってこの詩全体のメッセージは詩人たちに「秩序・均整・巧みの技」を引き継ぎ、それを後世に伝えよと願うことにある。[14]

そこにはしかしながら、騎馬の人の技量、情熱に鍛えられて不滅の世界に入った者たち、彫像に固められた貴婦人、古の聖賢、見た人の腸をえぐるような姿形を刻んだ画家・彫刻家、酒の喜びに心底から笑える農夫などの伝統を詩人が伝える義務を積極的に背負うことを求めている。詩人は自然と超自然の両方に目配りするすべを知っているがゆえに「目利きの能力」[15]を獲得した存在である。「冷ややかな眼差しを生と死に向けよ、騎馬の人よ、過ぎて行け」の注にストールワージがイェイツがその前年に書いたシェイクスピア論から引用しているのはまことに当を得ている。シェイクスピアの主人公たちは表情や台詞の比喩的流れにより「彼らのヴィジョンの突然の拡大、死を前にしての喜悦」を伝える。・・・「超自然的なものが現れ、冷たい風が両手・顔に吹き付け、寒暖計が下がり、その冷気のせいでわれわれはジャーナリストや平土間の観客の憎悪をかう」[16]。

第1連の終わりで聖者・魔女・騎馬の人・不滅に達した妖精界の住人などの言いたいことの要約が「以下のとおり」と述べる。それに従えば、第2連から第5連までがそうで、第6連はその伝統の証として自分イェイツはこの土地に眠ると歌い収める形を取る。

しかしハロルド・ブルームのようにこの詩には「特に取り立てて新しいものはない、それは『最終詩集』の多くのものの観念やイメージを要約しているのだ」[17]と言い切るのも忸怩たるものがある。ただ第2連から第5連まですべてが死後の世界や妖精界からのメッセージの要約とするのも不満の残るところで、先の後世の芸術家に伝統をふさわしく引き継ぐことを願うのがこの詩の本質とすれば「要約」を第4連・第5連に限定すべきかもしれない。

第2連は人は二つの永遠、民族と魂のそれの間を往来する、自然死であれ不慮の死であれ最悪は「愛する人たちとの束の間の別れ」であり、墓堀人は死者を人の心に投げ返すという。民族とは個体の死を超えて伝統を永続させる器であり、魂は肉体という個の消滅を超えて再生した生を繰り返すというのがイェイツの考えである。第3連は19世紀のアイルランドの反

逆者ジョン・ミチェルの言葉「主よ、われらの時代に戦いをくだしたまえ」を引用し、

> 「言葉が尽きて、／
> 人が狂乱状態で戦っているとき、／
> 長らく見えなかった目から鱗が落ちる、／
> 人は分断された精神を完全なものとし、／
> 一瞬のあいだ心安らぎ、／
> 心静まり声高に笑う。／
> 類なく賢明な人も、運命を完成し／
> 自分の任務を知り連れ合いを選ぶ前には／
> 何らかの暴力を持って／
> 緊張するものだ。　　　　　　　　　　　　　　　　　　　　　　（Ⅲ）

つまり一心不乱の状態にあるときに一種の天啓が下る。それはこちらの諾否を問うこともなく半ば「暴力的に」一方的に降ってくる。この集中度の高め方の重要性が天啓を引き出す条件であることが強調される。この訪れの「一瞬性」は人間の不完全さの限界であって、それが過ぎればまたもとの「分断された精神」に戻ることを余儀なくされる。

　第4連はこの束の間の天啓を得て「人の心を神のもとに連れてゆく」詩人と画家の任務が語られる。人は自分の決められた運命を正しく導く義務があることを、彼らは教える。「神」とは特定の宗派の説くそれではなく、「完全さ」の姿をとって自らを垣間見せる或るものである。ギリシャやエジプトの画家・彫刻家そしてイタリアルネサンスの画家は「計測」の重要性を理解し、それに従った均整のある像を作った。ミケランジェロの絵を見た人は腹の底に沸きあがるものを感じるが、創作の精神が作動する秘密は一つの目的を持っているからである。しかしそのような完全さを求める目的は抱くだけでも神を恐れぬ所業である。

　その完全な姿は眠る人が目覚めと夢の間に見る姿、夢が消えベッドとその付属物だけが残ったときにも「天が開いた」と断言できる経験の記憶にも似ている。またしても「天啓」は一時的で「偉大な夢が消えたとき／カルヴァート、ウイルソン、ブレイク、クロードは神に選ばれた人々に一つの休息を用意したが、・・・その後には／混乱がわれわれの思想に降って

きた。」

　つぎの第5連では詩人の番として自分の職業に熱中せよという。その内容は最近の時流に乗った育ちの悪い、血統の卑しい、記憶の乏しい頭の連中は軽蔑し、伝統の流れの源である農夫・地主・酒を愛し激しく笑える人・彫像に残る華やかな貴顕たちを歌えという。そうすることで来るべき時代にも「不屈のアイルランド人」であるためだという。

　以上の指令をあらためて要約してみると次のようになろうか。

　まず運命を受け入れるとは詩人になる運命を全うすること、それは生涯の伴侶を選ぶのと同じくらいに真剣な選択であることだ。

　次にその運命を全うするためには詩人はふさわしい技の修行にいそしまねばならない。修行とは「測定」と「型姿」のめでたさを表現する技、その「目的」に集中することそれらがあって初めて「よく作られた」作品に結実することが可能になる。

　その「型姿」は第一段階にもあった「夢」に登場するような理想的な釣合いの姿。

　その「夢」は一過的な瞬時の天啓の形でしか訪れず、後には「天が開けた」という記憶しか残らないもの。

　この一過性に過ぎないものを多少とも永続させるのが芸術家の技であり、その限界を意識しつつなおその挑戦に挑むことが芸術家の運命であること。

　これらの価値を列挙すれば真剣さ・勤勉さ・集中性・持続性・挑戦などが考えられる。そのような価値を実現するには最初に述べた粘着力のある意思の力の保持がまず不可欠である。しかしそのような意思は最初から完成された形でそこにあったのではなく、今我々がたどってきたように、幾つかの段階を経過しつつ一層強固でしなやかで展性あるものに仕上がって行った。

　神秘詩人、現実のヴェールに隠された背後を見ようと憧れた詩人から、事物の本質をリアルな世界の中から探し出そうとするリアリストの目を鍛えた詩人を経て、最後は詩人という種族を代表して発言する権威を獲得する。今まで見てきた三期の詩はこれらの発展の相を端的に示している作品

と言える。そしてこれらの一貫した考えは「詩人であること」への処方箋を自分の実体験にそって語ったのがこの詩であるといえる。その場合に、重要であるのは最初にあげたように意志の力によって自己を「作り変えてゆく」、それが可能であるとする確信である。イェイツが詩人であること、あろうとすることが可能であるのを示すのに作品と人生を連続の相で示していることは自らの言葉「最後のロマン派」のもう一つの教訓であるといえる。

注

1） Susan Johnston *Graf: Twentieth-Century Magus*（Samuel Weiser, NY 2000）'When they first married and began the spirit communication, they were using contraception, waiting for the correct astrological time to conceive.' 172
同書はほかにも胎児（マイケル）が親の意思とは別に霊的な存在の影響下にあるような記述にあふれている。
2） Yeats: *Autobiographies*（Macmillan 1956）194
3） Auden: W. B. Yeats; the Public v. Late Mr. William Butler Yeats in William H. Prichard ed. *W.B.Yeats*（Penguin）137
4） Yeats & Thomas Kinsella: *Davis, Mangan, Ferguson?*（Dolmen 1970）
5） Yeats: *Autobiographies*（Macmillan 1956）219
6） Lester I.Conner ed.: *A Yeats Dictionary*（Syracuse UP 1998）35
7） Norman Alford: *The Rhymers' Club*（Macmillan 1994）
8） Yeats: *Autobiographies*（Macmillan 1956）311
9） Yetas: *Autobiographies*（Macmillan 1956）346
10） Daniel Albright ed.: *W.B.Yeats Poems*（J.M.Dent & Sons 1990）notes 808
11） John Stallworthy : *Vision and Revision in Yeats's Last Poems*（OUP 1969）
12） Albright opus cit. 809
13） Hazard Adams: *The Book of Yeats's Poems*（The Florida State UP 1990）238
14） Stallworthy opus cit. 168
15） ibid. 171
16） Yeats: *Essays and Introductions*（Macmillan 1961）523
17） Harold Bloom: *Yeats*（OUP 1970）467

2）大江とイェイツ

　『燃え上がる緑の樹』3部作のそれぞれに中核となる事件がある。第1巻では「オーバー」と呼ばれる、巫女とも預言者とも言える、百歳に近い老婆が登場し、彼女がこの四国の山奥に伝わる「壊す人」の伝説を語り、次世代の教育を引き受ける。オーバーの最後は1巻の比較的早い時期に（3分の1くらい進んだところ）生ずるが、90歳を超しているにもかかわらず、その苦痛の呻きは、森の中で鳴り響いたという「大怪音」を思わせる波長で、時には耐えがたく、時には何でもないように、風具合では小さな谷ではあるがそれを越えて伝わって村人の噂になる（20）。またその死後の弔いも、「童子の蛍」という慣行で、夜、明かりを持った幾組もの子供たちが山に入り、そのうちの一組が身内だけの知っている木の根元に遺体を埋葬する（79）。

　オーバーの伝説は明治の頃の近代国家の権力がこの僻地の自立性を壊そうと押し寄せて来たときに、敢然と立ち向かい、川下の開けた土地に打って出て散った話である。オーバーはその誇り高い伝統を教え込もうとするのであるが、身内の一人の秀才は外交官となり世界を飛び回る。もう一人は小説家として東京住まいをする。また別の身内の一人は東京の大学で勉強し、先の外交官や小説家に匹敵する教養を身につけるが唯一オーバーの教えを引き継いで村に戻り、オーバー譲りの「手」による治癒力で住民に奉仕する。しかし治癒力や宗教心の誤解から、住民に撲殺される。この3人は高度な教養とオーバーの語る伝説とを共有していて、「総領事」は英・独・仏・羅を理解し、ダンテ、イェイツを好んで読み、小説家のk伯父もそれらの詩人に親しみ、撲殺された先代の「ギー兄さん」も蔵書にそれらを有しダンテを愛読していたという。

　この家系の中で、「総領事」の息子「隆」が二代目ギー兄さんとなる。第2巻の中心はこの話とガンを患いこの村に引退して死を迎える「総領事」の最後である。この巻の印象的なエピソードはギー兄さんの治療中、小児

ガンに冒された少年が人々が人生の喜びにふける中で自分一人がそれから阻害される苦しみに対して、「永遠よりも少し長く生きる」という考えを示すところがある。「人生の饗宴から阻害される苦しみ」はジョイスの『ダブリン人たち』の中の「痛ましい事件」の中にも出てくる。
　ついでに言えば大江氏の作品にはアイルランド文学の影響が所々に出てくるが、イェイツはもち論であるが「狩猟で暮らした我らが祖先」はアイルランドの鋳掛け屋などの旅職人の日本版である。
　このギー兄さんの修行の命題は今の「永遠より少し長く」と言うのと、発心のきっかけを語る「魂のことをする」と言う言い方にある。これは筆者の個人的思い付きだが、前者は昔「解析１」の等差級数の和の公式で $n(n+1)/2$ を教わったとき、１から n までを並べて、その下に n から１までを逆に並べ、上下を足したものは同じ和の $(n+1)$ となるから、その n 個を掛けると２倍になる、それで２で割れば n までの総和が出ると聞いたときは何という優れた思いつきかと驚いた。その公式の n は無限大に拡大できるが、永遠という不定ののっぺりした部分をさておいて、ちょっとだけ長くと言う部分はこの＋１に相当するのだと思う。同じ言い方で「永遠より少し短く」と言い、さらにその永遠は結局「一瞬」の別の言い方だとし、「一瞬より少し長く」という言い方もする。かじ少年のやりきれない切なさはこの永遠の正体不明さに起因しているのを感じたギー兄さんが具体的に考える糸口を与えようとした一つの処方箋といえる。
　もう一つの「魂のことをする」というちょっと変わった言い方は、「彼は天体のことは良く知っている」などの言い方に近い。しかし魂のことを専らにするというのは聊か常識の世界と外れている。そのずれていることがそれに向かう覚悟と熱意の桁外れの大きさを示しているのかもしれない。
　さて死期を自覚した「総領事」は故郷に隠棲して、k伯父さんに倣って小説的自伝を書こうとする。そのときに考えの手がかりにするのがイェイツ詩集である。
　第２巻にはまず第１章が「イェイツに導かれて」と題されて、ふんだんにイェイツからの引用があるが、総領事自身も認める「露骨なほど伝記主

義」(10) の読み方だという。

　とはいえドロシー・ウエルズリにまで手を伸ばすのは単なる素人好みの域を超えている。「伝記好み」はこの詩人への近づき方としてはむしろ正統的で自然なものであり、また伝記研究が豊かな実りを挙げている実態に即しているといえる。自伝的な記述で最も印象的な個所を総領事も引用する。

> 俺がこれまでいったりしたりしてきたこと全てが
> いま年をとり病みつきもして、
> 疑問となりおおせているわけなのだ
> 夜また夜、おれは眼ざめたまま横たわっているが、
> まともな答えにいたることはできぬ。
>
> 　　　　　　　　　　　　　　「人と谺」Man and Echo (15, 6, 7)

以下のような引用・言及がある。
　　Easter 1916 (8ページ)、「それがどうした」What Then (8)、「1919年Ⅲ」1919 Ⅲ (10)
　　総領事の読書　評伝中心「露骨なほど伝記主義」(10) Dorothy Wellesley, 「円環Ⅱ」Gyres Ⅱ (28) −「歓喜せよ」、「塔」The Tower (30) −「今や遺言を書くべき時だ」、「政治」Politics (36)、「魔法」Magic (*Essays and Prefaces* (50) ——「大記憶」
　　第2章　(中心の空洞)
　　「瑪瑙」Lapis Lazuri (59) −「陽気」、「動揺」Vacillation (75) −「悔恨」
これらはすべてイェイツ詩の キーワードである。それらが自伝的響きを伴いながら登場するのがイェイツの魅力である。

　もう一点　総領事の繰り返される引用に、当然ながらアポカリプティクな詩行があり、それは一つはウエールズの叙事詩マビノギオンからの「燃え上がる緑の樹」のイメージ、もう一つは「動揺」Vacillation Ⅳの

> 店先で街路を眺めている時に
> 　突然私の身体が燃え上がった。
> 　そして二十分間かそこいら
> 　感じられたのだ、私の幸福があまりに大きいので、
> 　私は祝福されており、かつは祝福もなしうると。　　　(第3巻　22)

これらの引用の意図はギー兄さんと少年かじの対話の時間の永遠性を超越する傍証といえる。
　またギー兄さんの説教に次のような箇所がある。死んでゆく人に「自分の命よりも、あなたのいのちが大切だと私は思う」(240) と、自分が生まれてきたことに意味があるとすれば、その言葉を発するためであったように感じる。総領事はそれに近い意味を人生に与えようとしていた、後のギー兄さんの死を暗示した結末といえる。それはまたギー兄さんの一見懐疑的で不決断に見える言動も、人間の側でのできることは、苦しみの除去ではなく、少なくとも耐えやすくすることは可能であるという信念に基づくといえる。
　第3巻はこの教団の組織は大きくなり、その中から分派が生まれ、その一つが外に向かって布教する、もう一つは教団の組織維持が何時しか自己目的化し、ギー兄さんの初志である「魂のことをする」優れて個人的な目的から逸脱してゆく。そうして北欧神話のサガのように、ギー兄さんは教団のシンボルである大桧を炎上させ教団を放棄して（その予兆は98ページ）、より個人的な布教への専心を求めて出てゆく。その旅立ちの直前にテロリストの攻撃を無抵抗に受けるがままにして、「自分のいのちより他人のいのちを大切に思う」(353) 思想の実践で、かれは倒れる。
　このギー兄さんをめぐる主要な命題は二つである。一つは「神は存在するのか」、もう一つは「あなたは＜救い主＞か」に答えることである。いずれも神学的命題であるが、以下に見るように必ずしも神学にこだわらない。
　第2巻第2章「中心の空洞」(73) にkさんの友人の文化人類学者の言葉として、日本文化の特有のかたちとして、権力の中枢に空洞がありそれがすべて責任の所在をぼやけさせるるという批判に、ギー兄さんは弁護するわけではないが、繭に向けて集中することで次第に手ごたえが確実になる話をする。
　「繭の中心の空洞に集中するとしても、・・・いつまでもそこから何も現れないままで、決して不都合だとは考えないと思うよ。「中心の空洞」に向けて祈りを集中しているとして、人間の側の営為として、今の私には

どんな不協和音も兆してこないよ。」(73)

この発言は次のギー兄さんの「こちらが捕らえるというのではなく、神のほうがこちらを捕らえる」(132-3) という言葉と連動している。神は存在するかいなかに直接答えるのは自らの殻を神に当てはめるに過ぎないことを踏まえている。

ここで少し注釈を入れると、Yeats劇に『何も無い処』'Were there is Nothing' という芝居がある。これは、世界・教会を変える暴力の信仰とそのお告げの過ちに気付いて、現世の破壊よりも、自我が現世を拒絶してこそ天国の喜びが得られると悟る主人公の話である。「何も無い処にこそ神がおわす」と主人公は叫ぶ。それはまた黙示録的な破壊の到来と新世界の誕生を暗示する一連の詩作品とつながる。

Apocalyptic destruction の演劇版。詩「レダと白鳥」Leda and Swan、「再臨」The Second Coming、「わが娘への祈り」A Prayer for My Daughter、「1919年」、Nineteen Hundred and Nineteen そこでの天啓、あるいは顕現の到来は人間の側の用意とは無関係に不意に訪れ、むしろ人間を破壊する要素のように描かれる。何も無い世界とは人間の予想や期待の一切を零にする世界のメッセージかも知れない。

この流れで言えばギー兄さんの宗教集団の訓練で「集中」という習慣についても同じことが言えるかもしれない。顕現epiphany同様、自ら呼び出しても与えられない、それは向こうからこちらを捉える形で降って来るとしか言いようがない機会である。その意味での無作為性・不定性は、時に折衷主義eclecticism、混合主義syncretismの誹りを受けながら、自分の受けた感銘の大きい文章のごたまぜを語る。それはこの宗派の経典づくりの準備として、大江氏も好きなオーデンの『確かな世界』Certain World のような「意味ある言葉」のコラージュ（第2部　116）と言える。しかしその最大の目的は大江氏のやはり好きなシモーヌ・ヴェーユの「神への愛のために学校の勉強を活用する事についての省察」(『神を待ちのぞむ』116) から学んだ「勉強、祈り（純粋性と密度）、注意（勉強は注意の能力を養う）」の習慣を身に着けることにある。その習慣は「神」の何たるかを知ることではなく、神の降臨条件を人間の側で可能な限り整えるに過ぎな

い。この点で興味があるのは大江氏が十字架のヨハネの『暗い道行』など、欲望を浄化する段階的な訓練に関心を示していることである。これは最終的にはイエスとの合一を目指してはいるが、一段ずつ障害を克服する過程は世俗の努力の営みに通ずるものであるからだ。それは持続した意志と忍耐と首尾一貫した目的意識を必要とする。

この一心になる学習は大江氏は母上から受けた読書教育を挙げている。ご母堂の教育は読んだ書物の内容をどれだけ覚えているか試すものであったので、以後は前より注意して、メモを取りながら読み進んだと書いている。また大江氏は幾度も繰り返す光君の最初の発話を確かめたくてもう一度クイナが鳴くのを待ち受けるエピソード、あるいは井伏鱒二の『黒い雨』の終わりの、姪の原爆症を治したい願いを虹に託す主人公の話などに、「祈り」の集中性を見る。伝統的な形式や定型化した言葉によらない「神」としか呼びようのないものへの近づき方がそこには示されている。

この作品には大江氏のそれまでの様々な要素が組み込まれている。それが書きたいことを殆ど書いたという感慨に現れている。

クイナの鳴き声を待ち受ける気持ちの密度の高さについては、大江氏自身は勿論、我々第三者にも完全に説得的な体験である。大江氏は自らを特定の信仰は持たない「自由主義者」と規定して、「人間の自由意思、自由な判断と思われるところに、神というものが現れる場合もある」(『あいまいな日本の私』岩波文庫 77)という。このエピソードの意味は「祈り」が成就することにあるのではなく、一心になれる自分に気付いたことにあるのではないか。それはまたバシュラールを引用しながら述べる、想像力の解放、与えられたイメージがさらなる開示の経験に繋がる瞬間のことであり、それは文字・イメージ・経験・記憶・習慣の全てが「人間の生存そのもの」に代わることであろう。(『新しい文学のために』岩波文庫 82)

先の御母堂の教育だけでなく、ここには広い意味での識字力literacyの教育論として、文学体験の恒常化、その過去の顕在化の問題がある。この作品にはそれまでのさまざまな要素が組み込まれていて、大江氏自身も書きたいことを殆ど書いたという感慨を漏らしている(『あいまいな日本の私』132)。光君の音楽に大江氏は「暗い魂の泣き叫ぶ声」を聞き取ると述べる。

それには先行するするブレイクの『四つのゾーア』Four Zoasという詩があって、最後の審判に日に暗闇で泣き叫ぶ魂という表現に出会ったことを述べる。ここでもブレイクの体験が光君の悩みや苦しみをより的確に捉える引き金となっている。(『あいまいな日本の私』63)。

　最初に述べた三代の物語構成は『嵐が丘』やロレンスの『虹』などで我々にもなじみのものである。また語り部的・巫女的性格のオーバーに並べて、もう一人付け加えておきたい人物にサッチャンがいる。彼女はふたなり、あるいは半陰陽、両性具有の生まれであるが、カミングアウトして一応女性として生きてゆく。そして二代目ギー兄さんの世話役として、またその子を宿して、一族の血を後世に伝える役目を担うのである。彼女は正にオヴィデウスのタイリシアスのように男女両性の世界を知っているので、予言者・記録者として、この三代の物語を語り継ぐ大役を果たすのである。このようにこの作品にはイギリス小説の伝統も十分取り入れられている。

　先の「燃え上がる緑の樹」についても、イェイツの「動揺」Vacillationに登場するイメージはWalesの物語り詩『マビノギオン』Mbinogionからの引用であるのはよく知られている。しかしその印象性の強烈さはアーノルドの『ケルト文学研究』On the Study of Celtic Literature、そこからの引用であるイェイツの『文学のケルト的要素』The Celtic Element of Literatureで既に証明されている。(イェイツがアーノルドから引用したのは、they saw a tall tree...とあり、ウェールズ語からのLady Charlotte Guest訳、he saw...と異なる。このtheyとheの違いは見かけ以上に大きな意味を秘めている。つまりその体験が個人的な主観的なものか、他者を巻き込んだ客観的な実証性を伴うものかの違いが。)小生の個人的な体験であるがクール・パークで葉裏を翻すブナの樹を見てああこれかもしれないと思ったことがある。その真偽はともかく、大江氏にもこうした文学的経験の蓄積が特定の体験を豊かに表現する機会となっている。

　イェイツも時間を超越しようとした形跡はある。過去に私はイェイツの時間意識の変遷を論じたときに、一つは垂直に時間の因果の流れを断ち切ろうとするもの、もう一つは記憶を探り過去を引き戻し、未来をヴィジョンとして見通そうとする、その２方向で己の支配できる視野を拡大する、

二つを論じたことがある。

しかしここでは幾度も大江氏の引用する「動揺」Vacillation Ⅶのthe soulとthe heartの対話を見ておきたい。そこに暗示されているのが聖者の道と詩人の道の二つの近似性と異質性があるからである。

　　魂　　現実を求め虚像を捨てよ。
　　心　　なんと、歌人なのに主題を失うか。
　　魂　　イザヤの火、他の何を望むか。
　　心　　火の純粋に黙せよとや。
　　魂　　その火を見よ、救済はそこ。
　　心　　ホーマーの主題は原罪のみだ。　　　　　　　（「動揺」Ⅶ）

魂のことをするのはやはり聖者の道であり、心の動揺に身をゆだね、情熱から発する複雑さを言葉化するのは詩人の道である。火に焼かれて浄化され単純化の救済を求めるのは前者で、肉体世界の変化と多様性を受容するのが詩人である。しかもこの魂と自我（心）の対話は「自我と魂の対話」Dialogue of Self and Soulでも描かれ、結末はここと同じく自我の一方的発話で終わる。大江氏も当然のごとくそれを引用している。

　　　　自分にふりあてられた分け前を測り、それを甘受しよう！
　　　私のようなものでも悔恨を追放するなら
　　　あまりに大きい甘美さが胸のうちに流れ入り
　　　われらは（己も魂も、ということだろうと私は受け止めた）、笑い、
　　　　また歌うにちがいないのだ
　　　われらはあらゆるものに祝福され
　　　われらの見るすべてのものは祝福される　　　　　（第3巻　21）

この「悔恨」は己の生き様の不足から生じる。そしてその不足の意識は天国を希求し、それにふさわしい己たらんと完全さに努めるところに生じる。ここには人生を全うした喜びの意識はない。むしろ自らにそれを禁じてしまう。それに反して詩人は、人生の不幸、満たされぬ恋、時いたらぬうちの死、苦痛や嫉妬や怒り・悲しみをそっくり受け止めることに、むしろ人生の真実を知る喜びを見出す。それは「悔恨」を捨てるのではなく、その原理に束縛されることをやめるのである。宗教者は苦痛の除去に解脱

の救済を見るのに対し、詩人は人生の真実に目覚めることに喜びと幸せを見る。墓場の向こうで「歓迎すべきもの」に出会うべく「祝福を頭に頂いて」聖人は天国に向かうが、詩人は同じblessingの名であっても、内実は正反対の祝福を受けるといえる。

　従って「動揺」Ⅷで宗教者と詩人は一度は歩み寄る（much alike）かに見えるが、結局は別れなければならない。

　　　聖者たちの奇蹟を受け入れ神聖さをたたえるので、
　　　ひどく似てはいるが、フォン・ヒューゲルよ、われらは別れねばならぬ。
　　　・・・
　　　・・・　　キリスト教徒になって墓場の向こうで最も歓迎されるものを
　　　信仰として心が受け入れたとしても、私は予定された役目を演じ切ろう。
　　　ホーマーこそわが先例、彼の非キリスト教徒の心も。
　　　経典にもあるではないか、獅子と蜂蜜の話が。
　　　貴方の頭上に祝福があれど、フォン・ヒューゲルよ、お別れだ。
　　　　　　　　　　　　　　　　（Yeats: *Collected Poems*　風呂本　訳）

キリスト教の、そしてすべての宗教の、救済は、肉体の救いや喜びに左右されないところにある。しかし聖人でも例外的な、現世志向の、肉体や芳香の永続の秘蹟を信じる点について、この「歩み寄る」部分にイェイツはことのほか惹かれていた。旧約「士師記」のサムソンはペリシテ人の小賢しさに対し、強い獅子の死骸に巣をつくる蜜蜂から蜜が取れる例を示し、他を食らうものから他のための肉が生まれ、強力なものから甘美なものが生まれる矛盾の合一を示す。「経典」を持ち出すのは、この話が変化と多様性を基本とする現世原理の例証のためである。詩人としての「定められた役目」は矛盾を背負う原罪の生を生き抜くためであり、否定と純化を通じて天上の安定にいたる道ではない。もっともここでは「心」も「魂」の選択に最大限の譲歩をしても、なお別の選択を全体をして「私」は意欲すると述べているのであるが。

　ギー兄さんの説教はこの二者択一でその分岐点への興味はあったにしても、決定には最後まであいまいのままに留まった。この部分を大江氏はあまり積極的に引用されなかった理由はそこにあったのかもしれない。大江

氏もギー兄さんも神という到達点を示すことはついぞなかった。そこに至ろうとする努力の道筋については共感をこめて描いているが、結論を保留する時点に踏みとどまる勇気も大切だとするのがこの作品のメッセージのように思える。

　本稿はALETHEIA（実践女子大）vol.XXVII（2012.12）に掲載（1）一心になること）、ついで東海英文学会（2013. 8. 28）加筆訂正、その一部と日愛協会でのシンポを組み合わせた（2）大江とイェイツ）。

3）イェイツとロレンスのオカルト

　オカルト「神秘学」「秘学」とは何であるのか、その細かな定義や歴史は島津彬郎（あきら）『W. B. イェイツとオカルティズム』（平河出版）に任せるとして、ここではさしあたり超自然的なものの存在の認知という程度にしておきたい。それはあまりに漠然としていて殆ど何の意味もなさないのと同じであるという批判が起こってきそうである。しかしイェイツのこの方面の関心の推移を辿れば彼が一つの定義や体系に満足できず次々に遍歴を繰り返したことはその捉え方の困難を逆に証明している。神智学、交霊術、カバラ、「黄金の夜明け」協会、薔薇十字会、などから、心理学、バラモン、ウパニシャッドなど飽くなき執着を歴史的に順に辿るのが理解への一つの道かもしれない。

　それらの関心に一貫して表れるのが、その神秘の世界からの訪れダイモンである。

　「動揺」Vacillation IVに有名な一節がある。

> 50年目の歳月が来て去った。
> 孤独の私はロンドンの混んだ
> 喫茶店に座っていたが、
> 大理石の卓上には
> 開いた本と空のコップがあった。
>
> 店内や通りを見つめていると
> 体が突然燃え上がった。
> 20分かそこいらに思えたが、
> ひどく幸福になったので
> 自分の充足を人にも与えられそうだった。

　この経験は何なのか。心理学的に言う多幸症euphoriaといえば一つの説明はつく。しかしそれはある現象を分類して命名したものに過ぎない。思いもかけない刺激が詩人を襲うのである。これに関して彼には散文の説明が

幾つかある。

　　時々いつも予期せぬ時だが、私は幸福になる、とてもよくあるのは当てもなく何か詩集の頁を開いた時が多い。時には私自身の詩集のこともあるが、その時には何か新しい技術上の欠陥を見つけるのでなくまるで初見の興奮を覚えるのだ。たぶん私はどこかの混んだレストランで席について、そばに開いた、または閉じた本があり、私の興奮は頁をこえて溢れ出す。近くの他人を見てもまるでずっと知り合いだったかのような気になる。不思議なことだが彼らに話しかけられない。万物が私を愛情で満たす。私はもはや何の恐れも不足も感じない。この幸せの気分が終わるなんて意識すらしない。まるでこの媒体（肉体）が突然純度を増しはるかに広がり、ひどく光沢を増し、「霊界」（アニマ・ムンディ）から来たイメージが、そこに具現しその甘美さを飲み込んで、わら束を自分の藁屋根の投げ上げた田舎の酔っぱらいのように、時間を燃やし尽くそうとするみたいだ。
　　この気分が過ぎるのは１時間くらいだった。しかし最近分かった気がするのだが、どうやら私が憎悪するのをやめた瞬間その気分に入るようだ。思うに我々の人生の通常の状態は、そして私もそうであるが、その状態は公私共々の事件や人間へのいら立ちがそれだが。

　　　　　　　　（W. B. Yeats: *Mythologies*（Macmillan 1959）364-5）

またオリヴィア・シェイクスピア宛の手紙でも似たような「幸せの感覚」を語っている。

　　この最近の幸いな病が始まるまでは自分がどれほど疲れているか判らなかった。それで今は神秘哲学と詩だけをすることを夢見ている・・・ジョージはここに子供たちを連れてくるために家に帰る。だから私の肺も回復する暇ができそうだ。三日前少し唾と血を吐いた。それでジョージに反抗して仕事を始める気にさせた。今は少し回復したが、毎朝少し詩を書く。医者が気付く前にあのアメリカ版の本を仕上げたいのだ。それで気が向けば午後には少し詩を書くことを解禁するつもりだ。危険や困難を前にすると湧いてくる無意識の陽気さはとても不思議だ。一瞬たりともふさぎの虫に取りつかれたことはないのは不思議だ。あの陽気さは自分で制止できないものだ、天によって与えられるものだ。

　　　　　　　Yeats Collected Letters C. D. Rom（Inte Lex Corporatien 1992）
　　　　　　　　　　　　　　　　　　Mrs. Shakespear Nov.29（1927）

手紙の届く前の夜、日暮れ後に散歩に出ました。そして大きな木々の間で『或る幻想録』を書いているときに見つけてとても高貴な哲学的概念に夢中になりました。突然ついに理解したと思えて、バラの香りをかぎました。今、時間を超越した霊の本質を悟ったのです。それから歩き始め、わくわくして、何と言ったらよいか、あの秋の色彩の美しい見慣れた輝きが現れました。それに触れたい願いは耐えがたいほどでした。次の夜同じ道を歩いていると、今度は二つの興奮が一緒に来ました。はるかな、信じがたいほど霊的な、屹立した、精妙な特質のある、秋のイメージ、それと混ざった、激しい、物理的イメージ、エデンの園の黒ミサともいうべきものが。昨日私は私の考えを一篇の詩に書きここに同封します。でもその詩はその経験の激しさの哀れな影のように思えます。

(Mrs. Shakespear Nov.23 (1931))

これほどまとまった独立性のある経験はそう多くはないであろうが、その意味の認識は当然ながら時間を必要とする。またその意味を他人に伝えるのもいささか工夫を必要とするであろう。

したがって彼はそれの意味するところを知っているのか、知らないのか、それを探るのには今の部分が長い詩の真ん中に置かれて、その前後の文脈を考慮することから初めなければならない。

各パートは元はそれぞれ名前がついていた。Ⅰ）歓びとは何かWhat is Joy, Ⅱ）燃え上がる樹 The Burning Tree [includes Ⅱ and Ⅲ of all subsequent printings], Ⅲ）幸福 Happiness [Ⅳ in subsequent printings], Ⅳ）良心 Conscience [Ⅴ in subsequent printings], Ⅴ）征服者Conquerors [Ⅵ in subsequent printings], Ⅵ）一つの対話 A Dialugue [Ⅶ in subsequent printings], Ⅶ）フォン・ヒューゲル Von Hugel [Ⅷ in subsequent printings]

Peter Allt & Russell K. Alspach eds. *The Variorum Edition of the Poems of W. B. Yeats* (The Macmillan NY. 1957)

そしてこの詩の核になった経験についてパーキンソンは二つのグループを挙げている。一つは「燃え上がる緑の樹」であり、もう一つは「至福感に包まれた経験」である。どちらも印象的で、イェイツの生涯に幾度も使われ修正され増幅される経験である。前者は文学的伝統に先例があり、その知識に準備され発展する。後者は神秘体験として先例がないわけではな

いが、いわば「天啓」として突然ひらめく、天から降ってくる、非常に「個人的」な経験である。パーキンソンはこの詩の核は前者にあると見ているようである。

　　全体として「動揺」Vacillationはイェイツの経験の共通性はないが中心的要素からなる。
　　詩の二つの部分ⅠとⅣは初期の経験から、Ⅳは15年以上も昔の特に激烈な一つの経験から発展したもの、Ⅰは彼の文体の早期のものから生まれたのは明らかだが、おそらく書かれたのは数年前のもの。そのこれらの部分がずっと以前の時期に起源をもつとはいえ、私はこう信じる、この詩の創作の機会は裂けた樹の図象アイコンの熟考から生じたのだと。
　　　　Thomas Parkinson: *W.B. Yeats, Self-critic and The Later Poetry*
　　　　　　　　　　　　　（Univ. of California Press 1971）220

　タイトル自身、心の動揺とそれにまつわる人生の矛盾した事件が考えられる。さらにまた運命の転変・逆転・転覆、その反復・繰り返しなどが考えられる。はたせるかなⅠでは人生は極端から極端への移動であることを述べ、それの対立を解消する「炎の息吹」を挙げる。対立は夜と昼であり、生と死であり、幸・不幸である。それは誕生から死へ、誕生以前の闇へ戻ることとも考えられる。肉体からみれば対立の解消は死であり、心の側から見れば悔恨だという。ここで言う悔恨とは当然ながら、イェイツの神話における魂の死後の遍歴、とりわけ現世に残した満たされぬ思いである。従って「炎の息吹」は肉体の衣を脱ぎ捨てる瞬間の比喩と読める。その瞬間は一つの人生に一回限りの最後のものとも、夜を迎える瞬間に魂が経過する瞬間ということで幾度も繰り返されるものとも読める。詩人は断定しないで読者に問いかける。こういうことが正しいとして、つまり「炎の息吹」に触れることが人間の魂に一つの変質を迫る瞬間であるというのが正しいとしよう。あるいは肉体的に破壊されて「無」になること、残された心が「悔恨」に苛まれることが、人生の結論というのが正しいとしよう。それなら、それでは喜びとは何であろうか。それでは喜びとはむなしいことではないのかと自問する。『喜び』が空しいことではないという確証を求めて、返ってくる否定的な答えが以下に列挙される。

一つの答えは直接には苦しみの除去であり、次には反対の苦しみと喜びを合一して矛盾・二律背反を解消することである。この解消の仕方はしかしながら墓場の向こうの対立のない世界と、現世における矛盾の合一の解消の二つがあり、「炎の瞬間」はその岐路とも読める。

　つぎにⅡではウエールズの詩人マギノギオンの見たという半面は炎、半面はみずみずしい葉の茂る木、そこに小アジアの神アティス、ギリシャのアドニス、さらにはバッカスとも重なる再生の神の姿がクリスマスツリーのようにかけられている。それは生と死の象徴であるとともに、合一を達成する儀式でもある。目を見張る狂乱（that staring fury）＝the glittering flameと豊かな緑（blind lush leaf）＝green/Abounding foliageの中間に復活の儀式を行う人は自らの行為の意味を自覚するまでは行かない、しかし儀式に参与する意義は知っているので悲しみは知らないという消極的な意味で幸いなのであろう。

　ⅢはⅡと同じくオッタヴァリーマの2連からなる思索的な部分である。この詩形から二つは元は同じ部分の三つの連であったのもうなずける。先ず最初は現世の幸せとして可能な金銀を集め野心を満たし日常の生活を生命力で満たすとも次の教訓は忘れるなという。つまり子供たちは贅沢を必要としても女は全て怠け者の男にほれるということ、子供の感謝や女の愛を十分受けた男はいなかったということである。ということは子供は現世的な成功者を父としたがるのに対し、女のほうは現世的には無力な男にほれるということか。アンテレッカーによればこのidle manには詩人・月光の世界の人、銀の人が含まれ、それは太陽の人と対比されているという。これはキーツを歌った詩では詩人が現世的には不幸で金銭や名誉と縁がないことを述べたのと比べれば詩人は幸せの方に傾いている。

　次の連では忘却のレテの川水の重なりに囚われず死出の旅路の準備を進めよという。40を過ぎると知性や信仰の作業、あるいは手作業をその死の理念に照らして考え、「誇り高く目を見開き笑いつつ墓場まで来る人たち」、死を恐れぬ英雄に、相応しくない作業は全て無駄と悟れという。

　現世の幸せを追求しても報いは現世どまりでそれも裏切られることが多いという教訓を述べている。そうではなくて死後、あるいは現世との分岐

点の後までも永続する価値の追求を薦める。
　この後に先の「多幸感」の一節が来る。従って詩人は今まで現世的に容れられなかった自分の人生にそれなりの独自の価値を新たに見出したことの幸せに浸る。炎の息吹の瞬間まで恐怖と無縁であった英雄に匹敵する詩人の地位の発見である。
　Vは夏の太陽や冬の月の変化に見とれているわけには行かない。責任が重くのしかかるからである。責任とはアンテレッカーも同名の詩集の解説で述べるように多重性のある意味を含んでいる。個人として、一族の血の継承者・伝達者として、社会的に、さらには詩人としてあるいは芸術家として美の伝統を強化発展させるそれである。再び「喜び」の否定的答えの列挙で、その責任の遂行の妨げとなる己の至らなさの意識が次の連である。

　　遠い昔言ったり為たりした事
　　為なかった事言わなかった事
　　でも言おうか為そうかと思ったことが
　　気にかかるものだから一日たりとて
　　何かが思い出されて
　　私の良心や虚栄心に愕然とせぬ日はない。　　　　　　　　（V）

　Ⅳの幸せの思いにもかかわらずこのVでは詩人は過去に、失敗した過去に未だ囚われている。やや脱線になるがこの詩人の特性はimagination と memory、reminiscenceがほぼ同義になっていることで、否定的な過去ほど強烈に長く残っている。したがってそれにこだわる事と詩作にふけることも同義である。不幸の思い出の訪れもまた詩人の幸せであり誇りとなりうる。
　この過去にこだわり、過去の先例を探している中で、彼はBC12世紀の中国、周の大公の、あるいはバビロンやニネヴェの「征服者たち」の感慨を述べる。戦闘と殺戮の合間にかれらはそれぞれの偉業にもかかわらずふと「万物は往きて去る」という意識に襲われるのである。それはどれほど桁外れの偉業であっても現世の成功は空しいことを語っている。英雄ですら生の流れ（行動の世界）から脱する瞬間のあることを語っている。これは詩人も同じことで彼の作品も「永遠の象徴」を憧れるにしても一過性の

宿命は凝視せざるをえない。問題はそれが空しいとその努力を放棄するかどうかにある。不幸の記憶を含めてそれらを歌う喜びを追い続けるのは、妖精界の永世を捨てて、死すべき仲間と一緒の戦いと宴の世界を選んだアシーンと同じである。ついでながら英雄が死を恐れないのは「来世の救い」があるからではない。「グレゴリー少佐追悼」や「アイルランド人飛行士死を予見する」で歌ったように戦いそのものの中にある実存的な充実感にある。

   A lonely impulse of delight　　　歓喜の孤独な衝動が
   Drove to this tumult in the clouds.　雲の中のこの乱舞へと駆り立てた。
             （An Irish Airman Foresees His Death）

このdelight はわれわれの当面の話題であるhappiness, blessedness, sweetness, gaietyなどと同質のもので、それに比べたら過去もこれからの年月も『呼吸の無駄』と見えるという。

　同じように詩人も自ら自身やその創作物が他と同じく「往きて去る」ことを承知しつつも（Unterecker 222）、そこに「来世の救済」とは違った「悦び」「陽気さ」を感じるからである。詩人にとって「万物は往きて去る」の認識は半ば皮肉である。彼にとって芸術の永世は理想のはずである。にもかかわらずその限界を意識するのは己に無力さを自認するだけである。「喜び」の肯定は未だ半ば懐疑的といえる。しかし、想像力の神秘な働きで「消え去る」ものがそれゆえにこそremember, return, revive, する。詩人がmutability（有為転変、不定性）の中にあることの承認はその反対のimmutability の属性、repetition, recurrence, reincarnationあるいは現世のcomplexity（それには過去の再生も含まれる）そのものをどう考えるかにある。

　Ⅶは「魂」と「心」の対話で、外見に捕らわれず本質を見届けよ、そこにこそ「救済」があるという前者と、現世の汚辱にまみれて火に焼かれる原罪こそ自分の願いとする「心」の対立が述べられる。それはまた「観る人」と「生きる人」の対立でもある。罪の意識とは認識・観照の問題である。それに対して「生きる」人はその認識にもかからず生きる実感を尊ぶ。救済よりも原罪の生ののっぴきならぬ境地にとどまる。幸・不幸を丸ごと

受け止める以外の道を知らない。ここではっきりと心は現世の側の選択を明言する。

　最終連のⅧは聖人の神秘主義について書いたローマカトリックの神学者と詩人の対立を述べる。この対立はThe Dialogue of Self and Soul, The Choice などでなじみであるが、オールブライトが引用しているオリヴィア・シェイクスピア宛のイェイツの手紙は示唆的である。

　　　これ（魂と心の二律背反）は聖者の選択（テレジアの恍惚、ガンジーの笑顔）＝喜劇と、英雄的選択＝悲劇（ダンテ、ドンキホーテ）である。悲劇的に生きよ、しかし錯覚する勿れ・・・しかし私は全ての秘蹟を受け入れる。古の死体防腐処理者が戻ってきて昔ファラオ（ラムセス）に施したあらゆる処置を聖者に施してはならぬ理由などあろうか・・・私は最後まで罪人であろう、そして死の床にあっても若いころに浪費した性欲の満たされぬ夜のことを考える。　　　　　　　　（*Letters* 790（Albright 726-7））

　フォン・ヒューゲル（1852-1925）の説くテレジアの死体が腐食しなかった秘跡、それが近代にも生きているとしても、（仮にそれを否定しなくても）、イェイツは言う、心は救済を信じて、墓場の中のありがたいものを選ぼうとキリスト教徒になるだろうか、私はむしろ以前から決められていた運命（詩人）を取ろう。ホーマーとキリスト教徒以前の心が私の先例。

　ついで旧約聖書の土師記（14：14）にあるサムソンの故事を引用する。彼は獅子を殺しその屍骸からミツバチの群れの生んだ蜜を取り出した経験からペリシテ人に謎をかけた。「食らうものの中から食い物が出てきた、強いものの中から甘いものが出た」。その妻にした女の従順さとペリシテ人の忠誠心を試す謎であるが、結局女は一族を救うために謎を聞き出してサムソンを裏切る。この故事による比喩の意味については各評者は多くを語らない。エルマンは『イェイツはその二つ（lion, honeycomb）を変えてライオンを、古い力と詩人の「健康な肉と血」の象徴とした、詩人の口はエレミアの悲歌よりも蜜を滴らす。』（*Identity* 274）という、またブルームは「一つの力がライオンを殺し、その甘さを食する。喜びはホーマー、シェイクスピア、ブレイクのような詩人力士のサムソンたちから永遠に消え去ることはない。イェイツは自らをその仲間に加えようと望んでいる。」と

説明する (397)。

　いずれにしてもこの文脈では矛盾したものが生まれるイェホバの神秘の謀ごとは常識をこえていることを述べる。その矛盾の受容のあり方として詩人はこの故事を引用して、フォン・ヒューゲルに聖書にもこのように、つまり矛盾が逆転する例が述べられているというのではないだろうか。矛盾の逆転が生ずるのは対立が現存する現世だけで、イザヤの火に焼かれた単純さの中にはない。

　詩人の意識では「救済」の授与された世界は現世的な変化を放棄することである。そして詩人はフォン・ヒューゲルに「貴方は神の御恵みを受けてはいるが、私の道とは違うので立ち去りなさい。」という。Get you goneとはイエスを試した悪魔への言葉を響かせる。詩人は一度は天国の魅力に負けそうになるが、ホーマーの現世の役割を選ぶのである。

　以上8連にわたる議論は結局は二つの選択の対立をめぐるもので、第Ⅳ連の詩人の幸せはまずは肉体に訪れる。それが最終連で詩人が現世を選択する要因ではないか。

　Longing to touch, excitement, gaiety, joyそれらは全てまずは肉体の属性である。詩人の魂は肉体が滅んでも肉体の残した記憶を求めて現世に戻ってくる、というより現世に去りがてにとどまると考えた方がよい。「心」が心情的に来世の救済に惹かれながらも、それはホーマーの教えでないことを再確認する。

　以上をまとめてみると心は現世に残した思いを満たすような矛盾の合一の経験をあこがれる。次には再生の儀式への参与がその合一には必要である。それから現世の幸せを心がけても必ずしも家庭的幸せが得られるとは限らない一般的真実が語られる。この認識が詩人の実感としての自分だけが不幸の例外ではないという一つの慰めである。そこまで来てふと幸せの感覚が訪れるのである。

　次には人生の責任の重さが何重にも感じられ、普通なら幸せとは対極の経験に引き戻されるはずであるが、先の幸せの体験はこの不幸の記憶の訪れをも歓迎すべきものに変える。さらに行動の人の自らの世界からのふとした脱落による観照が語られる。観照には浄化と救済を求める聖者の道と詩

人としての自己の在りようを凝視する道があり、行動する道には武人としての生死をかけたものと、詩人・芸術家の作品の完成を賭けたものがある。

　そこで幸せの意味であるがそれは結局詩人として詩藻が浮かぶ、ダイモンに浸される幸せではないだろうか。それはまたV連の苦い過去の再生をも含む。この苦い過去は、死後に現世での心残りを求めて再来する彷徨える魂のそれにも通じる。

　現世の不幸をも歌うことで幸せに変える秘儀の原理の発見もここにある。

　「女友達たち」ではグレゴリ夫人、オリヴィア・シェイクスピア、モード・ゴンと3人の女性を賛美するが、最後のものには苦い記憶しかない。それがsweetnessに変わる瞬間がある。

　　あの人をどう讃えればいいのか。
　　夜が白み始めたとき
　　あの人のせいで眠ることもかなわず
　　己の善と悪を数えあげ、
　　あの人の言葉を、また
　　今も残る鋭い目つきを思い出すと、
　　私の心の底から
　　大きな甘美さが流れ出し
　　頭の先から爪先まで体が震える　　　　　　　「友人たち」Friends

　以上のようにこの詩全体は人生の多様性の中に確かなjoyの確証を見つける試みと読める。名誉や権力と無縁であっても、恋、家族、詩、芸術がはかないものであっても、予期せぬsweetnessの再来がある。それを歌い束の間にもせよその回復を可能にする、そのjoyこそ詩人の現世にとどまる報いである。

　さてイェイツは幾つかの場所で創作の霊ダイモンの到来を述べているが、一つのエセー「魔法」の中でそのかかわりかたを述べる。ダイモンは「仮面」、「反対我」と並んで霊感を達成する要因である。

　　1）霊の喚起、2）魔法的幻想の創出、3）目を閉じたとき精神の奥に真

理の幻視を見ること、さらにそれらを可能にする三つの原理（1）精神の境界は揺れ動き、そこに多くの精神が流れ込んでいわば一つの精神、一つのエネルギーになる。（2）記憶の境界も揺れ動き、われらの個々の記憶は一つの大記憶、大自然の記憶そのものになる。（3）その大きな精神、大きな記憶は象徴によって喚起できる。（*E. & I* Macmillan 28）

このようなイェイツ詩学のダイモンの降下についてのエッセイ「月の沈黙を友として」を解説してSusan Johnston Grafは来るべき子供に具現するものとの関係で4種類のダイモンを挙げている。

1）人間の子供は肉化された魂に加えてダイモンを持っている。
2）人間の運命の重要事項を決める高位の霊的実在がある。
3）それは独自の生を持っていて自由に呼び出すことは出来ない。
4）4番目は最高位の霊で、それと子供の関係を実感させる。　　　（174）

グラフの解説で興味があるのはイェイツが霊的交流にどれほど「本気」であったかを証明しようとすることである。ジョージの「自動筆記」はその作業の一部に二人に神秘的な知識を授ける優れた霊的存在との接触を目的とした性的魔術があったことがあげられている。そしてこの夫婦は子供を妊娠するのに正しい時期を知る霊的指導を求め実際にもそうしたという。今回はその妊娠に関わる部分には深くは触れないが、面白いのは霊的存在との接触に特定の儀式があり、それに従って詩人はみずからの精神を準備するのである。そこで上げられている儀式には次の様なものがある。

　　自動筆記を通しての霊たちとの会話。
　　Stella Matutinaの魔術に根ざす実践的な儀式
　　呪文的な呼び出しと霊との交信（invocation, communication）
　　その他の儀式——死後の生についての教え、歴史の循環、化身（avatars）
　　の登場、

　　　　　　　　　　　　　　　　　　（「呪文」incantation、ダイモン）

グラフによればその儀式に関わるのがマスクであり反対我で、その準備のととのった後ダイモンはそこに下りてくるという。ダイモンが詩人を見つける前に、詩人は仮面の力を借り反対我そのものにならなければならない。（98）

従来は霊感論では詩人のほうは受動的に待ち受けるしかないのに対し、イェイツはもっと積極的に霊の降下をより可能にする条件作りとして、意志力を評価する。例えばWordsworthはspontaneous overflowという。このワーズワースについてイェイツはundramaticという言葉を残している。このように意志の力への信頼は如何にもイェイツ的である。

　このイェイツのダイモンに比べてロレンスのそれはどうであろうか。ペンギンのD. H. Lawrence: *Complete Poems*の編者V. de S. Pintoはその序文でブラックマーのロレンス論を引用して、このダイモンの力を信用するか否かを論じている。そこでは「若い人はダイモンを恐れ時にはダイモンの口に手で蓋をする・・・そしてその若者の言うことが詩であることは先ずない」という。この言葉にブラックマーが加えた批評は「思うにこの問題の若者は正にロレンスが自分はそうではないと考えたもの、つまり職人としての詩人であり、そしてデーモンとはそれが詩になるには技術の訓練が必要とする個人的感情のあの爆発だという。」デ・ソラ・ピントはこのブラックマーには曲解があり、ロレンスの「デーモン」は「個人的感情の爆発」だけでなく「純粋な情熱的経験」、個人を超えた経験であるという。感情の爆発を詩の素材に過ぎないと見るか、ほぼ完成された経験と見るかの違いといえる。また若い詩人を職人とするのも誤解で、デ・ソラ・ピントはロレンスが言いたいのは「未熟な作者のことで、そのような人は公衆の前に現れるために流行の詩形の模倣によって自分のために仮面を作る必要がある」ことだという。ブラックマーのニュークリティシズム的イデオロギーからすれば推敲と洗練を重ねたテキストこそが詩であるとすればロレンスはその対極に立つであろう。デ・ソラ・ピントはロレンスがテキストの推敲を信じなかったという風説を正し、ロレンスの「詩の始まりは詩の終わりである」という言葉を弁護し、完成・仕上げ・最終形の不動性を主張する。それはロレンスの「現在の詩」の主張そのものである。ロレンスにとっては仮面も雄弁も動的な現在を修正・逸脱・歪曲する以外の何物でもない。とはいえ、デ・ソラ・ピントはブラックマーのロレンス論の評価も忘れない。ブラックマーはロレンスの目立った特徴を次の三点として

数え上げる。1）観察に内在する激しい率直さ、2）生命の本質を認識する敬虔さの持つ宗教性、3）優しさと尊敬の混交、宇宙的とも言うべき敬虔さ、である。この3番めのまとめに見るようにロレンスには個人を超えた、殆ど宇宙的とも言うべき普遍性があり、それを個人性に矮小化することこそロレンスの究極の戦いの対象であったといえよう。

　ロレンスの「現在の詩」からその主張を見ておきたい。そこでは先ず詩には「はるかな未来の声」か「過去の声」の2種類が中心だが、もう一つ「直接現在に関る詩」があるとし、それは「完成・仕上げ・最終形」などない、現在そのままの詩は「不休で把握不能で」（restless ungrasping）あるという。それはロレンスの無意識の世界とも通ずる。『無意識の幻想』で繰り返しロレンスが主張するのは、人の経験が意識に入ってくる過程では、整合性を求める精神の本性による変質を受けると考えていたようである。胎児と母体の結びつきが壊れて誕生にいたる時のように個体の意識にはすでにそのような秩序志向が入り込むと考えていたようである。

> 無意識というものによって我々は個々人のあの本質的で独自の性質、その本性のゆえに分析不可で、定義不可で概念化不可であるものを指したい。それは個別の例として取り上げて概念化できず、ただ経験できるのみである。　　　　D. H. Lawrence: Complete Poems（Penguin 1964）15

このロレンスの言葉がどれだけ生理学として正確か否かは知らないが、認識という行為に付きまとうある単純化、生命の有機的な輻輳した流れを切り刻むことへの反感は明白である。この知的な意識の登場以前の太陽神経叢に残っている誕生以前からの認識力、それは意識が個人としての名前を持つ以前のものとつながる超個人的な機能である。それを捉えようとする「現在の詩」は作者自身にも「常に生成途上」であり、「定義不可で、概念化不可で」ただ経験しているとしか言いようのないものである。この詩学とイェイツの詩学、想像力・記憶を重視するそれを比べれば両者の違いは明らかである。ロレンスには記憶も余りに人間的作為に満ちた行為である。イェイツはその精神の作用はむしろ積極的に承認する。

　もう一つ、二人の詩人に共通するように見えるのは「幻視」ヴィジョンへの関心ともいうべきものである。先のイェイツのユーフォリアとも言う

べき体験はロレンスの『現在』の瞬間という概念に含まれる。「ババリアりんどう」はその体験を文体としても実現している。

> 青く燻る闇のたいまつの花、地獄の大王のまぶしい蒼黒さ
> 地獄の広間から出た黒いランプ、燃え上がる黒い青の
> 黒さを、蒼黒さを発するもの、デメーテルの青いランプの光が発するときの。
> torch-flower of the blue-smoking darkness, Pluto's dark-blue daze,
> black lamps from the halls of Dis, burning dark blue giving off
> darkness, blue darkness, as Demeter' pale lamps give off light,

ブラックマーが述べた「偉大な神秘思想家」の「究極のヴィジョン」「秩序ある洞察」に欠けるという批判に、ソラ・ピントは「英詩人の中ではワーズワースだけが匹敵し得た、自然の生命の偉大さと神秘の肯定」という言葉で答えている。しかしUltimate vision, Orderly insightという言葉自身すでにロレンスの意図から離れてしまうもの、ロレンスとしてはultimate, orderlyというような時間系列的進化はもともと念頭になかったのではないか。そう考えれば、ソラ・ピントの「自然の生命の偉大さと神秘の肯定」というのもやはりピント的な知的整合性の探求は一つの方向付けであって、ロレンスの詩、例えば「ババリアりんどう」一つをとっても、それは人生の神秘という言葉以上の、ある宇宙的な現在への広がりの現前性を暗示しているように思える。それはあるいはただ受け容れるしかないもの「概念化不可なもの」ungraspingなものとして、実感するしかないものかもしれない。

　イェイツのヴィジョンがいつもある歪みを伴う、人間的な視点のそれである（ただ目に映るものは消えてmerely visible world left him）といったのはG. S. フレイザーである。

> A sycamore and lime-tree lost in night　　西空の雲の輝きが淡く残るとき
> Although that western cloud is luminous...　鈴懸と菩提樹は闇に紛れて

これは黄昏時の輪郭がぼやける時間であれば当然というかもしれない。しかし「自然」が実物以上にくっきりした明澄さで描かれる場合もある。

> The trees are in their autumn beauty,　　木々は秋の装いを着け
> The woodland paths are dry,　　　　　森蔭の小道は乾燥し

4 W. B. イェイツ

> Under the October twilight the water　　十月の黄昏のもと水面は
> Mirrors a still sky;　　　　　　　　　　静かな空を映す。
> Upon the brimming water among the stones　岩間のあふれる水の上には
> Are nine-and-fifty swans.　　　　　　　　五十九羽の白鳥がいる
> 　　　　　　　　　　　　　　　　　　　（The Wild Swans at Coole）

ここでも心象風景独特の余分なものを取り除いた明晰さが印象的である。イェイツには見ている精神の目の視点がつきまとう。

これとロレンスの自然を比べてみよう。

> その木片が奴に当たったとは思えないが、
> 彼が残したあの部分が突然、無様に痙攣し
> 稲妻のように身をくねらせ、消えた
> 暗い穴、壁面の土塊の唇のような裂けめの中に、
> それを息苦しい真昼の静けさの中でうっとり見とれていた。
> I think it (a clumsy log) did not hit him,
> But suddenly that part of him that was left behind convulsed
> in undignified haste,
> Writhed like lightning, and was gone
> Into the black hole, the earth-lipped fissure in the wall-front
> At which, in the intense still noon, I stared with fascination.
> 　　　　　　　　　　　　　　　　（Snake *Complete Poems* 351）

「ババリアりんどう」の内側から生命が溢れてくるような文体、物自体の即自存在そのものの生命力とは違い、ここではsnake とNatureが一体となってそれと対立した人間に迫ってくる。その畏敬の念は物自体の独立した生命の承認を前提としている。そこには見ている人間より大きなものの存在を意識させる、いやそれを意識している人間が居る。

　イェイツはオカルトの潜在力を何とか言語化して知性の舞台に載せようと努力した形跡がある。それに対しロレンスはそうした言葉自体、すでに連想や伝統の垢の付着が避けられずそこに先ず限界を見てしまう気配である。ただ両者は通常の経験を超えた世界は実感しており、そこからの呼びかけへの反応の仕方に違いがある。ロレンスのダイモンはそこにはじめか

ら存在していて、人間がそれに気付くか否かの問題である。イェイツのそれは降りてくる、人間の呼び出しに応じてくるというより、人間の精神がふさわしい準備を整えたところに顕現するというべきかも知れない。

　　自分を再生せねばならない
　　タイモンかリア王、
　　あるいはブレイクになるほどに、
　　ブレイクは真理が彼の呼び声に応じる
　　まで壁を打ち続けたという。
　　　　　　　　　　　「1エーカーの芝地」An Acre of Grass

　両者の異なった道が微妙に交錯するところにオカルト、神秘主義の多様性が示されているように思う。

5　戦争詩
――第1次大戦・スペイン市民戦争・第2次大戦・北アイルランド

　一次世界大戦の詩人たちが鮮烈な印象を与えた第一の最大の理由は、彼らが愛国主義の合唱の中で、反戦の大義を世間に示したことにある。大戦中の戦意高揚の雰囲気を伝えるものにビラがある。ロンドンのラムベスにある「王立戦争博物館」に飾られているアピールは男（5つ）女（4つ）に対する別々の問いかけからなるが、両者に共通しているのは、戦後に子供たちから「父さんは戦争中は何をしていたのか？」と問われて恥ずかしくないようにと将来の面目を持ち出すことと、もう一つは今日ではいささか時代錯誤的な「国王と国家のために」戦うことを求めていることである。[1] 塹壕戦が長引くに連れて厭戦気分が増えてくるとは言え、反体制的な少数意見を言い出すのは大きな勇気を必要としたであろう。このような「勇気」は戦場のそれとは異質で、それを勇気と認めるには時間がかかるのが常である。「戦争詩」は長期化する塹壕戦の悲惨と嫌悪の中で「愛国」というスローガンの虚偽に気づきだした大衆の漠たる感情に明確な姿・形を与えたといえる。これ自体は声無きもの、姿無きものに、特定の空間の位置づけ、具体的な住居（Local habitation）を与えるという、詩のもっとも古典的機能の発揮といえる。

　これら戦争詩人たちの強烈な印象は自らも渦中にあってそこから逃れることなく兵士仲間の苦悩を共有した倫理性にある。一度は戦線を離脱したものの再度戦場に戻り悲惨な現実を直視し、リアルに描くことで読者に戦場経験を共有させる能力を与えたが、それはたじろがず見る勇気、見たものを正しく表現する手段、それを伝える意志と信念など個人的資質の勝利である。批評家バーナード・バーゴンジはサスーンやオーウエンが戦場に戻ったことは反戦の大義を損ねたというが[2]、それを自己の主義主張への裏切りと考えるのはいささか単純ではないか。主張の正当性と仲間への忠

誠は、国家や国王への忠誠と異なるのである。(後でも触れるがこれもまた一つの英雄のタイプといえる。)この戦場における個人的武勇が問題になるのは一次大戦に特徴的かもしれない。The Great War といえば一次大戦をさすといわれるが、二次大戦では物量戦として力と力のぶつつかりというmass化、大衆・量的側面、あるいは機械的側面が前面に出て、個人的資質が発揮される局面は極度に少なくなったといえる。この現象はあるいは小説におけるheroが消滅した大衆社会の個性喪失現象と一致するかもしれない。

　その後に1930年代のスペイン戦争(これは「詩人の戦争」と呼ばれたが)の記録、二次大戦の詩集、ヴェトナム戦争の詩集、北アイルランドの紛争をめぐる詩などが書かれ、それらが英語で書かれた詩の重要な伝統の一つを形成している。

最近の戦争詩・文学への関心

　しかし今また戦争詩への関心が高まっているのは単に類似の歴史的時代を経過しつつあるという理由だけではない。今日の高まりにはもう一つ特徴的な理由が見られる。それは戦争というものが歴史事象として時代の先端的な技術・文化・情報・思考パターンなどを集約的にあらわしているという認識が強まっているからである。個人的な賛成・反対の理由を問わず、そこには一つの時代そのもの、その時代を構成する集団のあり方が投影されている。この反戦ムードの一種の高まりはインターネットでPoetry International Web サイトの反戦アピールにも見られる。2003年2月4日の日付けで、小説家ロディー・ドイル、詩人トム・ポーリン、劇作家ブライアン・フリール、詩人ブレンドン・ケネリーなどアイルランドの文学者がイラク戦争反対の公開状を出したことをBBCが報じている。同じところにイギリスの劇作家ハロルド・ピンターと詩人アンドリュー・モーションがイラク攻撃に反対の詩を書いたこと、アメリカでは詩人のサム・ハミルがPoets against the war運動を始め、カナダでは詩人のトッド・スイフトがイギリスのウエップnthposition.comと協力でウエップ詩集100 poets against the warを開いたことがでている。今回のそれらもまたご承知の

ように30年代にオーデンたちが詩人の立場の選択を問うたアンケートを出し、同じ試みがヴェトナム戦争時にも繰り返されたことの続きである。

W.H.Auden, Louis Aragon, Stephen Spender and Nancy Cunard: *Authors Take Sides on the Spanish War* (1937) -149 answers

The League of American Writers: *Writers Takes Sides-Letters about the War in Spain from 418 American Authors* (1938)

Cecil Woolf and John Bugguley ed.: *Authors Take Sides on Vietnam*
(Simon and Schuster 1967)

さらに今日の関心は広く文化事象として戦争詩を考えることと、人間の平和希求の願いの高まり、反戦平和の道理と倫理的優位の認識にますます多くの人が賛意を示し始めた事実を示している。Philippa Lyon ed.: *Twentieth-Century War Poetry* (Palgrave 2004) の結びの一項には「平和・民主主義そして教育」の論議が含まれている。60年代に出たBrian Gardner ed.: *Up the Line to Death: The War Poets 1914-1918* (Methuen 1964) とMaurice Hussey: *Poetry of the First World War* (Longmans 1967) を例に採るライアンの指摘で興味があるのは、それらが一つの他に例を見ない大悲劇の物語と体裁をとっているということである。戦争の最中では見えなかったであろう一つの整合性ある構造を読み取るように工夫されていることである。つまりそこでは、「兵士たちの倫理的自覚が目覚めさせられ、戦いの経験で常に変えられてきた」[3] ことを軸に、最後の平和の到来の苦い安堵の喜びと死者への悲しみと同情にいたる物語である。この「物語」は架空性を言うのではなく、人が経験をより深く理解する整頓の仕方を言うに過ぎない。このように戦争詩の問題の議論には反戦・平和の立場をあぶりだす「政治参加」が避けて通れないのである。戦争詩を書きそれを読みそれを論じそれに関わることは直ちに実践的な課題に直面することと、自分のスタンスを問われることになるのである。

最近の戦争詩の出版物の流れ

さて目を見張るほどの数の戦争詩集が出ている。その中でいくつかの新しい特徴もある。その4つばかりを紹介する。

(a) 先ず一時大戦の戦争詩人が有名になったが、その現象についての反省・不満・修正などがある。1)「戦争詩人」は将校でインテリであり、一般の兵士の感情を代表していない。反戦といえば限られた中産インテリの反応に過ぎないのではないか。2) 反戦というがそれではどうして集団脱走とか徴兵拒否が大規模に起こらなかったのか。3) 膨大な戦争詩集が出ているのはインターネットのMichele Fry: *Counter-Attack:Critical Commentary of FWW Poetry Anthologies*が語っている。この作業が必然的に行き着くのは「戦争詩」とは何か、そこに何を加え何を除外するかの問題である。

(b) フライのシリーズのネットの一つにDefining the Canon of English Poetry of the First World Warがある。そこでは従来の定義にある「塹壕体験」(有刺鉄線、ねずみ、砲弾、汚辱)の有無や、もう少し広げても参戦の経験を扱かったものと定義した場合の限界の指摘がある。そのような男性の軍服組の経験から排除される女性の、あるいは銃後の民衆の戦争体験も戦争詩に加えるべきだという意見が出されている。フライの引用しているドロシー・ゴールドマンは女性批評家も男性批評家の慣習に染まっていることを指摘して、相互に補完的な三つの理由を挙げている。a) 戦争に関する文学を戦闘経験と同一視すること、b)「戦争によって培われたモダニスト的特性の用語を否応なく生み出したものは」ほかならぬ戦闘体験であったとする信念。モダニスト的とは自己分析的、体制批判的ということであろうか、c) 女性の書き物自体が戦争詩の考慮から除外される或る特徴を持っていること。[4] これらは要するに女性自身の受動的弱点の追認と言える。似たような指摘はジョーン・モンゴメリ・バイルズにも見られる。「この前線の男たちに対する女性の側の心情的一体化はサスーンに対する真の答えである。もう一つの反応は女性作家たちからのもので彼女達は戦争を抽象的な言葉で、つまり彼女達の恋人が恐ろしくも従属させられしかしそれに責任は取れない一つの力として考えていたようである。その結果として戦争機構は家父長的軍事構造に組織されたとは言えこれらの女性たちはその男達の行動や苦しみを戦争機構そのものと

区別する。さらにもっと政治的に自覚した女性たち、とくその中でも平和主義者たちは戦争参加における家父長支配の圧倒的な影響を認識していた。」5) この指摘は女性の精神的成熟の過程を示していて興味深い。つまり最初の苦悩への情緒的反応から、より客観的・知的・分析的な認識、ついでその認識を基礎にした正しい行動の選択というわけである。

(c) 戦争文学をもっと広い歴史的文脈に置いてみる。これは(a)の文脈を広げて考える別の側面といえるかもしれない。戦争という現象はそれ自体文化的に複合体として興味がある。一つの国の技術的にも、文化的にも、もちろん政治・経済的にも総力をあげ最高の水準を発揮しようとする。いつも戦争をきっかけにして新技術の開発がなされる、(例えばタンク、飛行機、潜水艦)。新しい戦術も発明される。兵器そのものの近代化・精密化・大量化がしかも加速化される。砲弾一つをとっても、射程が延び、一発の威力が増し、連射が可能になる。一次大戦の毒ガス使用、塹壕戦の鉄条網、スペイン市民戦争のときモロッコからフランコ将軍による兵士の大量空輸など。そこから落下傘部隊、連合艦隊（空母）などが発展する。

(d) また戦争そのものの歴史的変遷もある。領主の領土合戦に毛の生えたものから、国境を越えて侵略・定住し領土拡大をする。さらには総力戦となると第一線と銃後の区別がなくなり、後方地帯も戦争努力を継続・強化する工場群となる。当然市民も攻撃の対象にされる。市民とて戦争に加担していないという弁明は通じなくなり「無差別爆撃」という言葉も再定義を迫られてくる。

「勇気」の理念の再検討

「塹壕体験」が戦争詩の基準として優位に立つにはそれなりの理由がある。深刻さでそれに匹敵する事例を見出すのが困難であるからだ。その優位性を裏側から支える視点は「脱走兵」、「平和主義者」などを卑怯者、臆病者として指弾する風土が存在するからである。しかし戦場の「勇気」というものはギリシャ以来男性的魅力の最たるものとして称揚されてきたと

は言え、それは社会的、歴史的に作り出されてきた側面も否定できない。もともと戦場には不向きな人間も居る。最近の「恐怖症」の研究ではある特定の拒否反応は心理的治療によってある程度克服可能な道が示されている。とすれば相応しい治療を施した上で臆病とか卑怯の判定を下すべきであろう。

又一次大戦での特徴的な恐怖症に「毒ガス」恐怖、「砲弾ショック」などがあり、そのトラウマが一度は「勇者」の仲間であったものを「無能者」の列に変えた場合も多かったようである。近年の話題作である、パット・バーカー『再生』はこのトラウマの治療を小説にしたものである。実在の神経医師リヴァース、詩人のサスーン、オーウエンなどが登場するが、ビリー・プライアーのような架空の人物も出てきて、このリヴァースの神経症兵士の治療の物語は展開する。歴史と事実を混交させたこの種の物語りはバーナード・バーゴンジのいう「文学的神話性」[6]の過程を必然的に含むものである。それが歴史と小説の双方からの批判を抱え込むことになるが、先に述べた一次大戦の兵士の間の特徴的な症例の理解を進める上でも意義深い作品といえる。

この「臆病」「卑怯者」の文脈でもう一つ触れておきたいのはマイケル・モーパーゴウの『柔和な兵士』である。この同名の作品の舞台化を2004年夏のエディンバラ・フェスティヴァルで見る機会を得たが、その上演カタログには一次大戦で英連邦出身の兵で「逃亡、しりごみ、歩哨中の居眠り」の理由で処刑されたものが290名に達したことを述べている。この人々の中には文字通り卑怯や臆病の範疇に入るものも居たであろうが、先にあげたように一度は軍功を立てた勇士の経歴のものもいたのである。それらを一括して軍法会議で「敵前逃亡」の臆病者というレッテルで有罪としたやり方に、同じパンフレットは「英国政府は未だ(2004年——筆者注)[彼らの]名誉回復を拒んでいることを述べている。

一次大戦の散文文学ではエドマンド・ブランデン『戦争の底流』、ロバート・グレイヴズ『あんなことは全ておさらば』などが関係読書リストの先端に登場するし、最近流行の一次大戦文学としては先のパット・バーカーの三部作『再生』(1991-5)もその系譜に属するが、先にも述べたように

本論考では一応詩の分野に限ることにする。

戦争詩集への関心の波

　この戦争詩集への関心は幾つかの節目ごとに人気の波を伴っているようである。もちろん大戦最中や直後の戦争詩は100万を超えるといわれるが、上のような大手の出版社に依るには多少時間が必要である。大戦最中から直後の流行を第一期とすれば、(『ひどい雨』のようにスペイン戦争を巡る1930年代の多くの詩集は今は除外するとして) 一次大戦の詩集の流行には全体として4つの波が考えられる。

　　Julien Symons ed.：*An anthology of War Poetry* Penguin 1942

　第二の波は二次大戦後から朝鮮戦争を挟み60年代のヴェトナム戦争の時代にいたるもの。

　　Brian Gardner ed.：*Up the Line to Death—The War Poets 1914-1918*
　　　　　　　　　　Methuen 1964 rev. ed. 1986

　　　　　　　　：*The Terrible Rain —The War Poets 1939-1945*
　　　　　　　　　　Methuen 1966

　　I. M. Parsons ed.：*Men Who March Away; Poems of the First World War*
　　　　　　　　　　Chatto & Windus 1965, Hogarth Press 1987

つぎに第三の波が来るのは1985年16人の詩人がウエストミンスターの「詩人コーナー」に祭られたときである。このときを記念したJill Balcon（C. Day-Lewis 夫人）ed.: *The Pity of War*（Shepheard-walwyn 1985）に代表されるもので、このときはいささかお祭り的な現象であったようである。この時期に大手のOUP, Penguin, Macmillan, Longmanなどが一次大戦の詩華集を出していることはそれだけ需要を見越していたこと、又それにより一層その読者拡大に影響が生まれたことを示している。また第2期のものの再版も期せずしてこの時期に集中しているがそれは初版の販売が完了するのに20年ばかりを要したということだろうか。

　この期のもので人気のあるものは次の21世紀まで再販を重ねているものもある。例えば、マーティン・スティーヴンのものやデイヴィッド・ロバーツのものがそれである。[7]

最後の波はいうまでもなく、アフガンからイラクに続く戦争に反対する空気の反映であろう。ブレア首相の派兵反対に200万人がデモした記憶はまだ新しい。イギリス総人口6000万との人口比にすれば日本なら400万のデモということになる。

Andrew Motion ed.: <u>First World War Poems</u> Faber 2003
Jill Hamilton ed.: <u>From Gallipoli to Gaza―The Desert Poets of World War One</u> Simon & Schuster 2003
Jon Stallworthy ed.: <u>Anthem for Doomed Youth －Twelve Soldier Poets of the First World War</u> Constable 2002

Commissioned in association with the Imperial War Museum, as a companion publication to their exhibition of the same name Reprinted 2002, 2003 (twice)
ウエストミンスター大寺のポエツ・コーナーに納められた16人ではなくなぜ12人かは分からないが、王立戦争博物館のこの展示会は多くの人が訪れたのであろう。これは遅れてきた第3期のものといえるかもしれない。2002年にすでに再版が出て、翌年はさらに2回の再版が出ている。

以上のように節目節目に人気が再浮上するのは反戦・平和を希求する歴史的条件のせいかもしれない。先行の経験の中に類似の歴史を発見するのは多少とも心の安らぎを覚えるものであるからだ。

厳密に調査したわけではないが、インターネットで反戦詩集の出版を見れば膨大な数が登場するし、Catherine W. Reilly ed.: *English Poetry of the First World War; A Bibliography* (London, G. Prior 1978) を参照するのもよいであろう。もちろん日々成長を続けるこの分野であるからして、1978年はすでにかなり古くなっており、今見てきたようにそれ以後でも多様で大量のものが追加されている。

Martin Stephen (*Never Such Innocence*)
その中で最近の傾向として第2期のものながら今日までも版を重ねているマーティン・スティーヴンの序文を紹介しておきたい。10頁ほどもので

あるが、そこに述べられているのは従来の戦争詩の捕らえ方と一味異なったもので、しかも今後の展望を示唆しているように思われるからである。
　彼は先ず戦争詩が「産業革命の苦い産物」という歴史的文脈を強調する。
　　元込め式のマーティニ・ヘンリ銃から弾倉装着のリーエンフィールド銃のような変化は個人兵士の敵殺傷力を極度に高めたことを指摘する。銃の技術革新は機関銃、砲、弾丸の質、射程距離、正確度などに進む。個別の武器のみならず新型の兵器開発、それも大量生産へと展開する。この技術革新は都市労働者を中心とした人口増と連動している。産業化された社会は農業社会より多くの人口を養い、教育し、武装することが出来る。又別の面では交通・通信手段の発達が国民の統一をより緊密にし、戦場と銃後もより身近に感じさせる。　　　　　　　　　　　　　　　（cf. 注7）
このような歴史認識の上に立ってスティーヴンは、最初の「戦争詩人の中でも異色な」アイザック・ローゼンバーグへの個人的好みから出発して、それといわゆる一般の戦争経験者の間の或るずれを感じ始める。最初の個別の戦争詩人体験は「かれらは本来戦場に不向きであった」という認識にもかかわらず戦場に赴き、一度離脱してもなおそこに戻る精神とは何かを問いかける。本当に反戦であれば投獄を覚悟で反戦を貫くか、祖国で反戦運動を組織すべきではなかったか、大量脱走や隊内反乱がなかったのは何故かと問いかける。そして資料探索の中で大戦についてのなじみの感情は主として「中流階級」の将校によるものであり、良心的将校による兵士とのギャップを埋めようとする努力にもかかわらず、また兵の間にそうした将校の戦争の悲惨を声にした成果への尊敬はあるにしても、やはりそれは自分たちのものではないという感情の存在に気付くのである。
　軍の中にこうした市民社会の階級的慣習の延長を認めるのは苦いことかもしれない。しかし「戦争詩」のすぐれて社会批判的な要素をそれは特殊な個人的感受性の問題に矮小化するのも行き過ぎかもしれない。バーゴンジが次のように述べるのも、「戦争詩」の時代に先駆けた倫理性へのある種の逆流とつながっているとしたらそれは「戦争詩」の未来への貢献を狭めてゆくことにつながらないだろうか。バーゴンジはバーカーの『再生』三部作の前提になった学生的認識を問題視する。その認識とは１）大戦は無意味な流血で、２）確たる理由も無く愚かな政治家と好戦的な将軍たち

によって続けられたが、彼らはその気になれば簡単に終わらせることが出来たものだ。3）塹壕生活は途切れの無い恐怖で、大部分の兵卒は戦争に反対であった。4）彼らの戦争反対は、抗議する詩人たち特にサスーンとオウエンによって声を与えられた。歴史家たちはこれらの考えの大部分、いや全てに、同意せず、大戦自体を手際よく定式化することを拒む巨大な悲劇的複合体と考える。[8]

ここでいささか奇異に感じるのは「反戦」というものが歴史的事実と主張されているか否かの問題である。一番最初に述べたように、反戦平和の倫理的優位により多くの人の認識が高まるのはこれらの文学に触れた結果である。それらの文学が始から「多数の」歴史的事実としての反戦平和を写して居ることを主張しているのではないということである。

ここでさらに若干の注釈を入れておく必要を感じる。それは反戦の担い手としての中産階級インテリの問題である。彼らは先のように洗練と精神性ということから来る弱点はあるが、この感性と倫理性は必ずしも全面的に否定すべきではない。戦場の不幸と抑圧と不正と腐敗に鋭く反発しそれを告発する視点はまず彼らから来る。芝居の『旅路の果て』に描かれる将校デニスは一度は戦場の苦しみに負けて将校の特権を享受する誘惑に負けるが、それが不正であることは誰よりも感じている。したがって後輩の見習将校が到着したとき彼の目を意識し、彼が外気の下で眠る兵士たちと共に眠り同じものを食べるというと必要以上に叱り付けるのである。将校と兵の間のずれは確かに問題ではあるが、インテリの弱さとその知的な自己批判の力の両面を見ておく必要がある。国王や資本家、あるいは将軍や大司教たちが説く戦いの大義という虚偽を見破るのも彼らなのだから。

話を元に戻すとスティーヴンはこのギャップを次のようにまとめる。

オーウエンやサスーンにとって戦争は途方もない暴力（outrage）であり、礼節・文明・人間性への犯罪であった。貴族と農場・工場労働者にとっては戦争の意味は異なり、後者にとって戦争はそれほどぞっとする（appaling）ものには思えなかったようでる。

貴族はノルマンの時代から特権と参戦の交換には慣れていた［ノーブレス・オブリージ］のにたいし、後者の農村では幸せの基準は「腹いっぱい、

タバコも酒もある、まずまずの健康、暖かい寝る場所」といった程度で計量されたので、中産階級の将校の悲惨感、不満、抑圧感などは「理解に苦しむ」ところであったという。それでこのマーティン・スティーヴンの詞華集に収められた「民衆の」（populist）心情は「偉大な詩」ではないという断りがある。洗練さにおいても客観性においても不足が目立ち、感傷的であるが、単純さと率直さの面では直接経験した人の利点があることを述べている。そしてこの努力は或る経験をもっと全面的に捕らえようとする今日的傾向に合致している。言い換えれば従来の戦争詩の概念が隠して見えなくしていた部分にも光を当てようとしているのである。

　戦争文学の文脈拡大でその社会的影響についてさらに２点ほど挙げておきたい。先の戦争詩に女性の作品を加えるだけでなく、男性の抜けた市民社会の欠落を埋めた大量の女性労働者があり、彼女たちが戦後も労働市場の変化に大きな力になったこと、もう一点は大量の市民が動員されて要求された一定の適正能力を測定されたとき、（英国のみならず）支配層は大量の劣性遺伝子の保有者に気がつくのである。それが一次大戦前後の優生学への関心、劣性遺伝子の除去へのいささか神経質な反応ともつながってゆく。この面の研究ではDonald J. Childs: *Modernism & Eugenics*（Cambridge U.P. 2001）を挙げておきたい。この本は積極的優生学と消極的なそれを分けて考えているが、前者はナチのようによりすぐれた人種の人為的創出を考えるものであり、後者は不幸な劣勢因子の除去を考えるものだという。この問題のイギリスでの発端となったのは、ボーア戦争で、優秀なはずの人種が劣等者に敗北したという人種的偏見にあったのは皮肉である。とは言え今日、遺伝子組み換えなど積極的優生学の危険が増大しているのは戦争をめぐる文脈でも十分考慮すべき事柄であろう。

終わりに（戦争詩の具体例について）

　私が始めに戦争詩に興味を持った視点はマーティン・スティーヴンの場合と同じく個人的な共感であった。このことは文学が正義感・倫理性・公正さといった人間性を鍛え・養う上での社会性をあらためて実証しているであろう。しかし個人の嗜好の多様性は当然としてもサスーンの皮肉より

もオーウエンの叙情性のほうが従来の美意識や伝統には受け入れやすい要素はある。

    サスーン「塹壕の中の自殺」Sasoon; Suicide in the Trenches
むなしい喜びの人生に笑いかけ
孤独の闇の間すこやかに眠り
ひばりと共に早起きして口笛吹いた
素朴な若い兵士を知っていた。

冬の塹壕で怖気づきふさぎ込み
爆音と虱と酒の不足で
自分の脳に弾ぶち込んだ。
誰も二度と彼の名を口にしなかった。
・・・
きらめく目の明るい顔の群集の諸君
若い兵士が通るとき歓呼の声を上げ
そっと家に帰りお祈りするものらよ、君らは知らぬ
若い笑い顔が出かけてゆく先の地獄は。

    オーウエン「不感症」Owen; Insensibility
殺される前に自分の血管を
凍らせるものは幸せだ。
・・・
我ら賢明なもの、ある思いでもって
魂に血糊を塗りつけるものら
自分の仕事を見るのは彼の
どんよりしたまつげの無い目を通すしかない。
生前は彼はひどく元気というわけではなかった
死んでもひどく生身を感じさせるわけではない。
悲しむでなし、威張るでなし、
好奇心に富むわけでもない
彼は老人たちの冷静さと
自分のそれの区別が着かない。

オーウエンの叙情性はsentimentality, self-pityと紙一重のところに位置し

ている。その理由の一つは、文語・雅語の魅力に頼っているところにある。anthem, doomed, futility, reciprocity, forlorn, besmirchedなどがそれである。このInsensibilityでも聖書のパロディを響かせる"Happy are those…"の皮肉にもかかわらず、placidity, taciturnなどが目立つ。サスーンの硬度の高いリアリズム、突き放した皮肉をこれらと比べればその後者の危うさは明らかである。しかしその感性はまたオーウエンがキーツから学び取ったのものでもあり、私たちによりなじみの深いものでもある。そのことからそれらの洗練された感情というものは人の生い立ちや教育の影響でかなりの部分、社会的先入感に汚染されやすいのも事実である。

　これらに比べてここで論じてきた拡大された「戦争詩」でもより優れたとは言えないまでも十分匹敵しうる作品が存在する。[9]

　　　　M・レット「どんな報酬があるか」Winifred M.Letts; What Reward?
　　若者よ、お前は命を捧げたのか
　　手足を捧げたというのか
　　でも大切な知性を捧げたものは
　　ね、どんな報いがあるのだろう。

　　ある者は名誉を得た
　　又ある者は休息を得た
　　だがこの知性を失って
　　がっくり頭を垂れているものは何を。

　　戦の残骸
　　暗い薄れた精神の持ち主
　　おお神よ、こんな犠牲に
　　どんな報いがあるのでしょう。

　今日の文化論的傾向が戦争詩の問題でもより広い文脈を視野に入れることと、科学的事実の集積に絡めた文学理解を迫ることで、先のような個人的資質（それは伝統と偏見の奇妙は複合体であるが）だけに依存する好みを矯正する機会になるように願っている。そうすることはとりもなおさず、先にも述べたような、この問題にかかわることが自分の生き方に直結した

ひとつのスタンスの取り方を迫るものであることへの一つの解を示しているように思えるからである。と同時に、ヒーニーのいう古典作品の「和ます力」を個人の心の中だけに留めるのではなく、社会的な広がりを持つ集団の共有財産にする義務に関與することでもあると信じるからである。[10]

注

1) Five questions to men who have not enlisted.
 （1）If you are physically fit and between 19and 38 years of age, Are you really satisfied with what you are doing today?
 （2）Do you feel happy as you walk along the streets and see other men wearing The King's uniform?
 （3）What will you say in years to come when people ask you, "where did you serve In the Great War,"?
 （4）What will you answer when your children grow up, and say, "Father, why Weren't you a soldier, too"?
 （5）What would happen to the Empire if every man stayed at home?
　　　　　Your King and Country need you. Enlist Today.
2) Four questions to Women.
 （1）You have read what the Germans have done in Belgium.＊Have you thought
　　　What they would do if they invade this country?
 （2）Did you realize that the safety of your home and children depends on Our getting more men now?
 （3）Did you realize that the one word "go" from you may send another man to Fight for our King and Country?
 （4）When the war is over and your husband or your son is asked "Where did you
　　　Do in the Great War/", is he to hang his head because you would not let him go.
　　　Would you help and send a man to join the Army today?
　　　　　　　（The Imperial War Muscum in London）
　　＊ベルギーでのドイツ軍の残虐さをキャンペーンしたことはいささか誇張であったことが言われている。それは戦争中に相手を悪者にする常套手段である。そのことと2次大戦のナチの「邪悪なイデオロギー」批判とは別に考える必要がある。

2) Bernard Bergonzi: *War Poets and Other Subjects* (Ashgate 1999) 13
   ・・・as they knew, it (i.e.stance) was undermined by their own willing return to the Front;
3) Philippa Lyon; ibid 143
4) Dorothy Goldman et al eds.: *Women Writers and the Great War* (Twayne 1995)
5) Joan Montgomery Byles: *War, Women, and Poetry,* 1914-1945 (Univ. of Delaware Press 1995) 69
6) Bergonzi opus cit 13 'literary- mythic'
7) Simon Fuller ed.: *The Poetry of War, 1914-1989* BBC Enterprises/ (Longman 1989)
   Robert Giddings ed.: *The War Poets* (Bloomsbury 1988)
   Michael Harrison & Christopher Stuart-Clark ed.: *Peace and War* (Oxford 1989)
   Ann Harvey ed.: In *Time of War* (Penguin 1987)
   Dominic Hibberd & John Onions eds : *Poetry of The Great War* (Macmillan 1986)
   Jon Stallworthy ed.: *The Oxford Book of War Poetry* (Oxford 1984)
   George Macbeth ed.: *Poetry 1900-1975* (Longman 1979)
   Jon Silkin ed.: *The Penguin Book of First World War Poetry* (Penguin 1979)
   Martin Stephne ed.: *Never Such Innocence* (Everyman Dent 1991, 1993, 1995, 1997, 1998, 2003)
   David Roberts ed.: *Minds at War -the Poetry and Experience of the First World War* (Saxon Book 1sted 1996, 1998, 1999, 2003)
   この書物も戦争経験を拡大する方向で考え、散文、ジャーナリズム、などから戦時下の全体的な文化状況を捉えようとする。そしてChurchill, H.G.Wells, Arnold Benett, Bertrand Russellなどの文章の抜粋も収録されている。
8) Bergonzi opus cit 13
9) David Roberts ed.: *Out In the Dark* (Saxon Books 1996) 110
10) Seamus Heaney: *Government of the Tongue* (Faber 1998)
    ・・・the poem massages rather than ruffles our sense of what it is to be alive in experience. (121) 別の言葉でヒーニーはexacerbateとappease, assuageを対比的によく使う。

6　T. S. エリオット
——イマジズムから瞑想詩

『四つの四重奏』の抽象性

　『四つの四重奏』の抽象度の高さはそれ以前のエリオットの主要な作品と比べて極わ立っている。

　　圧倒するような問いへと人を誘なう
　　陰険な意図をひめた
　　退屈な議論のように続く通り・・・　　　　　　「プルーフロックの恋歌」

　　歴史は多くの狡猾な通路、・・・工夫をこらした回廊
　　と出口を持ち、野心の囁きでまどわし、
　　虚栄心で我々をひき回す　　　　　　　　　　　「ゲロンション」

　　わが友よ、血液が私の心臓を揺する、
　　長年月の熟慮も帳消し出来ない
　　一瞬の譲歩という恐ろしい決断
　　これにより、これのみにより我々は生きて来た　「雷の語ったこと」

　　・・・人様に忘れられ
　　そう願っている、そのように私も忘れたい
　　このように身を捧げ、目的に集中して。　　　　「聖灰水旺日」Ⅱ

比較的抽象度の高い個所を引用しても、それは殆ど三行とは続かない。必ず何か具体的なイメージが登場するか、命題を例証するエピソードが挿入される。「プルーフロックの恋歌」や「荒地」の場合、抽象と具体は微妙に混り合い、例えられるものと例えるもの、「通り」と「議論」、「歴史」と「通路」、「回廊」、「出口」が読み手の中で相互補完的な作用を引きおこす。「聖灰水旺日」になると比喩に関わる両者はより高次のヴィジョンを伝えるアレゴリとして、そのヴィジョンに奉仕する。

>　・・・より高い夢に含まれた
> 未見のヴィジョンを取り戻せ
> 宝石つけた一角獣が金塗りの棺を引く時に。　　　　　（「聖灰水旺目」Ⅳ）

　これらは『プルーフロックの恋歌』や『荒地』のそれとは異った具体性、事物と言葉の関係の即応性について意識的に距離を置いた抽象性がある。しかしその抽象性とこれから見る『四つの四重奏』のそれとは質的に異なるのは一目瞭然であろう。

　四つのそれぞれの書き出しを並べてみる。

> 現在の時と過去の時は
> 共に恐らく未来の時にも現存し
> そして未来の時は過去の時に含まれている。
> もしすべての時が永遠に現存するなら
> すべての時は贖いえない。
> あったかもしれぬ事は・・・一つの抽象で
> 思索の中でのみある
> 永遠の可能性のままである。
> あったかもしれぬこととあったこととは
> 一つの結末を指示するが、これは常に現存する。
> 足音が記憶の中で反響し
> 我々が通らなかった通路を抜け
> 開けてみなかった戸口に向い
> バラ園へ出る。・・・　　　　　　　Burnt Norton（以下B. N.）

> 私の初めの中に私の終りがある。次々に
> 家が建っては倒れる、崩れ拡張され
> 除去され壊されあるいはその場に
> 空地がもしくは工場もしくは新道(バイパス)が出来る　　East Coker（以下E. C.）

> 神々のことは余り知らない。しかし思うに河は
> 強い褐色の神だ、不気嫌で人に慣れず制し難く、
> 或る程度忍耐強く、初期には境界線とされ
> 貨物の輸送者として有用だが当にはならず、
> 後には橋の建設者を悩ますだけの問題になった。　Dry Salvages（以下D. S.）

真冬の小春日和は独立した季節
　日暮には湿っぽくなるが果しなく続き
　時間を止められ極地と熱帯の中間に位する。　　Little Gidding（以下L. G.）

以上でも直ちに明らかなようにB. N. の書き出し10行は他の三つに比べても極わ立って異質である。10行にもわたって続く具象を意図的に避けたこれらの詩行は11行目からはじまる足音とバラ園の導入の衝撃をより効果的にする工夫と言えるかもしれない。それにしてもこの10行の印象が、『四つの四重奏』全体の抽象性をより強めていることも否定出来ない。最初のものの印象が全体を支配するのは我々の恣意的な読みのせいばかりとは言い切れない。エリオット自身が述べているが、連作の意図など全くなく始まったB. N. が、次のE. C. の途中で「四季や四大原素の象徴性」と共に全体の構想をもたらしたものである。[1] また他の三つが構造的にもB. N. をモデルにしたことをエリオットは認めている。B. N. のこのペースメーカー的性格、或いは規定性はこの作全体の抽象性の意味と同時に、バラ園体験をどう読むか、他の三つとこのB. N. をどう有機的に結びつけるかの問題を提供する。

　さてB. N. が最初、*Collected Poems 1909-1935*の巻末をしめくくる作品として登場した時の読者の反応は「謎めいていて、それに美しい」[2]「戸惑わせる、理解不能ですらある、明らかに〈詩的でない〉」[3] であった。その理由の一つは恐らくこの書き出しの問題にあったのではなかろうか。

　御承知のようにこの書き出しは『大伽藍の殺人』から削除された部分が独立させたものである。1934年[4] の夏のチチェスター司教George Bellの依頼を受け半年強の翌年二月末、エリオットは早くも「第一幕の改訂原稿」を演出家のMartin Browneに送ってその意見を求めている。Browneの意見は、第一幕がtoo staticで四人の誘惑者の科白はobscuire, not suffifiently differentiated in their rhythm, と言い、誘惑者たちに対する合唱隊と司祭たちの反応が必要といったものであった。

　エリオットはこれらに反論しつつも、誘惑者の科白に対する合唱隊と司祭の反応は書き足し、合唱隊は改変・補足した。そして最初の下書きから

第一誘惑者に対する司祭1の一節を救い上げ、第二誘惑者に対する司祭2の評言を付加した。この後者の13行ほどが結局はB. N. の書き出しになったという。

　ところで『大伽藍の殺人』の誘惑者であるが第一のものはトマスの過去からの呼び声として肉体的快楽と幸福の魅力で王との和解をすすめる。これに対しトマスは悔い改めを説く。第二のものは王の下での大臣として権力をふるい貧者を救い、英国内の秩序の維持をすすめる。トマスはこれには教会が地上の権力から独立し、破門する権利のあることを述べる。第三は忠誠心に優先する自由・民族主義・愛国心という大義につくことをすすめるのに対し、トマスはかつては王権の確立に協力したが今はその維持にも破壊にも手を貸さぬこと、神の大義以外には関与せぬことを語る。最後のものは聖者・殉教者になる意志を説くが、トマスはそれは人間の意志で成就するのではなく神に作られるのだと反論する。第四が最大の難問である、というのも人間の虚栄心こそは最も強い魅力であることを暗示するからである。これらをまとめると次の図式が現われる。

　（physical）desire　⟶　penitence
　Secular power　⟶　disinterest
　Cause（patriotism）　⟶　distinction of God's cause
　Will to be a martyr　⟶　surrender to God's cause

以上の構図の中で第二の世俗の権力への誘惑にトマスが勝って独白する。その後に続く筈であった司祭の言葉がB. N. になったという。[5)]

　　誘惑者：では貴方を運命にゆだねましょう。
　　　　　　貴ドの罪障は天日の方へ舞い上り王の鷹たちをかくすでしょう。
　　トマス：地上の権力は善き世を作るという
　　　　　　世俗の知る秩序の維持に役立つという。
　　　　　　神の秩序に制御されない世俗の秩序に
　　　　　　無知から出る確信をもって
　　　　　　信頼を置く者たちはただただ無秩序を固定し
　　　　　　それを固め、致命的な疾病を生み
　　　　　　自ら高めたものを引きおろす。王との連合か、
　　　　　　私は王その人、その腕、優れたほうの理性であった。

6　T. S. エリオット

　　　しかし過去に高揚であったものも
　　　今はただ卑しい堕落に過ぎぬであろう。
　　　　　　　　　　　　　　　　　（第三の誘惑者登場）

ガードナーによればこのトマスの科白の後に司祭2の言葉が続いたという。

　　　現在の時と過去の時は
　　　共に恐らくは未来の時にも現存する。
　　　未来の時は過去の時に含まれている・・・
　　　あったかもかしれぬ事は一つの推測で
　　　思索の中でのみある
　　　永遠の可能性のままである・・・
　　　足音が記憶の中で反響し
　　　我々が通らなかった通路を抜け
　　　バラ園に出る。
　　　　　　　　　　　　　　　（『大伽藍の殺人』草稿)[6]

　トマスの科白は「神の秩序」以外のものに心を動かす者は逆に無秩序に手を貸すにすぎず、かつて自分が高めた世俗の権力に協力するのは今は神の大義に逆らうことになるという、この間に生じた価値の逆転を語る。
　これを受けて司祭2は原罪も過去も将来において共存している、あってもよかった過去とはどこまでも実現しなかった可能性のままで思索の世界の出来事にすぎないという。抽象（abstraction）と言っても推測（conjecture）と言っても共にonlyに修飾された思索の世界で、全体の否定的な調子は拭い切れない、従ってこの文脈では、実際にあった過去は簡単に消えないという主張がある。
　さらに次に来る記憶の中の足音が実現しなかった道を通ってバラ園に続くというのも、単純に肯定的とは思えない。司祭2は直前のトマスの発言を率直に補足しているというより、トマスの発言にむしろ批判的な調子を感じさせる。トマスが王の片腕であった過去は今はちがった意味を持つとは言うがその過去の魅力は簡単に断ち切れるものではないと批判されているのではあるまいか。誘惑者との戦いは未だ最終的結着を見ていないのであって、この時点でバラ園へ続く足音を聴くのは、消えてしまった過去

125

を別の可能態として錯覚する自己欺瞞に陥る危険がある。さらにまたバラ園は見せてじらす幻として現われているにすぎないとも考えられるのである。

ガードナーの引用するE. Martin Browneはこの司祭2の科白は結局不要であった（初演の前に削除）としているがその理由は「エリオットの作品は最初の彼の着想のままで充分劇的であることが判った」からだと言う。これは先に引用したブラウンの手紙による批判の反省であるが、この削除によって、上に見たトマス批判の司祭2の視点が提出する緊張は失われている。

もう一つの考えられる議論はブラウン宛の手紙でエリオット自身が書いている事柄である。それは誘惑がすべて「誘惑の記憶」として、トマスの経験ずみのそれの追体験というものであるとする点である。とすれば、誘惑者と同じく司祭の科白も、実はトマスの心の中にある意識の断片を改めて確認している作業とも考えられる。

このような議論はさらに突きつめる必要はあろうが、ここでの意図は、書き出しの抽象性が元の文脈に戻せば、或る程度はその具体性の回復につながるのではあるまいかという考えのせいである。しかし、それを今日のB. N. として独立させた時点でエリオットは恐らくトマス批判という性格は捨てたのではないか。

補足された四行「もしすべての時が永遠に現存するなら／すべての時は贖いえない」「あったかもしれぬこととあったこととは／一つの結末を指示するが、これは常に現存する」はその間にはさまれた「思索の世界でのみある／永遠の可能性」の否定的な調子を和らげる要素が強い。時が過ぎるという現世の掟が贖いの条件になるという福音はこのB. N. として独立させ補足された中でまぎれもなく明白にされている。過去の失敗が不変の事実として消せぬなら罪の救済もあり得ない。また「あったかもしれぬこと」はどこまでも可能性にすぎぬなら、その存在はいたずらに人を苦しめ痛めつけ、悔恨と失意と悲歎と絶望をもたらす否定的な役割しかない。従って「あったかもしれぬこと」と「あったこと」の融合の道があること、それが常に今に現存することと主張するのは、最初の三行「現在の時と過

去の時は／共に恐らく未来の時にも現存し／そして未来の時に含まれている」という常識的な因果の連鎖とはちがった時間の並存とその二種の融合をよりはっきりと主張する形になっている。

その上、『大伽藍の殺人』の中では、B. N. のこのバラ園のような至福体験に近いものが、第二の誘惑者の次に早々と登場するのは、単純に手放しで喜ぶべきものとしてはいささか場ちがいでもある。

以上のように見てくると、この書き出しの抽象性とそれにまつわる困難は、一方で元の文脈からの独立に起因する部分と、その独立の過程でエリオット自身の内部に生じた変化とによって、二重に「謎めいて」「戸惑わせる」性格を付与されたと考えられる。

すでに見たようにB. N. の書き出しの抽象性は他の三つの四重奏に比べても詩としての魅力に欠ける。にもかかわらずこれを『大伽藍の殺人』から敢えてエリオットが救い上げた理由の一つは、その音楽性にあるのかもしれない。『四つの四重奏』の評者が必ず触れるのはこの問題である。そして確かにエリオット自身も手紙の中[7]でこれを承認している。最初はKensington Quartetsと名づけたかったと言って「音楽的類推に対する一般的な反発」は承知しているとしながら「しかし私は指摘しておきたいのだが、これら四重奏は苦労した一つの特定の形式になっていて、"quartet"という言葉はそれを理解してもらうのに人々の正しい導きとなるだろう。(ともかく"sonata"は余りに音楽的すぎる。) quartetは私には三つか四つの一見無関係な主題を綯い合わせて一篇の詩を作るという考えを暗示する。詩はそれらの主題から一つの新しい全体を作り上げることに成功する度合によるからだ。」これを見ても判る通り、音楽性への親近感は明らかだが、四重奏を余り厳密に音楽の形式と一致させるのは必ずしもエリオットの本意ではない。四重奏ということから、この作品にあくまでも四種の声を聴き分けようとしたり、四つの組合わせそのものが四重奏だとする議論はいささか性急といわざるを得ない。

エリオットが詩の音楽性を語る点でもう一つよく引用されるのは*On Poetry and Poets*に収録されたエッセー The Music of Poetryである。これはL. G. が最初の下書きとして完成した1941年7月から最終的な形にな

る1942年の9月にはさまれた1942年2月のグラスゴウにおける講演である。この事実一つをとってもこの時期にとりわけ詩の音楽性がエリオットの関心事の中心を占め、『四つの四重奏』を書くことがこの問題をより明確にする機会であったことは明らかである。ここでエリオットは、詩人が音楽に最もひかれるのはそのリズム感と構造意識だとし、主題が繰り返されるのは音楽同様詩にとっても自然であると言う。そして「異なった楽器群による一つの主題の展開に類似性を持つような詩が可能である。シンフォニーやクアルテットの異なった瞬間瞬間に対応するような転調（transitions）の瞬間が一篇の詩でも可能である。主題を対位法で配置する（contrapuntal）可能性がある」と語る。

　四篇の構造については先に「四大原素や四季」の象徴性の話があったが、四篇それぞれに内在するものとしては、各篇が五つの部分に分れ、それぞれの展開が一定の図式に従っている。

　Harold F. Brooksによれば五つの部分は次のように構成されている。

a) 命題提起、b) 先の命題否定もしくは反定立、c) 展開（受容、調停、変型）、d) 聖と俗の交感についての抒情、e) 三局面（達成された真理、当初の命題の再演、民族の歴史と個体の歴史の中に成果を生む過程）の統一。

これらは*The Art of T. S. Eliot* (Dutton 1949) でガードナーが詳述したものにほぼ対応しているが、彼女はc)の展開は各篇の中心部（core）だと言っている。またF. O. MathiessenはPart Iにa)とb)の議論を見る。[8)]いずれにせよ、d)の抒情的な間合の部分を別にすれば、漢詩にもある起承転結の普遍的な図式に従っている。

　ガードナーの音楽性に関する指摘で今一つ重要なのはリズムの問題である。彼女によれば、B. N.の書き出しは行の真中に強い休止を置いた四拍が基本になっていて、詩全体が時に三拍・五拍の転調を伴うとはいえ、常にその基本に返ろうとするという。書き出し三行について三行目に早くも五拍に拡大するがその変化は、我々の耳には、次も規則的な行が続くという期待感に動揺を与えるのではなく、むしろここで陳述が完結するという安定性に寄与しているという。

Time prsent / and time past
Are both perhaps present / in time future,
And time future / contained in time past..

音楽性という面で、リズムと構造、対称的なフレーズの組み合わせや繰り返しなどに対応する今一つの議論がある。Harry Blamiresは *Word Unheard*（1969）の中で『四つの四重奏』を「この詩はこだまについての詩であり、それはこだまを利用し、それはこだまたちそのものである。」(3)と述べている。これらのこだまは『四つの四重奏』の中で前後に交錯し共鳴するばかりか、古今東西の文学伝統を復活する『荒地』ですでになじみの手法の変型とも言える。

ブラマイアズの手法の一例を見よう。彼は "Footfalls echo …into the rose-garden" の個所の足音はそれまでのエリオットの作品では見えないものの足音として、通常の意識の向うにひそむものの突然の侵入を思い出させるという、ちょうどFrancis Thompson のThe Hound of Heaven の中の 'Halts by me that footfall' のように。また 'The passage which we did not take' はthe underground railways（E. C. Ⅲ）, overshadowed roads、「二つの世界を往来する霊」のpassage（L. G. Ⅱ）などと関係させねばならないし、バラ園は我々の入れなかった世界、might-have-beenの夢の世界、'our first world'（B. N. Ⅰ）、Fallの前のEdenの園の頃のinnocent childhood、を指向する。そしてfoot-fall→Fallから連想は広がり、エリオットは「かすかな、半ばしか自覚されないFallのこだま」として独得の合成語を用いるという。Water fall（L. G. v、D. S. v）nightfall（L. G. Ⅲ、D. S. Ⅲ）、smokefall（B. N. Ⅱ）。

このように考えれば『四つの四重奏』は、バラ園の意味のとらえにくさを言葉を変え幾度も布延し定義し直そうとする変奏とも言える。確かにバラ園を最も積極的な意味にとって、至福体験とも言うべきものとすれば、そのような経験は一人の人生で一度限り、否それすら覚つかないものである。そのような経験を1回限りで対応させる言葉を見つけるのはまず不可能である、逆に経験自体が繰り返されるとなれば、それはパロディとして原体験を軽んずる可能性すらある。その故に、「弱い笛と小太鼓の音楽」（E.

C. I)、波間や霧に見えかくれする岩が航路の指示であることを止め人間の用途という仮の目的を捨て太古の本性に戻る瞬間（D. S. II）、或る畏怖すべき師との突然の出会い（L. G. II）などは言葉こそちがえ、バラ園で言わんとしたことと同じである、つまり「死者の信号は生者の言葉を超越した火焔の舌で現わされる」（L. G. I）。

　これらは漸増的にL. G. の終結部に向けて積み上げられる道具立ではなくて、「我々は経験を経たがその意味は取り逃がした」（D. S. I）様々な例なのである。そしてこの事件やエピソードは、それにまつわる様々な声に（こだま）を聴き分ける準備さえあれば、これらの失われた意味、果たされなかった期待が回復される記憶として、我々のもとに留まっている。ブラマイアズの言うように、こだまになじむこと、この作品の前後左右に目配りし、古今東西の文学伝統を意識しながら読み進み、読み返すことが、一つ一つの意味の復活につながるような構造がここにはある。先に見たB. N. の判りにくさは、後に続く具体例を伴うことで改めて意味を開いて来る。従って四つの作品は直線的より円環的に読む方がふさわしい。そう言えば四大原素や四季もどこを起点にするかは全く決め得ない象徴である。この円環性もしくはポリフォニーの共時性は時間的音楽性から空間的絵画性につながる面もある。

　Donald Davie はパウンドとエリオットを比較したエセー[9]で『四つの四重奏』は「大きな意図的脱文のある哲学的論考、もしくはキリスト教護教論」として誤読されているが、この構造は「論理的、論証的」というより「音楽的」であること、timeless moment は神秘主義に結びつけるよりも象徴詩派の現在時制愛好に結びつけるべきことを主張する。またフランス批評家の教訓から、自分が意味していないものを言わせるワナとしての言葉に対する不信を表わすテロリストと、自分に代わって言葉を考慮させるレトリシアンを区別する。そしてサンボリスト詩では言葉は常に文字通り自ら語るもの自体を意味するという。この立場に立てば事物の言葉が或る配列をとるのは言葉の世界、話者と読者の心の中でのみ可能である。こうした詩学は、心的状態を外界の事物に託すことから一歩進めて、自然界の法則に左右されない風景を作る自由を詩人が獲得して以後のことだと言

さらにデイヴィはH. M. McLuhanを引用し[10]、『荒地』は「立体派的視点(リッタイハテキシテン)」を持ち画面の中心に常に観察者が居るという多様な視点を有するのに反し、「絵画的芸術(カイガテキゲイジュツ)」では観察者が常に画面の外に在るという対比を語らせる。マクルーハンによれば前者は直接感(immediacy)、経験の多様性(variety)と確かさ(solidity)を与えるのに反し、テニスンなどの「絵画的」な詩ではそれは不可能だという。これは時間的(temporal)な詩と空間的な(spatial)ものの対比でもあるが、当面の我々の問題である詩の音楽性という面から言えば折衷的である。我々はこだまの反響・残響・繰り返しとイメージの反復・変型・繰り返しの交錯する地点に居ると言える。[11]

すでに幾度も述べたようにB. N. が後の三つのモデルになったとしても、四篇を統一的に読むとはどのようなことであろうか。W. G. Bebbingtonの*Four Quartets?*[12]は『四つの四重奏』というタイトルが誤解を招くとし、音楽の四重奏に何ら似ていないこと、選ばれた題名は悪く言えば「無知(イグノランス)と思い上がり(プリテンション)」であり、よくてもせいぜい「言葉と意味に対する耐え難いほどの格闘」(E. C. Ⅱ)に失敗した今一つの例だという。こうした誤読(?)の理由は、すでに見たように一つはエリオットの言葉の「詩の音楽性」を余りに字義通りに深読みしようとしたことにあり、今一つは四篇ということにこだわりすぎたことにある。四つは或る時点では三つであったかもしれなかったことをHayward宛の手紙でエリオットが語っているし、四つの構成も結末に向け直線的に構成されたものでないことはすでに見た通りである。

しかしガードナーの*The Composition of Four Quartets*を見ればL. G.は他の二倍以上の頁が費されている。L. G. の推稿過程が長かったことは同じヘイワード宛の手紙でエリオットがこの部分に苦労したことを述べていることからも推測がつく。

> 「私のこの詩(i e. L. G.)についての疑いはこれが連作を仕上げるために書かれ、専らそれ自身のために書かれたのではないので、余りにも頭で作られた、苦労の跡をとどめてはいまいかということです。」[13]

先にブルックスやガードナーの見た五つの部分の最後が統合

(integration) で終わっていたのは作品の完結性として全く自然である。しかし四篇の並べ方全体がそうした構造上の秩序に貫かれているかというのは疑問のあるのも事実である。先に見た対位法的繰り返し、リズムや構造の意識、それらはむしろE. C. 以後の三つが加わって明らかに浮び上る。三篇によってB. N. のリズムや構造が逆に照らし出されて来る印象すらある。つまり終りを全うすることで初めの意味が明らかになる。'in my beginning is my end' (E. C. I) の意味は単純に自然時間の流れにおいて将来の種子が過去に含まれている「未来の時は過去の時に含まれている」(B. N.I) というのではなく、終りを待って真の初りが発見されるという回帰の時間を言うのである。そしてB. N. の抽象性あるいはあいまいさとは結局は後続の三つの四重奏の肉付けを待って初めて具体化される性質のものと言えるかもしれない。

　最後にもう一つ付け加えたいのはモダニズム詩に抽象化は宿命的だという議論のあることである。Edna Longleyもその一人で彼女は「シンボリズムは言語を自らの歴史と人間の経験の両方から切り離した」[14]とし、『荒地』をその系譜に入れる。これに対しイギリス詩の正統の後継者として、Edward Thomas を挙げる。「トマスが言葉の形而下的生命を尊重したことは、言葉の形而上的生命を回復させるのに役立った、そればかりか、トマスは英詩の中へ、キーツ以降で最も完全な感覚的手ざわりを再び導入するのを可能にした」[15]と述べている。

　この面から見ればエリオットは都市の住人で、しかも移住という、根なし草(デラシネ)の宿命を二重に負っている。我々はB. N. の抽象性を追って来たのであるが、D. S. にはロングレイの言う言葉の形而下的生命の手ざわりが濃密に感じられることは興味深い。D. S. は過去や伝統を含めた一つの土地の生命の全体性を最も直接に感じさせる部分がある。幼時によく訪れた土地・幸福な記憶の象徴として時に応じてよみがえるニューイングランド海岸に、エリオットはトマスがイングランドの大地に見たもの、「土に刻まれた歴史」を読み取ったのではないか。

　「もし我々がすでに知り或は気をつけていさえすれば、芝の起伏の一つ一つ、生け垣や小径や道路の曲折の一つ一つが、碑銘のように短いもの

ではあるが、多くの言葉で書かれ多くの性格をもった碑文であるのが判る。」[16] (6)

　そこで一つの仮説であるが、エリオットの抽象性一般について言えば、それは現代人やモダニストの運命とも言うべき、都市文明の強要する画一化・平均化・抽象化ともいう一般的性格からは逃れ得ぬものであったのは認めざるを得ない。エリオットはむしろそうした与件から出発し、逆にその抽象化に対し言葉の形而下的生命、土地の生命と合体し得る言葉を見出すrehabilitationの過程を歩んだのではあるまいか。だからこそ、B. N. だけに満足出来ず、更に三篇の四重奏を書き継いだ。そしてその一つ一つが前作よりも優れていると感じたのは、そのような言葉の生命の実感により近づいている感触を得ていたからであろう。

　　・・・すべての試みは
　　全く新しい出発である。別の種類の失敗だ。
　　何故なら言う必要のなくなったものを言うことにしか
　　言う気の失せた言い方にしか人は自在の力を
　　習得しえぬものだから。　　　　　　　　　（E. C. V）

確かに失敗の連続かもしれない。しかしこのすぐ後に続けて

　　・・・だから一つ一つの出立は
　　一つの新たな初まりなのだ

とある。それらの失敗は単なる同じ誤まちの繰り返しではなく、一巡してめぐる階段はやはりより豊かな過去を負った登攀である、たとえその記憶はより多くの失敗や過失や恥辱の不幸に満ち満ちたものであってもである。

　そして一巡して帰って来たB. N. の抽象性はちょうど『大伽藍の殺人』の文脈に戻した時のように具体的な体験を集約した一つの認識、一つの英知に変えられている。

注

1) Helen Gardner: *The Composition of Four Quartets* 18
2) Gardner: op.cit. 16

3) Derek Traversi: *T. S. Eliot; The Lomger Poems* 90
4) 1934、35年という年月は他の三つの四重奏よりも『大伽藍の殺人』(1935)、『一族再会』(1938)、或は「風景」(Landscapes) などのつながりを啼示する。(cf. Gardner 16)
5) Gardner: op.cit. 79
6) quoted by Gardner: op.cit. 82
7) Letter to Hayward (Sept.3, 1942) quoted by Gardner: op.cit. 26
8) *The Achievement of T. S. Eliot* (OUP 1958)
9) Pound and Eliot: a distinction (Graham Martin ed.: *Eliol in Perspective*)
10) Tennyson and Picturesque Poetry (Essays in Criticism vol 1, no. 3) Quoted by Davie: op.cit.
11) シンポジウムの討論の中の質問の「詩の音楽性」に叙) 音楽性について筆者は「言葉が音楽に近づいて行く面と行楽の繰り返しの変型などが与える音の意味化・言葉化の両面かある」と答えたことを記しておこう。
12) Essays in Criticism (1979、7月) vol.XXXIX no.3
13) Gardner: op.cit. 26
14) Edna Longley: *Poetry in the Wars* (Bloodaxe 1986) 31
15) 彼女はトマスの 'Rain' を考えている。
16) quoted by Longley: ibid. 58

付記

　大要は日本エリオット協会第二回大会（東京都立大）(1989年) シンポジウムで発表されたものであるが、当日は時間の制約で三分の一ほどはカットされた。

7　D. H. ロレンスのモダニティ
　——T. S. エリオットの批判の後に

　Keith Brown ed.: *Rethinking Lawrence*（Open Univ. P 1990）[1]は1980年代後半までのロレンス研究の関心と動向を手際よく教えてくれる。些か勝手読みではあるが、筆者が気づいた本書の特徴は少なくとも次の2点にある。

　1）従来よりも広いコンテキストにロレンスを解放しようとしている。
　2）ロレンスの文体や創作法は考えられる以上に意識的な工夫が凝らされていて、個人的なあるいは恣意的な思いつきではなく伝統の意識がかなり深く根付いていることを証明しようとする。

　前者についてはジェンダー論からの接近や、『セントモア』に馬崇拝というケルトの伝統の流れを見出し[2]、『鳥獣花』の発想にアフリカのブッシュマンの民話の手法を読み取ろうとするやり方である。後者では前者と同じく今まで余り考察されなかった分野にもロレンスの知識が及んで居ること、クリストファー・ポルニッツの議論に端的に現れているように、「職人」的技法の発展を強調するとか、言説や談話、あるいは対話の技法からロレンスの小説の多様な豊かさを例証しようとする。

　この第二の方向の一つにデイヴィッド・ロッジ「ロレンス、バフティン、ドストエフスキー——ロレンスと対話的小説」がある。バフティンを援用するロッジの議論には二つの前提がある。一つは叙事詩・悲劇・叙情詩といった文学のいわば「正典」はモノローグ的で「単一の世界観を表現する単一のスタイル、単一の声を確立しようとする。」[3]それに対し対話的で「多声的」な言説は古くはギリシャのメニッポス風諷刺まで溯り、封建時代のパロディ、戯画的、カーニヴァル的水脈を潜り、そのエネルギーはルネッサンスに解放されて多様で自由な小説という形態を生み出したという。これは一方で純粋志向の流れと雑多で折衷的流れを対比すると同時に、言

説・談話のレヴェルではジャンル間に本質的差異を認めようとする。

　ここでもう一点指摘して置くべきは、ロレンスの小説の発展に関するもので、少なくとも『息子と恋人たち』、『虹』など、『恋する女たち』までの流れは「語りの方法という点において著しく均質で一貫している。そこではいつもきまって作者の分身のような語り手が、物語を客観的に描写するにしろ、内面的に提示するにしろ、自分の枠組みを語り、読者に伝えるのである。」[4] それが『恋する女たち』では主人公たちは「自由に自らの運命を選べるように」、「プロットにからんだ接触や関係の領域内にとどまるのではなく、それを超えてしまう」という。ともかくもここまではロレンスの「真面目な」意図が一貫して保持されていて、それが真面目な作者と一体となっている。それに対して『もの』や『ミスター・ヌーン』や『堕ちた女』ではテキストの虚構性から語り手や背後の「真の作者」への皮肉な意識へと読者を導くという。

　ここで注意しておくべきは「真面目」、「深刻」といった属性がそのまま皮肉、もじり、おどけなど一ひねりした自意識の表出に対立するのかという問題である。裏返せばこれら後者は「不まじめ」かということになる。このような二律背反的無邪気さはワイルドの皮肉の格好の素材を提供するであろう。「皮肉」という仮面がいかに多様で複雑な心理を内包しているかは既に良く知られた事実である。したがって真面目さを主たる態度とする場合もそれを素朴に作者の態度に直結する必要はない。ましてこのロッジの指摘にもあるように作中人物にも、それを見ている人物にも（作者の目と考えても良いが）批判的視点を付与することで、ロレンスは時に自らの外に出る意識を表すことがあるという。だがその変化は詩においてはどの様に考えられるのであろうか。「多声性」とは小説だけの本質なのか、彼の詩における発展とは何なのかを考えるのが今回の筆者の意図である。

　今のキース・ブラウンの書物と並んで今日のロレンスを考えるのに的確な案内は Anne Fernihough ed.: *The Cambridge Companion to D. H. Lawrence* (2001) に見いだされる。その中の論文の一つ、Helen Sword の 'Lawrence's Poetry' はまずロレンスの詩に否定的な評価を与える。「教

化的、散文的、非論理的、訓練不足、感傷的、卑猥、大言壮語、泣き言じみている、さもなくば事実上読む気はしない。」[5] これら批判的形容詞は先の「真面目さ」「深刻さ」が素朴な鈍重さに通じ、軽みこそは洗練に通ずるという発想を前提にしている。

また一般のモダニストと共通の部分は「詩人としての発展がイマジストから告白型詩人、自然詩人、諷刺詩人、死を肯定する神秘詩人へ」(119)の変化であるが、「予言的音調、幻視的気取り、叙情的抑揚、過剰な感傷性、高度に私的な主題、（最も原始的な形の当てこすりを除く）皮肉の欠如」は他のモダニスト、H. D.、ヴァージニア・ウルフ、リチャード・オールディントンなどの反発を買ったという。

それにもかかわらず以下の四点で他のモダニスト詩人とのさらなる具体的な類似性を上げている。

1) 抽象的感情の具体化の容器としての詩のイメージ、それはイマジストの詩論の根幹部分である。──パウンド、ウイリアムズ、H. D.、さらにはT. S. エリオット
2) ロマン派の伝統に属するやや遠慮がちな幻視性──ブレイク、ワーズワース、シェリー、ホイットマン、ホプキンス、イェツ
3) 告白型詩人──ホイットマン、メレディス、ハーディ、イェツ、ロバート・ロウエル、シルヴィア・プラス、アン・セクストン
4) 注意深い観察者、自然への畏敬の念を抱く解説者、「事物詩人」──ウイリアムズ、マリアン・ムーア、リルケ、フランシス・ポンジュ、ヒーニィ、テッド・ヒューズ[6]

以上はモダニスト諸派との部分的類似、あるいは近似性であるが、モダニスト一般に潜む特徴の列挙でもある。

この次に各詩集毎の特徴を挙げながら詩人としての発展をたどる。すなわち

1) 韻律詩集の*Love Poems and Others*（1913）、*Amores*（1916）、*New Poems*（1918）、*Bay*（1919）

極めてロレンス的な用語法、イデオロギー、イメージにもかかわらず、内に潜むデーモンへの恐れ（敬意）から、「口に蓋をする」[7]後の

作業、比喩の正確さ、微妙な細部、形式・色彩・感情のニュアンスへの配慮、技巧面への注意が行き届いている。

2）*Look! We Have Come Through!*（1917）

　幻視的音調、極端な個人性、危機に瀕した人間の複雑さ、その苦悩と歓喜、愛の不安と喜びの錯綜した気持ち——これらの矛盾した要素（行動の意志と不活発への意志）を抱えた現在への興味、そうした内容上の変化に対応した文体が見られる。

3）*Birds, Beasts and Flowers*（1923）

　自然の考察を通して人間性に評言を加える。同時期の3冊の「指導者小説」*Aaron's Rod, Kangaroo, The Plumed Serpent*のように、性と政治にからむ詩は独断的で女性の男性への、自然の人間への従属を説く。*Look! We Have Come Through!*に見るような愛憎の永遠の対立構造はないが、自然界の生き生きした哀切に溢れた記述は印象深い。

　'Fish' は水と一体となっているのを、蛇でも交尾するのに水中に、「裸体の流れに射精する」存在、それ程までに回りと溶け合っているのを見ている人間（自分）との差異を強烈に意識する。人間の限界を、人間の悪を示すのに動植物を利用するよりも、観察対象の他者性を認め、その記述不可能性を主張する。オーデンを引用するなら「非常に透明で人はロレンスを完全に忘れただひたすらロレンスの見たものを見る」という。[8]

　'Snake' 底流に強い性的関心があり、男根象徴の蛇は「恐ろしい穴」に入り、詩人は「一種の恐怖」に駆られる、それは「恐ろしい他者と交わり、溶け合う」（Manifest）[9] ロレンスの恐怖を思い出させる。（これは後でまた触れるがロレンスの中にある受動的な自己分析、自己委譲への恐怖ではないか。これらは自然界と人間の関係を描くとはいえ、他者向けの教訓ではなく、自己の中の普遍的人間性の探求と言えるかもしれない。「宗教的偏見、公教育の限界、禁じられたものの魅力、性を知ることの誘惑」など、結局自分の中の人間の発見につながる。）ロレンスが蛇や亀の爬虫類に強い関心を寄せるのは哺乳類よりも人間との他者性が際立っているせいかもしれない。ひいてはそれを軸に人間の限界を逆に際立たせる。

1923年の手紙にもあるように自らもこの詩集を最上と考えて居たようであるが[10]、その理由は「現在性の詩」の主張の具体化のゆえであろう。自然発生的、活力、予言的活性は一方で「完成などない、仕上げなどない、終わりなどない」「すべては逃げて行き、揺れ動き、交じり合って網目になり、水は月を揺らし続ける」という事になる。それはまた「念入りな改訂」をとめどもなく続けることに一致する。「自発性そのものよりも自発的表現という幻を真に評価したこと」、「形式の自由は誠実な表現と一致する。」という信念の発露であろう。

4）後期の4冊、*Pansies*（1929）、*Nettles*（1930）、*Last Poems*、*More Poems*（1932）

ロレンスの「デーモン」[11]が普遍的神秘の力としてより、不機嫌な小悪魔のように現れる。矛盾、疑惑、逆説、時に感謝の笑いなどあるが、社会批評が成功するにはやや不器用に過ぎる。

a）しかしオーデンの評価する方言の詩には「ブルジョアの偽善、中産階級の価値、検閲の害」などの攻撃にみる陽気なはしゃぎがある。'Red Herring' も中産階級化した自分の心の中にthou, theeを使っていた労働者階級の世界への憧れを残している。それは生活の苦しさが記憶の中で甘美なものに変わるからではなくて、言葉の中の生命の響きを懐かしむからであろう。

おお、僕はブルジョアの一員だ、
　それで 女中が紅茶を入れてくれる──
でもいつも誰かにこう言ってもらいたい
　いいかい、若僧、ここだけの話だが
奴らはみんな畜生めらだ
　そんで全く正当と俺の思うのは
奴らのけつを蹴飛ばして
　くたばりやがれて言ってやるのが薬だと。
O I am a member of the bourgeoisie
and a servant-maid brings me my tea──
But I'm always longing for someone to say:

'ark 'ere, lad! atween thee an' me
they 're a' a b--d- lot o' --s,
an' I reckon it's nowt but right
we should start an' kick their -ses for 'em
am' tell 'em to -.[12]

 b) 'The Ship of Death' 自己の死すべき運命の影を直視し、ほとんど至福的落ち着き、文体と感情の計測された冷静さがある。それは形式上の均整から来る調和の静けさではなく、語っている人の見ているものへの共感、それとの一体化の安らぎからくる。

 c) 'Babarian Gentians'
  歓喜を伴った受容、未知の世界への喜ばしい旅立ち。これについては後に再び触れるが、未知への旅立ちの冒険と興奮をむしろ喜んでいる気配である。

以上多少我流の解説を交えながらも、わたしはヘレン・スオードにこだわり過ぎたかもしれない。しかし最初のエリオットの批判からリーヴィスの弁護、エリオットの修正などを経て今日のロレンス受容のパターンを知るには便利であるし、その流れの中で今どのように読めるかを考えたいからでもある。この文脈はまたモダニストを経過して後のロレンスの読み方を示唆してもいる。したがってあらためてT. S. エリオットの主張に立ち返ってみたい。いまのスオードの主張の中にも、賢明な読者は既にそのエコーを感じておられることであろう。

エリオットは悪名高い『異神を追いて』(1934)の中で病める近代の詩人の中でハーディ以上にロレンスの天才を認めながら、三つの特徴を読み取る。1) 常軌を逸して居ること(the ridiculous)。ヒューマーの感覚の欠如、ある種の俗物根性、知識の欠如というより教育がもたらす批判力の欠落、いわゆる思考力のなさ。2) 異様に鋭敏な感受性と深い直感の能力はあるがそこから引き出す結論がいつも間違って居る。3) 明らかに性的不健全さがある。[13]

このエリオットに対してF. R. リーヴィスは本格的、全面的に論じる『小説家ロレンス』(1955)の前に直ちにエリオットに反論した。[14]

リーヴィスはまず伝統や正統の観念が崩れたときに倫理の代わりに人は

個性に頼らざるを得なくなるというエリオットを批判して、それこそ逆にエリオット自身の教会とその教義の反復に過ぎないとし、そのような伝統に賛成できないものは自分の「健康の感覚」を育てるしかないと言う(80)。また『不死鳥』の書評について扱っている書物の多種多様であるにもかかわらず、「目のまえにあるものが何であるかを正確に見きわめ、それについて自分がどう考えているかを正確に知っている者のみが示し得る見事な簡潔さと確信的な筆致で、問題の中心に切り込んでいるという印象」(100)があるという。さらに「生き生きとしてアイロニーを含む諧謔」を取り上げ「ロレンスの文体は、一種特異なものではあるけれども、自己中心癖からこれほど決定的に遠いものも見出しがたい」(102)と言う。

　他方エリオット自身の修正は1960年の『チャタレイ夫人の恋人』(非削除版) 裁判（ノッチンガム）でロレンス弁護を引き受けて、先の『異神を追いて』の発言を「乱暴で大雑把」だったとして撤回する用意があったと言う。[15] さらに『批評家を批評する』の中に収められた同名の文章でエリオットは「この著者に対する反感がまだ残っているのは私の目に自己中心主義、或る残酷さの気配、ハーディと共通の欠点とも言うべきユーモア感の欠如が映るせいである」という。

　こうしてみると、最初の近代の異端の特徴とした、「思考力の欠落」と教育のもたらす「批判力」の不足などは不問にされたかに見えるが、「ユーモア感の欠如」だけは執念深く残っている。「ユーモア感の欠如」はエリオット独りの指摘ではなく、オーデンも、ブラックマーも繰り返す部分である。オーデンは『染物屋の手』の中の「ロレンス論」で人間を描くとき「彼の考えは白昼夢」である。「なぜならその考えは改善されたり訂正されたりする実際の関係に基づいていないからだ。小説や短編で彼が読者に称賛されるのを期待しているような人物を登場させるときはいつでもユーモアのないたいくつな人物」[16] になるという。そして学校教育が方言を風変わりとしてしまう前の言葉で書いたバーンズと並べて、ロレンスの自由詩を持ち上げる。そこではロレンスの言葉は自由で柔軟であり、理性と逆説に支配されたドライデンやポウプの本格的な諷刺詩に比べて、束縛を嫌う無政府主義的滑稽詩（doggerel）の世界があるという。オーデンは*Pansies*の

中の 'Now It's Happened', Nettleのなかの 'Innocent England' をその例に挙げる。この後者[17]は1929年7月5日にウォレン画廊で開かれた裸体を描いたロレンスの展示会を6人の警官が襲って絵を持ち去り、その事件を28歳の治安判事が裁くことになった事件である。この作品のおもしろさは同じ単語が対立する側で相手のことを批判するものに転化することである。まずタイトルだが卑猥を禁じる猥褻の法概念が、イチジクの葉の役をしていることを皮肉っている。性の露出を隠すことで清純さを装う無邪気さは偽善に過ぎない。判事の言葉の「下品！粗暴！見るも汚らわしい！」とは詩人は警官の行為と裁判の事と思ってその事実を承認したら実は自分の絵のことであったという笑えぬ悲劇がある。イギリスの画家は性器を隠すパンツをはかせるか、霧で隠すか一工夫がいる、そうでなければ裁判になるとは知らなかったと歌う。問題は性というものは隠そうと隠すまいとそこに厳然と存在するという事実、それを認めるか否かの深刻な問題が含まれていることにある。スイフト的社会批判の毒はエリオット的皮肉の軽妙さとは大違いで、それは「不器用」、「真面目」、「ユーモアに欠ける」という形容詞を十分理解させる。

　ところで先に引用したオーデンの「言葉の透明さが非常なもので人は作者よりも作者の見たものだけを見る」｜Lawrence's often 'turgid and obscure' writing becomes 'so transparent that one forgets him entirely and simply sees what he saw.'｜と言うのは、エリオット自身の口調の引き写しでもある。F. O. マシーセンは聴覚的想像力を論じたところで、それが人間的経験の最も原始的要素であるとともに洗練された感情の究極的で精緻なあやを表現するものだとし、その対極にロレンスの直接性の詩論についての手紙を引用する。「今日のような剥き出しの醜い現実の時代の我々に残された詩の本質はどこにもウソの影ひとつない、偏向の影ひとつない、剥き出しの直接性である。」[18] それに対するエリオットの詩学を称賛して、マシーセンは未公刊の1933年になされたエリオットのキーツとロレンスの講演を引用する。

　「詩的なものではなく本質的に詩そのもの、骨まで見える剥き出しの詩、あるいは非常に透明で詩を見るのではなく、詩の向こうに見るように求め

られるものを見る詩、非常に透明なので詩を読むときに詩ではなくそれが指し示すものに注意を凝らすような詩、そのような詩を書くこと、これは私には努力すべきことに思える。晩年のベートーヴェンが音楽を超越しようとしたことと同様、詩を超越すること。私達は多分うまく行かないが、ロレンスの言葉は私にはそのように思える。つまりそれらの言葉は私が書いた4、50行の詩が求めると思うものを表していると。」[19]

以上のような一連の議論は、エリオットの当初の規定の「思考力」の有無を越え、結局は当時彼が越えようとしていたロマン派の「自発的横溢」(spontaneous overflow) をもたらす霊感の詩学と、偶然に頼るのではなく知的配慮を貫く詩法の違いに思える。この違いをE. W. F. Tomlinは次のように述べる。〔ロレンスの散文の或るものでは人は著者がどこまでも自分の話していることに何の観念も抱いていないと感じる。ノーマン・ダグラスが言ったように「何頁にもわたる素材」を与えられる。エリオットの方はあらかじめ自分の観念を注意深く選り分けたのだという印象をいつも与える。エリオットはしたがって自分の思考を簡潔に書き記すことが出来る。〕[20] この言葉は先のリーヴィスの言葉「目の前にあるものが何であるかを正確に見極め・・・」とあまりにも正反対であるが、強いて両者を和解させるとすれば、リーヴィスの方は直感の鋭さがそのような成果を生んでいるのであって、計量的認識がその結論に導いているのではないということになるのであろうか。

最初の『異神を追いて』でもエリオットがロレンスの特徴を否定的に描いたのは伝統か個人的才能か、正統か異端か、知的意識か直感か、古典派かロマン派かの二項対立の枠での議論であった。この前段の議論が1928年のケンブリッジのクラーク講演にすでに見出される。それは第三講演でダンテの14世紀に起こった思想の変化の源を12世紀の宗教的神秘主義、「観念における喜び、弁証法的巧妙さ、観念が感じられる緊張、そして、表現の明晰さ」に求める。これとベルグソン主義は正反対で、ベルグソンの絶対は「思考の道を引き返すことによって、人間の精神から識別と分析の道具をはぎ取り、直接経験の流れに飛び込むことによってなされるのです。

十二世紀には、神聖なヴィジョンや神の享受は分析的思考が起こる過程によってだけ達せられるのです。・・・それは、イグナチウス、テレサ、そして十字架の聖ヨハネの神秘主義と非常に違っています。彼らはロマン主義者なのです。またこの神秘主義はエックハルトのものとも大変違います。彼は異端なのです。・・・十四世紀に、マイスター・エックハルトと彼の追随者達は―ドイツではふさわしく―奈落の神、つまり、D. H. ロレンス氏の神を再主張しました。」[21] ここには『異神を追いて』の基本的な論点はすべて尽くされている観がある。

　先にユーモア感の欠如だけはエリオットの修正を受けなかったといい、その後オーデンやブラックマーもそれに賛同していることを上げた。オーデンは今見たとおりであるが、ブラックマーについてはペンギンの『ロレンス全詩集』[22] の序文の始めに編者はブラックマーの論文「ロレンスと表現の形式」から「仮面のない詩」という理由でのロレンス批判を紹介している。ブラックマーはロレンス自身の職人芸の詩人とデーモンという個人的感情の爆発をさせる詩人の対比を上げているが、この爆発とて詩になるためには芸の訓練が必要と述べている。このヴィ・デ・ソラ・ピントの序文のタイトルが「D. H. ロレンス、仮面なき詩人」となっているのは結局はブラックマーの不満にもかかわらずロレンスの方向を肯定することを明確にしているといえる。

　このユーモアの有無、仮面のような自己劇化の希薄さやロレンス自身の詩学である「現在性の詩」のゆえに、ロレンスは必要以上に無意識で自然発生的な作風の詩人と考えられてきたようである。最初に紹介したヘレン・スオードはその誤解（？）の若干の修正としてロレンスも改訂に関心がなかった訳ではないことを上げたし、また今の『ロレンス全詩集』の構成も「死の船」や「ババリア竜胆」の異本を注に上げる配慮を行っている。しかしそれだけでロレンスを意識的創作法の詩人とするにはあまりに弱々しい。そこで筆者はその方向での弁護よりはエリオットの側での個人的偏向を考えるべきと思う。それは先の『批評家を批評する』でエリオット自身が認めている限界である。つまり人はその時々の自己の必要と関心、社会的・時代的要請から完全には自由ではないということである。

(だからこそ可能な限りその限界を自覚せよと言うことかもしれない。)ユーモア感覚、教育による自己批評、自己分析能力、それらの原理に執着するエリオットの方に一つの偏向性を見ることも可能である。エリオットが教育の成果とする自己批評 (self-critical) はself-analytical, self-reflective, self-dramatizationと言った一連の自己吟味、分析的自我意識の技法であろうが、それこそはまたロレンスの側で近代人の病として拒絶した方向でもあった。その方向の人間に対してロレンスの側の回答がある。『全詩集』の「人間はホモサピエンス以上の存在」'Man Is More Than Homo Sapiens' のように人間は単なる認識的存在以上のものであることを歌った次に「自意識過剰の人々」'Self-Conscious People' という作品が並んでいる。

  「自意識過剰の人々」 Self-Conscious People
  おお君は自分の中で混乱している
  可哀想な小人よ 哀れな小人よ

  それに彼女もその心で混乱している
  可哀想な ちっぽけな女 哀れな女

  だが 用心せよ！
  彼らは網に掛かった汚い爪の猫のよう。

  だから出してやろうとすると
  ひどく引っ掻いて血に毒を移す。[23]

 表現自体は特に問題ではないが、ここで述べられている事柄は深刻な事実である。つまり、自意識過剰な人間はその破壊力を回りに感染させるというである。

 自我にまつわる現象で詩と最も遠いのはself-pityであろう。幸いそれを話題にした短い詩もある。滑稽とまで行かなくともおどけ振り、self-caricaturiseの例としては有効な証明であろう。これもまた一種の自己劇化と言える。

「自己憐憫」 Self-Pity
野生のものが自分を
悲しんだなんて見たことがない。
一羽の小鳥が凍死して枝から落ちても
己を悲しむことはあるまい[24]

このような自己を悲しむ意識とは生の向こうを想定することに他ならず、それは現在の生の充実を、受容を妨げる。オーデンが「歴史女神賛歌」の中で去勢され未来を奪われていても朝毎に賛歌の歌を歌う雄鶏の幸せよりも、人間的不幸を選ぶという主張のように、動物は現在に生き、人は歴史意識のゆえに来し方行く末を意識して悲哀を知ることを余儀なくされる。[25] しかしここでのロレンスの主張はエデン追放以前の人間はその悲哀を知る必要がなかったことを教えている。現在を歓喜する能力を喪失したことにロレンスの批判がある。

同じく個人的ではないが、人間（そこに含まれる自分も）を批判しているもう一つの目がある。

「蚊は知っている」 The Mosquito Knows
蚊は充分知っている、小さいけれど
自分は人食い動物だと。
しかし最後は
腹一杯で止める、
僕の血を銀行に貯めたりしない。[26]

捕食・略奪者という言葉はその響きの割りに動物界では不必要な弱肉強食の主張は少ないという。それに比べて人間は現在の必要を越えて、個体の必要を越えて、利潤のために略奪する。もし「意識」が文明の印であるならそのようなことの批判に進まないことこそ批判されるべきであろう。

近代の自我のありようとして、エリオットと異なる自我意識の道はイェイツである。彼の有名な言葉の自己との対話から詩が生まれ他者との対話は雄弁を生むと言うのは[27]、エリオット的な自己分裂を意味するのではない。そこにはanti-selfとしての「仮面」の存在があるが、それは近代の病ではなく、自己の意志の力で、自我の対称物を想像的に創出して行くので

ある。そのような自我の在り方ならロレンスも必ずしも否定的ではなかったであろう。

最後にやはり「ババリア竜胆」を見て話を終わりたい。

　　「ババリア竜胆」　Babarian Gentians
　だれもが自宅に竜胆を持っているのではない
　穏やかな九月のゆっくり来る物悲しいミクルマスに。

　ババリア竜胆よ、大きく暗く、ひたすら暗いものよ
　昼間を暗くし、冥府の王の暗がりの青さに煙る松明にも似て、
　ギザギザの姿で松明にも似て、闇の炎を青く広げ
　平たさを鋭角に研ぎ、白日の流れの下に平たくなり、
　青く煙る闇の松明の花、冥府の王の青黒い神秘、
　黄泉の国の大広間から来た黒い灯明、青黒く燃えるもの、
　闇を、青い闇を放射するもの、デメターの青白い灯明が光を放つごとく
　だから私を導けよ、この未知を案内せよ。

　私に竜胆を差し伸べよ、松明をおくれ。
　この花の青くフォークに割れた松明を私の導きにさせよ、
　暗がりの増す階段を下り行くとき、そこは青さが黒ずんで青さに重なる
　まさに今、ペルセフォーネの行くところ、霜置く九月から
　闇が暗さのうえに目を覚ますあの視界のない世界へと、
　そしてペルセフォネ自らは一つの声と化す、
　いや冥府の王の腕のより深い暗がりに囲まれた
　見えない闇と化し、厚い暗がりの情熱に貫かれ、
　闇の松明の輝きの中、消えた花嫁とその婿の上に闇を投げかける　（竜胆）。[28]

　先に上げられた「注意深く技巧を凝らし、改訂した」気配はない。何よりも同じ言葉を連ねながら、繰り返しの印象はその音楽性を除けばない。音楽性の繰り返しは言葉のそれ以上にニュアンスの増殖の効果があるが、これらの言葉の一つ一つが自ら増殖し、前のものに新しいニュアンスを付与しつつ自らを別の、より豊かで多様性を孕んだ全体に変えて行く。そこには自己中心の自我の押し付けはなく、オーデンの言う詩人の見たものが詩人を媒介せずに、直接経験としてそこに提示されている。それは「現在

性の詩」の主張の「定着しない」、「完成しない」、「仕上げの姿を想定しない」という言葉から誤解されそうな未完成のものではなく、「流動性」の真実あるいは現実をそのままに伝えている。それは刈り込み不足とか、怠惰な妥協の印象はなく、本質的なもの以外に関心が向かない詩人の姿を示している。余分なものをむしろ見ない、見ようとしない。そのようなことの意識を超越することこそ詩人の意図にかなっていると言わんばかりだ。エリオットの観察癖、分析癖と比べ、ロレンスはこのような集中性と没頭性に優れている。この二つは元々異なったものであるから、他方が欠落している理由でそれが瑕瑾であるとするのは、逆にその主張の限界をあらわにするに過ぎない。またその「欠落」を弁護するのに乏しい近似の性格を取り出すのも弁護として説得力に不足する。それよりも二つの違った原理を率直に認める方が有効に思える。これもやはりエリオットの主張であるが、批評の道具は分析と比較である。これによって二つのものの違いや本質はいよいよ明らかになるのである。エリオットはロレンス批判によって、改めて自己主張を確認したと言えないだろうか。

注

1) 吉村・杉山 他訳『D. H. ロレンス批評地図』(松柏社 2001) 参照 以下の同書の引用はこの訳書による。
2) 'Evangeristic Beasts' *The Penguin Complete Poems*『全詩集』319-330のもっとも象徴的な図柄はケルトの意匠の『ケルズの書』にあるが、ロレンスがそれを見た記録は見当たらない。ただジョイスがそれを持ち歩いて人に見せたと言うからあるいはロレンスもその印象的な話を聞いていたかもしれない。それはもちろんロレンスのキリスト教より古い異教の神への関心と平行しているのは間違いないが、彼のケルトへの関心の指摘は興味がある。
3) 吉村 他訳 同書 388
4) 　　　　　同書 393
5) Anne Fernihough ed.: *The Cambridge Companion to D. H. Lawremce* (Cambridge 2001) 119
6) 　　　　　ibid. 120
7) D. H. Lawrence: Note, (Preface to Collected Poems 1928) *The Penguin Complete Poems* (1964) 28
8) W. H. Auden: *The Dyer's Hand and Other Essays* (Random House 1948)

中桐雅夫 訳『染物屋の手』（晶文社　1973）「D. H. ロレンス」263 ヘレン・スオードの註ではBanjeree ed.: *D. H, Lawrence's Poetry*: Demon Liberated Basingstoke (Macmillan 1990) 再録のAuden: D. H. Lawrenceからになっている。292

9) Manifest: *The Penguin Complete Poems* 267
10) 'Poetry of the Present' *The Penguin Complete Poems* 182
11) 'demon' 註7）参照
12) *The Penguin Complete Poems* 490-1
13) T. S. Eliot: *After Strange Gods* (Faber 1933) 58
14) F. R. リーヴィス（岩崎宗治 編・訳）『D. H. ロレンス論』（八潮出版社 1981) 以下は岩崎 訳。
15) T. S. Eliot: *The Varieties of Metaphysical Poetry* edited & prefaced by Ronald Schuchard (A Harvest Book 1993)
村田俊一 訳『T. S. エリオット、クラーク 講演』（松柏社　2001）576
16) T. S. Eliot: *To Criticize the Critic* (Faber 1965) 25
17) *The Penguin Complete Poems* 579-80
18) オーデン 前掲書　中桐 訳　260
19) F. O. Mathiessen: *The Achievement of T. S. Eliot* (OUP 1947) 89
マシーセンは註して「これらの言葉は未公刊の講演 'English Letter Writers' に含まれる。それは主としてKeatsとLawrenceに関するもので、1933年冬にコネチカット州のニュウヘイヴンで行われたものである。」という。96
20) マシーセン　同書　90
21) E. W. F. Tomlin: 'The Master of Prose' in *A Tribute from Japan* (Kenkyuusha)
James Olney ed.: *Essays from Southern Rev.* に再録 258
22) エリオット　前掲書　村田俊一 訳　166-7
23) *The Penguin Copmlete Poems* 675
24) R. P. Blackmur: 'Lawrence and Expressive Form'
in *Form & Value in Modern Poetry* (Doubleday Anchor Books 1957) V.de S. Pinto ed.: *The Pengui Complete Poems*に引用 1
25) W. H. Auden: 'Homage to Clio' *The Collected Poems* (Random House 1976) 464

  Are we so sorry? Woken at sun-up to hear
   A cock pronouncing himself himself
  Though all his sons had been castrated and eaten,
   I was glad I could be unhappy:

26) *The Penguin Complete Poems* 466-7
27) W. B. Yeats: *Mythologies* (Macmillan 1959) 331 ('Per Amica Silentia Lunae')
28) *The Penguin Complete Poems* 697

8　W. H. オーデン
──T. S. エリオットの後に

　「しかし、どんなおとなの一生も、出来事だけの記録ではない。それはまた著者の個人的行為を含む──その結果がどうなろうと、彼がなすのを選んだもの、そしてそれに対して自分に責任があると考えるものを含む。出来事と違って、行為は比較できず、繰り返せない。行為は、ある独特の人間を現わす。彼と正確におなじ人間はまえに存在していたことはなく、将来も二度と存在しない、そういう人間を見せるのである。」（中桐雅夫 訳『わが読書』晶文社　452-3）

　仲間のスペンダー、デイ＝ルイス、マクニース、それにイシャーウッドと異なり、まとまった自伝は結局書かなかったオーデンであるが、批評の散文には多くの自伝的記述が散りばめられている。今の引用は「われわれに思えたままで」と題して、イヴリン・ウォーの伝記『生兵法』*A Little Learning* (Chapman & Hall 1964) とレナード・ウルフの伝記『もう一度始めて』*Beginning Again* (Hogarth Press 1964) に自分をからめて、予備的年代記、遺伝、両親と家庭生活、戦争、学校、大学、金銭、宗教、出来事と行為、変化などの項目で比較している、その終わりから2つ目の項目の一部である。「出来事」と言う一種の客観的な事件は言わば外圧として我々の許にやってくるので、人はそれにはただ受動的にしか対処できない。それに比べて「行為」は人の意識的な選択によって外化された動作である。自由が大切なのは、この選択の自由のゆえにその後の責任が責任たりうるからである。「やむを得ず」とか「誰某のせいで」という弁解が可能なのはその意味では自由と責任の分化が未成熟で野蛮な社会なのかもしれない。上に挙げたオーデンの文章はその問題をついている。しかし今これを引用したのは、この理由によるのではない。そうではなくて人の一生には他の選択よりもずっと重い決断を必要とする場合があるということ、また

その決断は当初にはその重大さが十分認識されていなくとも後にその意味が明らかになってくる（もちろんその逆もあろうが）こと、そのような場合の決断－選択－行為－責任の図式を明らかにするためである。だれでもそうであろうが、オーデンの生涯にも節目節目になる象徴的行為がいくつかあったことを言いたいのである。

先の文章の関連でオーデン自身に関する部分を抜き出してみよう。

「大体において、私の父系の人々は粘液質で、まじめで、どちらかといえばおっとりとした、しみったれ気味で、すばらしい健康に恵まれていた。母系の人々はせっかちで怒りっぽく、気前がよく、肉体上の不健康やヒステリー、ノイローゼになりやすかった。肉体上の健康の問題を除いて、私は後者に似ている。」（中桐　前掲書　435）

「私は、ウルフ氏の場合とは違って、死によって父親を肉体的に失ったのではなく、ある程度、心理的に失なったのである。父が陸軍軍医になったとき、私は七歳だった――ウォー氏が述べているように、息子が真剣に父親に注意し始め、父親をもっとも必要とする年だ――そして私は、十二歳六箇月になるまで、二度と父の顔を見なかった。・・・彼は私が会った人のうちで、もっとも穏やかで、もっとも没我的な男だった――あまり穏やかすぎる、と以前は時々思ったものだ、というのは彼は夫としてしばしば妻の尻に敷かれていた。私は母を非常によく理解していたが、ほんとうに非常に風変わりなことをやれる人だった。私が八歳のとき、母は『トリスタン』の惚れ薬の場の科白と曲を教えてくれ、二人は一緒にそれを歌う習わしであった。」（中桐　前掲書　437）

6－12歳　彼の幼年時代の興味は鉱物学と音楽で、母からは音楽と信仰心、父からは科学的性向と北欧神話への興味を引き継いだ。鉱物学や北欧神話と言うのは一風変わっているし、早熟な年少者ということもあって、自分の関心事は人には何の興味もないということを人生のかなり早い時期に感じ取り、それを別に憾みに思うこともなく孤独を、少数者の身分を楽しむ習慣を受け入れた。その空想の世界の舞台は英国北部のペナイン山の荒れ地から生まれた石灰岩の風景で、産業は鉛の鉱山であった。その道具立てとなる機会を選ぶについても、神聖で美しいものか、科学と数学への

より効果的性質かを決めねばならなかった。十五歳位まで鉱山技師を夢見ていたし、オックスフォードでも最初は科学の奨学生で生物学を勉強しようとした。

性的早熟ぶりは可成なもので、グレシャム校時代にその知識を仲間に披露したが、内容はユングやフロイドの心理学を含めてすべて父の書斎からの借り物であった。オックスフォードの後のベルリン時代にはアメリカの心理学者ホーマー・レインを読み、人間は生来善良で、ノイローゼや病気は心の衝動に従えば治療出来るというロマンチックな説を信じた。フロイドは逆にidの破壊的衝動を考え、私はsublimation（昇華）の文明的効果を歓迎した。

1922年のことだというが、先の鉱物学や生物学から詩人を志す変化が生じる。

> 三月の或る午後のこと、三時半頃
> 友人と耕作地を散歩していると
> ・・・彼は私の方を向いて
> ね、君は詩を書くのかいと問うて来た。
> その経験はなかったのでそう答えたが、分かったのだ
> その瞬間に自分が何をやりたいかが。
> 『アイスランドからの手紙』

ジュリアン・シモンズによると友人というのはロバート・メドレイのことだと言う（『三〇年代』 The 30s (The Cresset Press 1960) 78）。それはメドレイ自身の証言もある。「ひょっとしたらひどい背任行為になるのではと心配したことを和らげるために、一息入れて、交換みたいな調子で実は僕は詩を書くんだが君はどうだいとたずねてみた。」（スペンダー編『オーデン賛歌』Stephen Spender: *W. H. Auden: A Tribnte* (Littlehampton 1975) 40）。オーデンもまたそれについて最初のころの一種わくわくした気持ちのことを記している（『染物屋の手』36）。この精神的な変化の到来とはやがずれるが、オーデンは自分の肉体上の特性についても個人的な感慨の持ち主であった。例えば近眼。「近視は・・・現実からの一つの退却、現実界を締め出したい一つの願いである」（The Observer Nov.7, '71 引用36）と

述べている。Gresham校の自主監督制度（Honour System）について10年ほど後に書いた文章がある。「その制度が、生まれながらの密告者に対する誘惑はもちろんだが、我々の全倫理的生活が、恐怖に、共同体の恐怖に基づいていたことを意味した。そして恐怖は生活の健全な基礎ではない。恐怖は人をこそこそした、不正直で臆病な（冒険心を欠いた）ものにする。私がファシズムに反対する最大の理由は学校時代に私がファシスト国家に住んでいたことによる。」(Edward Mendelsen: *The English Auden* 325) この自主監督制度では三つのこと、喫煙、罵詈雑言、淫猥に溺れないことを約束させる。一度約束すれば生徒は二つの強制力に服さねばならない。1）もし約束を破れば告白せねばならない。2）他人が違反するのを見れば、その人に告白を薦め、それが不成功に終われば、自分が当局に報告せねばならない。(Humphrey Carpenter: *W. H. Auden: A Biography* (Houghton Mifflin 1981) 引用 25)

この頃のオーデン自身の自画像はやはりグレシャム校の時代の回想としてある。「専門職階級の家庭の、書物好きの、アングロカトリック教徒の両親の息子、三人兄弟の末っ子。この私は・・・精神的に早熟で、肉体的に未熟、近眼、どのゲームでものろま、ひどく不潔で薄汚れて、爪を噛む癖があり、肉体的に臆病で、不正直、感傷的で、共同体意識など何もなく、事実、典型的な高踏趣味の気難しい子供であった。」Graham Greene ed.: *The Old School* (Jonathan Cape 1934) 8

1925年　Oxfordに入るが、すでに述べたように最初は生物学を専攻しようとしていたが、必ずしも確たる選択では無かった。音楽を通じて友人となったStanley Fisherと散歩していたときの主な話題は、それはほとんど独白に近いが、大体四つほどにまとめられたと言う。それらは1）オックスフォードは現実から隔離された人工的な環境で、学生生活は怠惰になり易く、そこにいると本当によい詩人にはなれない。2）家にいるといつも母と大ゲンカになるので家にはおられない。3）自己流の神を信じるわけにもいかないとフィッシャーに神の存在の哲学的科学的証明を求める。4）ロマン派ではなく古典派の詩人にならねばならない。(Carpenter ibid. 44) どのくらい本気かはともかく割合早くから希望としては本職の詩人が

頭にあったのは間違いない。また初学年の頃から知人の間では彼の読書好きと記憶のよさは目立っていた。学寮を根城に大学を図書室のように利用していた様子はスペンダーの印象からも伺われる。下級生のスペンダーはまるで先生に会うようにおそるおそる彼の部屋を訪れる。「オーデンと面会するのは肩のこる仕事であった。まず約束をする。そして早い目に訪れると、彼の部屋の厚いドアが大抵ぴったり閉まっていて、それが中にいるオーデンの煩わされたくない気持を伝える面会謝絶の札の役をしている。・・・私がはじめて訪問の約束を果たしたとき、彼はカーテンを閉めきった暗い部屋のなかに座っていて、彼の肘のよこのテーブルの上にはランプが置かれていた。そのため、彼は私をはっきり見ることができただろうが、私のほうは彼の青白い顔に反射する光しか見ることができなかった。」（高城　他訳『世界の中の世界』1　南雲堂　72）

　1928-9年　オーデンの節目の話の先を急ごう。オクスフォードを卒業すると御褒美として外国行きを許された。どこにするか迷ったがドイツに決めた経過を彼は語る。

　「1928年　オクスフォードを卒業して帰宅すると、両親は一年の外国行きを与えてくれた。私の直前の世代のインテリにとって、問題とするに値するただ一つの文化はフランスのそれであった。その話は聞くのにうんざりしていたので、どこにしてもパリではないと決めた。ではどこだ、ローマか、不可だ、ムッソリーニとファシズムがそれを不可能にした。ベルリンか、そうだ、これだ。勿論それだ。ドイツ語もドイツ文学も知らなかった、でも知人の誰でもがそうだった。・・・多分それに、私に無意識なドイツ好きの気持があったのだ。理由は、一次大戦のとき受検校の少年だったころだが、もし私がマーガリンとパンを一枚余計に取ると、或る先生はきっとこう言った、「ね、オーデン、君はドイツ野郎に勝利させたいのか。」そして彼は私の心にドイツと禁じられた快楽との連想を作り上げた。」(Encounter Jan. 1963)

　ときあたかも世界大恐慌の只中で、イシャーウッドの*Goodbye to Berlin* (Hogarth Press 1939)でカメラ的に記録された世界であり、続く三十年代を彩るナチ支配の前夜である。

1930年　'29年ドイツから戻りロンドンで家庭教師などして、'30年より二年間スコットランドのヘレンズバラにあるLarchfield Academyの先生、次いで32年より3年間Malvernの近くのColwallにあるThe Downs Schoolの先生になる。

1933年　ザ・ダウンズ校の仲間と話しているときに「愛」についての啓示的体験をする。'One Fine Summer Night in June' の詩に結果したものであるが、*Forewods and Afterwords*（Vintage 1990）にその散文の説明がある。「食後三人の同僚（女性2人と男性1人）と芝生に座っていた。・・・私たちはとりとめもなく日常の事柄を話題にしていたが、突然思いがけなくあることが起こった。私は或る力に自分が侵入されるのを感じた。その力は私の方で受け入れたものの抵抗し難いもので、確かに私自身のものでは無かった。生まれて初めて私ははっきりと分かったのだ、その力のお陰で分かりかけてはいたのだが、隣人を自分のように愛するとはどういうことかが。」(69)旧約聖書レビ記19：18には次のようにある。「汝 仇をかえすべからず、汝の民の子孫に対して怨を懐くべからず、己のごとく汝の隣を愛すべし、我はエホバなり。」先の文章は「プロテスタントの神秘家」というタイトルでエロスとアガペーと神の幻視を論じたものである。面白いのはこの経験がオーデンのキリスト教会復帰より前に起こったこと、この経験のゆえに「自分が何をしようとして居るかについて自己を欺くことがずっと困難になった」ということである。そして「自然夫人」の世界で人間と他の生物の関係のヴィジョン（幻視）は人間から一方交通であるのに対し、エロスのヴィジョンではかかわりあいになる二人は相手に対し自分はふさわしくないという姿を見る。そして神のヴィジョンでは人間の魂と神の関係は一方的でありながら魂は神への自分の愛と自分への神の愛を確信する関係性の中にいる。これらに比べて同じ神秘体験のアガペーのヴィジョンでは自然夫人の場合同様ヴィジョンは多数であるがかかわるのは平等な人格である。その対等な人格が共有するヴィジョンの例に上記の体験を引用したのである。これはある意味で非常にオーデン的なエピソードと言える。通常神秘体験は特定の個人の魂と神との出会いを強調するのに対し、ここでオーデンが語るのは魂の社会性とも言うべきものである。

恐らく教会というものも彼にはそうした平等な人格がヴィジョンという恵みの経験を共有する機会としてあったのではないか。

　1936年スペインで内乱が始まり、ドイツ・イタリアのファシズムに後押しされた王・教会・軍部の勢力と民主主義的選挙による政府の力が衝突した。世界中の反ファシズムのインテリの例外に漏れずオーデンたちのグループも政府支援の義勇軍に参加する。しかし理念として懐いていた社会主義と左翼政党の実際とは必ずしも一致していなかった。後年に発表された自伝的文章「現代のカンタベリ巡礼」*Modern Canterbury Pilgrims*（A. R. Mowbray 1956）には次のような記述がある。「バルセロウナに着いて、市街を歩いていると、すべての教会は閉鎖され、司祭は一人も見ないことに気づいた。自分でも驚いたことだが、この発見はわたしをひどく驚愕させ取り乱した気分にした。・・・それからしばらくして、或る出版社の事務室で私はアングリカンの平信徒に出会い、生まれて初めて自分が聖なる人格を前にしていると感じた。」(41) 今日ではさしたる驚きでもないかもしれないが、30年代の教条化したスターリニズムの宗教政策ではまず宗教者と左翼のの共同行動は政略以外には考えられなくて、ましてスペインの現実の中では反革命の弾圧の急先鋒のカトリックの砦をこぼつのは当然であった。「善き人生」の中で述べたような宗教者と左翼の連帯を夢見ていたオーデンのショックが大きかったのは当然であろう。もう一点「聖なる人格」とはチャールズ・ウィリアムズのことであるが、聖なるものが肉体のある人格として姿を現すこともまた特異な体験であろう。宗教者が尊敬すべき人格を示すのも、左翼が下劣な人格を示すのも、あるいはそれぞれの逆のケースもあるのは、考えてみれば予期できることではある。これらすべては後のオーデンの教会復帰の伏線と考えて間違いはない。しかしそのためにはさらに2年の歳月とアメリカ移住という弾みが必要であった。

　同じ「現代のカンタベリ巡礼」に次のような文章がある。「神の摂理によって——というのは詩人が時々かかる病気は軽薄さ（気まぐれ）と言うものだからであるが——私はギリシャ語とキリスト教的な意味で、自分が悪魔的（demonic）な力の餌食になって、つまりは自制心と自尊心をはぎとられて、ストリンドベルグの芝居の大根役者のように振る舞うとはどんなも

のかをじかに自分で感じさせられた。」これは先のダウンズ校の夏の庭の経験と同じで、自分を欺く機会に対してより敏感になる、つまり身を慎むこと、恥を大切にすること、それが取りも直さず神の用意された道であることを実感している。さらにそれはアンドレ・ジッドの性的告白に不実の響きを感じ取り、オーデン自身の過去の作品のあるものに真実であろうとする意志を眠らす野心を感じて撤回したのと直線的に繋がる。

　スペインから戻って、一時またダウンズ校で教壇に立つが、翌1938年前半は日中戦争の視察に費やされ、帰途アメリカを経由したときに移住の決心が固まったらしい。この記録はイッシャーウッドと共著の*Journey to a War* (Faber 1939) である。

　1939年1月18日ニューヨークに向かい、1941年までブルックリン・ハイツに住む。この時代のオーデンを描くオクスフォード詩学教授のポール・マルドゥーン作「ミッダ街七番地」はニューヨーク移住の初期に住んだ住所で、一種の芸術家の共同体的雰囲気を持った場所であることを伝えている。

　1940年10月　アングリカン教会に復帰し、規則的に教会に通う。エピスコパル（監督教会派）教会で聖体拝受を受ける。

　アメリカ移住前後の気持ちは「1939年9月1日」や『新年の手紙』(*New Year Letter* Faber 1941) 書き出しに歌われている。大戦下の祖国を見捨てるということでかなり世間の批判を浴びたようであるが、ここではスペンダー宛の手紙を見ておこう。「・・・君がここ（アメリカ）に居てくれたらよいのだが、それは僕が連合国を支持しないのではない——支持しているさ——そうではなくて、君なら何でもそっちでと同じくらいこっちでもうまくやれるからだ——もちろん苦しむことは別だが——それからもう一つは全く利己的個人的理由のせいだ。

　・・・民主主義の根本的弱点は次のことが分からないことだ、つまりカトリックを捨てるとなると（我々はそうすべきだと思うが）人は自分の土台を再び見つけなければならない、そしてそれは長期にわたる骨の折れる仕事だということが。ヘンダースン（Neville Henderson）は典型的に怠惰なプロテスタントで、カトリック教の過去を食いつぶし、形而上学や神秘主

義は不要であると想像する。——美徳は礼儀作法によって保持されると想像する。だからファシズムのような真の異端に出会うと彼は当惑するしかない。ゲーリングのようなかなり好感のもてる人物すらがこのような振る舞いに及ぶというのは彼には全く理解できない。」(73)

　Sir Neville Meyrick Henderson（1882-1942）は英国の外交官でベルリン駐独大使（1937-9）としてナチ宥和政策の典型。

　この文脈で「善き人生」のなかにあったファシズムの定義、人が越えてならない一線の存在を否定するというものを思い出していただきたい。つまり人間としてやってはならない境界など何もないので何百万人ものユダヤ人虐殺が可能になる。そしてこの異端は過去からの連続を、ヒューマニズムや啓蒙思想や合理性など伝統の一切を完全に切断する。

　「私を本当にギョッとさせるのは今回の危機にあって君が他の同時代作家のしていることに余り気を使い過ぎることだ。文明を守るのに何をすべきか。直接の重要順には１）ドイツ人を殺しドイツの資産を破壊すること、２）できるだけ多くのイギリス人とその資産を殺人と破壊から守ること、３）家屋から詩文に至るもので保存に値するようなものを作り出すこと、４）文明が真に意味し関与するものを理解するように人々を教化すること。そして文学批評とはこの最後の面のごく微小で消極的な一部に過ぎない。想像力や教育において君のような才能があれば充分多くのことができる。・・・お願いだから、スティーヴン、君の伯父さんの文学版や、芸術のドロシィ・トムソン夫人にはならないでくれ。・・・もし私が兵士か空襲監視員として有能だと思えば明日にでも帰国するだろう。私が兵士として余り有能でないと思うのは、理屈に叶っているのかただの臆病なのかは分からない。だから今出来ることと言えば、もし政府が私に求めた場合、そんなことがあればだが、何でも喜んでやるということだ。作家としてまた教育者としては問題は別だ。というのはインテリの戦線は至るところで進行中であって、或る特定のこの場所・その時こそすべてのインテリが結集するべき時点だなどと主張する権利は誰にもない。私にとって個人的にはアメリカは最上の国だと信じている。しかしその唯一の証明は私の創るものにかかっている。（またアメリカが良くないとしてもどこか別のところ

に住めばそこが同じく良くないだろうという結論も確かでない。)」(76-7)

　Dorothy Thompson (1894-1911) アメリカのジャーナリスト、元 Sinclair Lewis 夫人ウィーン (1920-24) 及びベルリン (1924-28) 通信員、ニューヨーク ヘラルド トリビューン (1936-41) コラムニスト。*New Russia* (1928), *Political Guide* (1938), *Let the Record Speak* (1939)、*Listen, Hans* (1942) などの著作あり。

　オクスフォードの学寮のだらし無い生活ぶりからすれば鍛えられた兵士になる可能性はもともとなかったかもしれない。しかしここで大事なことは一億総動員となりそうな雰囲気の中で親友スペンダーまでが自己の正義を裁断の基準にする恐ろしさを指摘していることである。日本人の我々自身も多数派が主張する正義の恐怖は経験済みである。

　とは言えオーデンのアメリカ移住は一般に不評で、最も早いころのオーデンの紹介者の一人フランシス・スカーフは次のように述べている。

　「イギリスに行った作家ヘンリィ・ジェイムズやT. S. エリオットが英国流の生き方を身につけ、英語が一番ヨク書かれる場所や時代の中で英国の作家と連帯を感じたのに反し、オーデンはアメリカで『不安の時代』が示すように広い豊かな実存的視野を獲得しつつあるが、それは或る精神的孤立と言う犠牲と、確かな批評基準の喪失によってである。」(Francis Scarfe: *W. H. Auden* Lyrebird 1949 63)

　今のオーデン論の結びでスカーフは初期オーデンの関心を半ば総括するように言う。

　　彼のマルクシズムは決して確信のあるマルキストのそれではない。彼の心理学はいつも不完全で気まぐれである。彼の実存主義はただもう片寄って居てマルクスやフロイドの名残をいつも留めて居る。彼のキリスト教は相変わらず風刺に染められ過ぎて居て結局穏健な人生の受容に至る。(69)

　スカーフは前作の *Auden and After* (Routledge 1942)——47年までに6版を重ねる——でもオーデンの移住がもたらした言語の母体からの切断による不毛性を論じて居る。しかしあれから今日までの半世紀の時間をおいてみると、先のスカーフ批判もどこか「我らが期待の旗手」の裏切りへの苦い口ぶりがこもって居るように思える。とは言え何につけオーデンの考えは

不徹底で中途半端である、その作品すらがどこか不完全なままに止まって居るとするこうした批評が40年代のオーデン批評の中核であったようだ。

今までの節目の決断に比べればそれ以後の決断は比較的マイナーなものかもしれない。

1948年最初のイスキア（Ischia）訪問があり、翌1949から57年まで毎年春夏をその借家に過ごす習慣となる。

1956年2月9日 オクスフォード詩学教授になり毎年3回の一般講演を5年間つとめる。6月11日の就任講演は*Making, Knowing, and Judging* (Clarendon Press 1956)

このころから詩の任務は褒めたたえるべきものはすべて褒めたたえることにあるということ、詩とは気まぐれな取るに足らないことであるがそれがなければ人生が人間が全きものにならないこと、と言った信念をいよいよ明らかにする。

1957年ローマのフルトリネリ賞を受け、その賞金で低オーストリアのキルヒシュテッテンに農家を購入。春夏用にする。

1958年イスキア島に別れを告げて春夏を毎年キルヒシュテッテンで定住するべく移住する。'Good-Bye to the Mezzogiorno' は島とイタリアと南への別れの歌である。*About the House*（Faber 1965）のような定住する場所についての詩集もうまれる。

1948年以来ヨーロッパへの結び付きが強まる一方であったが、石灰岩の風景や南への憧れに魅せられた期間を挟んで、最後は幼時の北欧神話への関心と似て、再び北の方に引かれて行ったのは何か象徴的に思える事柄である。

1973年9月29日 キルヒシュテッテンの家を冬の間閉じてオクスフォードに戻る途中ウイーンの宿で客死。

オーデンの生涯を見ると初期のいかにも機知に溢れた表現で、観察した社会的変容を捉える、時代の証言者の詩人としての立場から、可能な限り人間の本性や社会的習性までも賛美できるものは賛美するという立場への移行はあるいは退行と映るかもしれない。その両者に平等に魅力を感じて反応するのは確かに多少困難を伴う。しかし科学的客観性と実存的思索は

必ずしも矛盾するものではない。仮に矛盾するものと仮定しても、一人の人間の中に共存の余地はある。まず人は矛盾を抱え込んだ存在である理由がある。さらに人は自ら歴史的存在として、様々な移行形態を余儀なくされる、自身も周りの社会も変化するので、其れに応じた思想的遍歴を余儀なくされるものである。問題はむしろその矛盾と見える変容の中に他者にも共感可能な筋道が見出せるか否かである。矛盾を読むとは限りなく寛容の振幅はばを広げる鍛錬の機会かもしれない。勿論そこには限りなく堕落する方向も潜んではいるが。この矛盾の意識はオーデン初期の実験的作品『演説者たち』*the Orators*（Random House 1967）にすでに見出せる。その中の一章「ある傷への手紙」がそれである。「18ヶ月前」、壊疽の宣告を受けたショックを起源に、この自己の内部の「破壊的要素」との対話を書いている。このパターンは同じ作品の「ある飛行士の日記」でも繰り返される。つまり自己の内部に巣食う呪い（自己愛と自殺願望のような）の自覚とその除去あるいは克服である。一般的に言えば病理的診断により旧い自我と決別する決意表明である。生物学的には自己の内部の細胞は成長と消滅の矛盾した要素を共存させている。その呪縛から如何に解放されるかが生物学的課題から実存的神学的課題に変わっただけのことといえるかもしれない。

補足（未完成に終わったオーデン詩注釈）

　上記の文は『オーデン名詩評釈』（大阪教育図書）の姉妹編としてお読みいただくことを期待したオーデン詩集注釈前書に用意された。それは京都のある出版社のシリーズの一冊として計画されたもので、当初は各詩集のタイトル・ポエムを中心にした構成を考えていた。しかし筆者の怠慢から機会を逸し、シリーズは打ち切りになった。また上記の計画が先行して'Look, Stranger!', 'Nones', 'Homage to Clio', 'Shield of Achiles' あるいは 'Spain, 1937', 'In Memory of W. B. Yeats' などが収録されてしまった。タイトル・ポエムは恐らく作者の思い入れの強いもので何がしかその詩集を代表する特徴をもっていると考えられる。その意味では *'Another*

'Time'、'Journey to Iceland'、'City without Walls'、'Epistle to a Godson'、'Thank You, Fog' は未だ残っていたのは幸いであった。この間に出た橋口稔氏『詩人オーデン』(平凡社　1996)は各詩集を編年風にたどった評伝で、ある程度筆者の狙った所をみたしてくれる。

　また機会詩の名手、とりわけ追悼詩の分野でも優れた成果を残したオーデンであり、イェイツの代わりにフロイドを収め、批評家としての特性を示すものとしてイェイツ論を入れた。アメリカに渡ってからの仕事として、若手の詩人の力となったこと、その連続で書評や序文に批評家として冴えを発揮したことは忘れてならない。オーデン・グループの詩人・批評家の特徴の一つは多くが自伝を残していることである。スペンダー、イシャーウッド、デイ・ルイス、マクニース、ジョン・レーマン、エドワード・アプワード、シリル・コノリー、ウィリアム・プルーマーなどリストは豊かである。とりわけ最初の二人の自伝、最初の四人の批評はオーデン理解には不可欠である。その意味でまとまった自伝を残さなかったオーデンではあるが、ここにも言及した二つの伝記的散文は彼の詩をより身近に感じさせるのに効果があると思われる。

　オーデンの多様な創作活動として、今回のような短詩中心の編集に「詩劇」や「長編詩」は論外としても、バラッドや歌曲風の作品、音楽とりわけオペラへの関心の強さを示す文章が入るべきではなかったかという気持ちも残る。彼の伝記からストラビンスキー、ブリテン、ハンス・ヴェルナー・ヘンツェあるいはモーツアルトの名が消えることは何か重大な見落としを暗示するからである。

　先のシリーズとしてのオーデン詩文集ならもっと多くの批評家を収録すべきであったろうが紙幅の関係で割愛せざるを得なかった。例えば最初期の批評の一つであるフランシス・スカーフのものや、30年代を論じたバーゴンジBernard Bergonzi: *Reading the Phirties*（Macmillan 1978)、オーデン全集の編者のメンデルセンによる伝記的見取り図などの文章がそれである。しかしすべてが思いどおりにならないということはどこかで満足するほかないという裏返しであり、そのようなことを考えるのは年齢と共に来るひとつの知恵なのだろうか。

9　ヒュー・マクダーミッド
——モダニストからポストモダーンへの架橋

一人で背負うスコットランド・ルネサンス

　ヒュー・マクダーミッドはW. B. イェイツからナショナル・アイデンティティの構築における文学の信念を得た。イェイツは「偉大な民族で偉大な文学を持たないものはない」と信じて、アイルランドにその偉大な民族の誇りを作りだそうとした。それには一方で古く信頼に値する伝統の存在があったことと、他方に抑圧のせいで本来の才能を発揮できない民族の悲劇への怒りと悲しみがあったことが考えられる。イェイツはその民族の統一のエネルギーを共通のイメージの構築に求めた。民族が共に憧れ、共に誇りと信頼を置ける古いケルトの伝統から生まれた神話はそのシンボルの宝庫であった。マクダーミッドも似た発想をイェイツに学んだが、民族の独立と伝統の形成にはやや異なった道を進んだ。アイルランド同様スコットランドにもそれと半ば共通のケルトの神話や伝説、あるいはスコットランド特有の民話がありそこに糧を求めたのは似ているが、表現手段とする言語媒体としてはイェイツのように単純に英語を主とする方向には進まなかった。その意味では英語の植民地主義の毒をどう浄化するかの方法はジョイスに学んだといえる。

　1920年代から「スコッティシュ・ルネサンス」運動に従事し、1923年にC. M. グリーヴ（C. M. Grieve）の名で発表した処女作『五感の年代記』（*Annals of the Five Senses*）から、死後出版の『マクダーミッド全詩集』（*The Complete Poems of Hugh MacDiarmid,* 1978）の間に多数の詩集・自伝・評論集がある。一人でスコットランド・ルネサンス運動を背負ってきた成果が20世紀後半から芽吹き、彼の流れをくむ詩人たちが今日のスコットランド詩壇を支えている。

　ロナルド・スティーヴンソン（Ronald Stevenson）は「マクダーミッド

の美神たち」'*MacDiarmid's Muses*'（P. H. Scott & A. C. Davis: *The Age of MacDiarmid*（Mainstream 1980）163-9）の中でマクダーミッドの九つの特徴を形成するミューズを数え上げる。第一は見目良いスコットランド娘で代表されるスコットランドそのもの。第二は北欧神話の天と地に枝と根を張るトネリコ、ユグドラシルに匹敵するスコットランド国花の大アザミ。第三はマクダーミッドの神話に住み着いたとぐろ巻く大蛇。第四は17世紀後半から18世紀初期のスコットランドゲール詩人のミューズ。第五は五大陸と世界言語の唱導者。第六はマルクス主義の預言的ミューズ。第七と八は科学と宇宙の時間空間をつかさどる美神。第九は音楽である。これらはマクダーミッドの主要な関心事の簡潔な列挙であるが、それらはそれぞれ独立に存在するというより相互に連なり、修飾し合う。このエセーはP. H. スコットとA. C. デイヴィス共編『マクダーミッドの時代』*The Age of MacDiarmid*[1) 所収の一編であるが、そこにはマクダーミッドの同時代およびその後の彼の伝統を形成する詩人・学者・評論家が名を連ねている。たとえばソーリー・マクリーン　Sorley MacLean（1911-96）、デイヴィッド・デイシャス　David Daiches（1912-2005）、エドウイン・モーガン　Edwin Morgan（1920-2010）、トム・スコット　Tom Scott（1918-1995）の長老からダンカン・グレン　Duncan Glen（1933-2008）、アラン・ボールド　Alan Bold（1943-1998）、ジョージ・ブルース　George Bruce（1909-2002）など成熟した詩人・批評家、さらにもっと若いイアン・クライトン・スミス　Ian Crichton Smith（1928-1998）などマクダーミッド研究やマクダーミッド著作の編集について優れた研究成果を誇る執筆陣は圧巻である。

　マクダーミッドの伝統を知るもう一つの書物がある。クリストファー・ホワイト『モダーン・スコットランド・詩』Christopher Whyte: *Modern Scottish Poetry*[2)（Edinburgh U. P. 2004）である。そこでホワイトは現代スコットランド詩を考えるには旧い民族主義的ゲール文化の伝統よりももっと自由な、英文学の伝統からすら解放された伝統を考える必要を論じたうえで、1940年代以降のスコットランド詩の10年刻みの年代記として、それぞれに3～4人の詩人を取り上げる。それらの20人が必ずしもそ

の時代をもっぱらにする詩人ではないと断ってはいるが、にもかかわらず彼らの作品が現代スコットランドの最良の作品群の重要部分を形成しているのは間違いない。このホワイトは21世紀の初めにスコットランドの現代詩（スコッツ詩とゲール詩を問わず）を論じようとすればマクダーミッド抜きには語れないとしながらも、その状況が生まれたのは1960年代も終わり頃になって初めてであるとする。そのきっかけはケヴィン・デュヴァルおよびシドニー・グッドサー・スミス編『マクダーミッド記念論集』Kevin Duval & Sidney Goodsir Smith eds.: *Hugh MacDirmid: a Festschrift* (Edinburgh 1962) およびダンカン・グレン『ヒュー・マクダーミッドとスコットランド・ルネッサンス』Duncan Glen: *Hugh MacDiarmid and the Scottish Renaissance* (Edinburgh and London, Chambers 1964) [3]であり、その後70年代、80年代とその関心は広がっていったという。ただこの流れは単純な一直線ではなく、北海油田開発とともに広がった民族主義の高揚で、独立を求める国民投票（1979年）が行われたがその敗北の結果の反動があった。（これは労働党による1998年のスコットランド法の成立後翌年にはスコットランド議会再開、権限一部移譲と続く。）それまでのマクダーミッドの一見奇矯とも見えるルネサンス運動もこれらと無関係ではあり得ず、再評価は80年代まで待たねばならなかった。[4]（ホワイト　35）

　ホワイトの述べる現代スコットランドの流れは以下のようなものである。

40年代　ソーリー・マクリーン (Sorley MacLean = Somhairle MacGill-Eain 1911-96)；『エミールのための詩その他』*Dain do Eimhir agus Dain eile* (Poems to Eimhir and Other Poems) 1943、ジョージ・キャンベル・ヘイ (George Campbell Hay 1915-84)；『丘の斜面の泉』*Fuaran Sleibh* (Hillside Springs) 1948、エドウィン・ミュア『迷宮』*The Labyrinth* 1949

50年代　ヒュー・マクダーミッド；『ジェームズ・ジョイス追悼』*In Memoriam James Joyce* 1955、ノーマン・マッケイ (Norman MacCaig 1910-96)；『碇泊灯』*Riding Lights* 1955、シドニー・グッドサー・スミス (Sydney Goodsir Smith 1915-75)；『エルドンの木の

もとで』 *Under the Eildon Tree* (revised ed. 1954)

60年代　ロバート・ギャリオッホ (Robert Garioch 1909-81);『ギャリオッホ詩選』*Selected Poems* 1966、トム・レナード (Tom Leonard 1944-);『6編のグラスゴウ詩』*Six Glasgow Poems* 1969、エドウィン・モーガン;『第二の人生』*The Second Life* 1969

70年代　W. S. グレアム (W. S. Graham 1918-86);『マルカム・ムーニの土地』*Malcolm Mooney's Land* 1970、デリック・トムスン (Derick Thomson 1921-);『遥かな道』*An Rathad Cian* (The Far Road) ゲール語版1970、英語版1971、ジョージ・マッケイ・ブラウン (George Mackay Brown 1921-96);『鋤を手にした漁師』*Fishermen with Ploughs* 1971

80年代　ダグラス・ダン (Douglas Dunn 1942-);『悲歌』*Elegies* 1985、ケネス・ホワイト (Kenneth White 1936-);『鳥の通い路』*The Bird Path* 1989、リズ・ロッホヘッド (Liz Lochhead 1947-);『夢見るフランケンシュタイン』*Dreaming Frankenstein*、『全詩集』*Collected Poems*、イアン・クライトン・スミス (Ian Crichton Smith 1928-98);『或る人生』*A Life* 1984

90年代　ロバート・クローフォード (Robert Crawford 1959-);『或るスコットランド人の集会』*A Scottish Assembly* 1990、キャスリーン・ジェイミー (Kathleen Jamie 1962-);『シバの女王』*The Queen of Sheba* 1996、キャロル・アン・ダフィ (Carol Ann Duffy 1955-);『束の間の時』*Mean Time* 1993、アンガス・マクニカル (Aonghas MacNeacail 1942-);『正しい教育』*Oideachadh Ceart* (A Proper Schooling) 1996

　ここでは繰り返しを避けるために60年代後に限って若干コメントを付け加えておく。

　60年代の劇的な変化以後を取り上げると、ウイリアム・スーター (William Soutar 1898-1943)、シドニー・グッドサー・スミス、ロバート・ギャリオッホの3名は20年代のマクダーミッドの始めたスコットランド語の詩を引き継いだことになっている。しかしスーターのグラスゴウ・ス

コッツはその近代産業都市のハイランド、ロウランド、アイルランドおよび外国語の雑種的要素のゆえに『スコットランド国語辞典』*The Scottish National Dictionary*[5]の資料から除外されたものであるし、ニュージーランド生まれのシドニー・グッドサー＝スミスの折衷的語彙と意図的な擬古典主義はマクダーミッドに挑戦的な要素を秘め、画家の家系に生まれたギャリオッホは19世紀イタリア詩人でラテン語の方言で詩を書いたジュゼッペ・ベリ（Giuseppe Belli）の翻訳のソネット集を出したが、『ジェイムズ・ジョイス追悼』のマクダーミッド以上に借用・混合・盗用・模倣の技法への興味を示し、最後にはマクダーミッドの強烈な自己主張に反感を抱くようになった例を挙げる。これらはマクダーミッドの欠点を示すというより、それぞれの詩人の独自の発展と取るべきであろう。

　トム・レナードのグラスゴウ詩やモーガンのホモセクシュアリティは都市文化の社会的排他性や排除の論理への関心を示しているが、それはマクダーミッドの目的への賛成や敵意ではなく、言語の新しい領域開拓への敬意の拡大というべきであろう。[6]（ホワイト　133）

　70年代以降のグレアム、トムソン、ホワイトにはどちらかといえばより古典的、私的な世界への関心に戻った感がある。ソヴィエト文学をはじめとしたインターナショナルな関心のマクダーミッドに比べて、ルイス島、オークニー、グラスゴー、アバディーンといった特定の地域に深く根ざした傾向であり、マクダーミッドの影響という文脈でいえば次の80年代の関心の復活の前の小休止といえるかもしれない。

　80年代は何と言ってもダグラス・ダンの存在が大きい。モノグラフその他のマクダーミッド研究のほか、彼の編集になる『フェイバー版20世紀スコットランド詩』*The Twentieth-Century Scottish Poetry*（1992）には上記の詩人たちのほとんどが含まれ、その伝統の称揚に、彼と次の世代のアラン・ボールドは大きく貢献しているといえる。

詩人の誕生にむけて

　ヒュー・マクダーミッド、本名クリストファー・マレイ・グリーヴ（Christopher Murray Grieve）は、スコットランドのイングランドとの国境

に近いダンフリースシャー（Dumfriesshire）のラングオム（Langholm）の町に1892年8月11日に生まれた。二年後の1894年4月7日、弟アンドルー（Andrew）が生まれた。父ジェイムズ（James）は土地の郵便配達で、郵便配達人組合や協同組合の集会に出た。敬虔な長老派教会員で信頼の厚い市民であったが、家ではバーンズ（Burns）は禁句であった。彼はボア戦争時には、ボーア人への同情を公表し、地域の偏狭な愛国心に対立した。自由党を支持し、1900年に労働代表委員会として設立された労働党の目的に徐々に引かれていった。この父のことをうたった詩としては、「虹」（'The Watergaw'）、「父の墓前で」（'At My Father's Grave'）、「親類」（'Kinsfolk'）、「幼時に父を失って」（'Fatherless in Boyhood'）の四編がある。母エリザベス（Elizabeth）の系統は主に農業労働者で、父方はツイード織工場の労働者だった。幼年時代の家は町の図書館と同じ建物にあり、彼は自由に大量の読書を楽しむことができた。多読と早熟が彼の特徴であったが、この国境地方に生まれ育ったことが彼の土地言葉への関心と地方主義の誇りを育てたのは間違いない。七歳でラングオム・アカデミー初等部に入り、十二歳でその中等科に進んだ。そこで彼が出会った先生の一人はのちの作曲家として名をなすフランシス・ジョージ（Francis George）で、彼はマクダーミッドの詩の多くに曲を付けた。アカデミーでは先の多読の成果と早熟を助長する農村社会の大人の知識も平気で教室に入り込んでくる。自伝『幸運な詩人』（*Lucky Poet*, Jonathan Cape 1943）のエピソードはどこまで真実かはわからないが、この事実を物語る。「先生が一時部屋を空けたとき、田舎の若者の一人（我々は平均して大体十二歳だったが）は、一つの机の上で同級生のおませな娘と性行為のわかりやすい実地教育をしてくれた」（マクダーミッド　228）。[7] 性についての禁忌のあからさまな欠落は『酔人あざみを見る』でもふんだんに見せつけられる。

　教育についてもうひとつ重要なこととして、ラングオム・アカデミーを終わり、将来どの道を選択するかについて校長が父ジェイムズに述べた予言は興味がある。[8] それは、「もし不注意か・・・無鉄砲さ」で人生をだめにしなければ彼は成功するだろう、というものであった。後に彼の戦闘性と呼ばれるものの萌芽であり、そうした性質はあとあとまで変わらない

ものだという例である。それで最初は学校の先生になるために、同じ国境地帯出身のトマス・カーライルよろしくエディンバラに出かけ、ブラフトン・短期大学センター (Broughton Junior Student Centre) に入学した。そこの英語科主任がジョージ・オジルヴィー (George Ogilvie) で、彼はマクダーミッドの才能を見抜き、A. R. オレージ (A. R. Orage) の『新時代』(*The New Age*) に紹介した。これより先マクダーミッドは十六歳で独立労働党に入り、1913年にはフェビアン協会が彼の土地問題の研究を認めて『農村問題』(*The Rural Problem*, 1913) を出版した。その後マクダーミッドは教員になるのはやめて、十八歳でジャーナリストになった。四七歳という若さで父が早世したせいでモラトリアム的にゆっくり自分の進路を決める余裕を許さなかったのかもしれない。

1915年、マクダーミッドは英国陸軍衛生部隊に入り、軍曹としてサロニカ、イタリア、フランスで勤務したが、マラリア発作で任務中断を余儀なくされる。1918年、以前彼のいた新聞社のタイピストであったマーガレット・スキナー (Margaret Skinner) と結婚、翌年には除隊する。まもなくアンガスシャーのモントローズに居を定め、1929年まで地方紙のレポーターとして生計を立て町会議員や治安判事も務める。ついで英国に行き、コンプトン・マッケンジー (Compton Mackenzie) の雑誌『声』(*Vox*) を手伝ったが、雑誌は破産する。1930年にはリヴァプールに移り広告業などもするが、折からの不況で失業の憂き目にあう。リヴァプールとロンドンでの二重生活の中での妻の不貞と流産や経済的不安定も加わって夫婦仲は冷え切った。ロンドンに戻り出版業に関わるが、この結婚は1932年失敗に終わり、妻と二人の子供とは離別した。

同年再婚した妻ヴァルダ・トレヴリン (Valda Trevlyn) と赤子の息子を連れスコットランドに戻り、エディンバラでジャーナリズムの仕事に就こうとするが果たせず、シェトランド諸島のホワルセイ (Whalsay) に半ば亡命のように移住する。ときどき本土に渡る生活を続けるが、1935年には神経衰弱になり、パース (Perth) の病院に入院する (1923-41)。

1927年、マクダーミッドはPENクラブのスコットランドセンターの創設者のひとりとなり、翌28年にはスコットランド・ナショナリスト党の創

設にも加わった。しかし彼にとってナショナリスト主義の政治家との関係を維持することは困難で、特にC. H. ダグラス（Douglas）少佐の社会資産税（Social Credit）によるスコットランド独立論をめぐっては対立が激化することになった。このことやコミュニストへ接近したことは彼にナショナリスト党から追放される結果をもたらした（1933）。翌年彼は共産党に入党したが、やがてそこからも民族主義的傾向のゆえに追放された。とはいえ、スターリン批判やハンガリー事件で多くの党員が離党したとき、彼は原則に立ち返る重要性を認めて再入党した（1956）。

大戦が始まった後の1941年、すでに四九歳のマクダーミッドは軍務には不適とされ、徴用工として弾薬工場で働いた。やがて沿岸警備の船の機械工としても働いたが、終戦時には再び失職する。1950年、年額150ポンドの年金受給者となる。その後1978年9月9日の死に至るまでランカシャのビガー近くの農場で過ごした。

1949年以後彼は多くの社会主義国を訪れ、1957年にはエディンバラ大学から名誉文学博士の称号を贈られる。このようにしてマクダーミッドの名声は内外に広まることになった。

主要な作品と主要な傾向

（一）『酔人あざみを見る』（*A Drunk Man Looks at the Thistle* 1926) [9]

イェイツの『オクスフォード現代詩選』（*Modern Verse 1892-1935* 1936）に収録された数編の短い叙事詩で垣間見られるように、マクダーミッドのスコットランド語（Scots）の詩を復活させようとする努力は、この種の作品のなかにその最大の成果を見た。可憐な短編抒情詩とは違い、そうした部分的きらめきは留めつつ、全体の構想も象徴性も形而上的思索も全てが渾然とした全体を構成する。酔っ払って帰宅途中、丘で寝そべると目の前に背の高いアザミが目につく。月光に照らされたアザミを相手にモノローグとも対話ともつかぬ形で、人生の様々な話題を語りつくす。国花のアザミと恋人のジーン［最初の妻］を重ねたことで、自我は自己を外化する客観的相関物を手にし、国家と民族と個人の生活が一体化する構図を得た。

もっと私を突き刺して持ち上げてくれ、
　　この際立つ混沌からきっぱりと分離するまで、
　　すれば月光に生えるこのアザミのように
　　私は悲しみの垣根の上にバラとなって花咲く。[10]　　（『全詩集』Ⅰ　113）

　「スコッツは英語の方言であるのは英語が英語の方言であるのと同じ」という立場で書かれたスコッツ詩はここで一挙に花開いた感がある。鄙びたスコッツ語の土着の香りの魅力は捨てがたいが、ここでも登場するchaosやgriefはやはり英語にせざるをえない。これがマクダーミッドの不満であり、悲しみであった。酔っ払いはどこかに一種の祝祭的気分を持つがそれは酒神バッカスのいたずらで、やがては冷めるべき運命を背負っている。ニーチェ、ドストエフスキー、メルヴィルなどからの影響も多いが、「カレドニアン・アンティシィズィージィ」（スコットランド的二極対立共存)[10]のような特殊な考えの実践でもある。しかし彼の思索の関心はやはり意識・知性・想像力という人間の冷めた能力により傾いていた。ロシアのシンボリストや神秘主義への関心も無きにしも非ずだが、それを表す言語は夢や無意識ではなく、あくまでも論理的な世界にとどまらねばならなかった。マクダーミッドが酔いから覚醒へのドラマ、帰宅途上から妻の寝床への帰還という終わりのある構想から次に出発するのは必然であったといわねばならない。

（二）『とぐろ巻く大蛇によせて』（*To Circumjack Cencrastus, or the Curly Snake* 1930）

　先の『酔人あざみを見る』に比べてこの作が必ずしも成功していないのは、マクダーミッド自身がある手紙で述べている、前作とは異なった原理に基づくことにもその理由の一つがある。

　「これはリアリズムと形而上学との対比、獣性と美の、ヒューマーと狂気との対比に基づくのではなく、純粋美と純粋音楽の次元で移動する。これは本当に多数の人を動かす試み、理念的には『酔人あざみを見る』に補足的、［先に］否定的であったところで肯定的、悲観的であったところで楽天的、破壊的であったところで建設的であろうとする」。[11]

先の作が四行連を基本に叙事的語りの形式にのっとり、対立した要素の融合・統合を志向するのに比べ、ここでは「人類史の底流となるパターンを垣間見てそれと人間の思考の進化——人間の意識の革命的な発達における、変化の原理と主要な要素、｛信じがたいほどの人間の多様性｝——を同一化する試みである。この意識の発達はあまりに複雑であまりに速いので観察は困難で次の動きを予想するのは不可能である。したがってこの詩は全体として人間の意識の賛歌、創造的思考の褒め歌の詩である」。[12]

　このように蛇は全てを包含する原理を表すとはいえ、その性質は流動性と絶えざる変化にある。これが作全体を一つの統一に向かわせるよりも断片的な洞察により多くを頼る結果となる。「詩人の住処は大蛇の口中」（『全詩集』Ⅰ 186）、「詩とは精神が己の表現に創りだす運動」（『全詩集』Ⅰ 281）、「不滅の大蛇は人生の中でとぐろを巻く、／神が人の思考の中でするように」（『全詩集』Ⅰ 244）などと表現される。

　もう一つの統一を欠く要素は、この詩人が絶えざる発展を志すダイナミックな精神を持ち主で、先の成功にとどまることを潔しとせず、新たな発展を目指し続けることである。とはいえ、終わり近くには我々は一つの方向性を暗示するように後期の哲学詩に近い表現にも出会う。

　　青い壁に囲まれた地球は光と生命にあふれ
　　水がかすかに揺れるコップのよう。
　　この虚飾を捨て、動く精神を
　　歌え、水や光から採ったどんな比喩も
　　かすかにも暗示しえぬものを。
　　単なるロンギノスの崇高さのみならず、
　　人間以上の荘厳さで、勝利よ、来たれ
　　　「魂のめくるめく無視」を伴い。
　　　　　　それ以外は無用。　　　　　　　　（『全詩集』Ⅰ 270）

（三）『レーニン賛歌』（*Hymn to Lenin*）と社会主義詩

　生い立ちから経歴にも見られる社会主義や共産党への接近と共感は彼の唯物論的立場を示しているが、『酔人あざみを見る』でイエス（キリスト）や仏陀を人類解放の英雄の一人と扱ったり、歴史の到達点としての

人類の解放に「曼荼羅」絵図のようなものを思い描くなど唯物論の機械的運用とは異なる柔軟性を示す。「ゼネスト・バラッド」('Ballad of the General Strike')や三つの「レーニン賛歌」はそうした態度の表明であるが、もっと直接に芸術（詩）とマルキシズムを扱った作品や三〇年代後半の大事件スペイン戦争の人民戦線を歌ったものもある。「なぜ私はアカを選ぶか」('Why I Choose Red')、「詩と宣伝」('Poetry and Propaganda')、「ファシストよ,お前たちはわが同志を殺した」('Fascists, you have killed my Comrades')「そして何より私の詩はマルキスト的」('And, above all, my Poetry is Marxist')、「小児病反対」('Against Infantilism')、「国際旅団」('The International Brigade')などがそれである。ロシアのシンボリストへの関心、社会主義の国際連帯、資本主義の腐敗堕落と社会主義による解放された世界展望などは繰り返し歌われる。未公刊のエセイで彼は「私の社会主義に対する真の関心は人生の相互依存性への芸術家としての組織された接近にある」と述べている。[13]

　　吟味せぬ人生などもつ価値もない。
　　だがバークは正しい、人生の土台に
　　関わりすぎるのは没落の
　　確かな兆候。次にジョイスも
　　正しかったが、芸術作品の主要な問題は
　　どれほどの深みから
　　跳ね上がるかだ──つまりそのゆえに
　　どれほど高く昇る力があるかだから。
　　　　　　　「レーニン賛歌　第二」（『全詩集』I 323）

（四）『ジェイムズ・ジョイス賛歌』（*In Memoriam James Joyce* 1955）

　これは『私の書きたい種類の詩』（The Kind of Poetry I Want 1961）と共にマクダーミッドの狙いを語る重要な詩群の一つである。全体は「ジョイス追悼」、「言葉の世界」、「ヴァルナの罠」、「東西の邂逅」、「英国は我らが敵」、「ヒトの世代のように組み編まれて」の六部から成る。この作は文字通りジョイス死後二カ月（1941）した時、T. S. エリオットに送られたが「共感と称賛」に値するものの、紙不足の時代には余裕がないとして返された

ものである。マクダーミッドは大衆（mass）の文化的高揚には言語的習熟が避けて通れないことを繰り返し主張し、その文脈でジョイスの困難な道を理解していた。マクダーミッドの公然とした教化主義、あからさまな政治参加と、ジョイスの特定の熱意に公的表現を与えないことと文学的寛大さおよび私的抑制の均衡との間には大きな隔たりがあるが、言語の持つ時代的要請の大きさには両者は共通した敏感さを有していた。このことはアラン・リアクが『ヒュー・マクダーミッドの叙事詩』で指摘している。[14]

「言葉の世界」は言語と認識の問題と社会主義革命後の資本主義的抑圧から解放された民族が共通の世界に向けて作る「世界文学」の理想を語る。言葉は形而上的思考の道具以上の意味を与えられ、詩人エドウィン・モーガン（Edwin Morgan）の言葉を借りれば「読者の受容性の心理学、言葉・文字・韻律・統語法・シンボル・綴字・筆跡・合言葉・隠語、要するに書き言葉・話し言葉・思考の間の複雑な関係にかかわるすべての認知の心理学」の世界に解き放たれる（リアク　93）。[15]

「ヴァルナの罠」はヒンドゥー神話の主神ヴィシュナの連れ合いアディテイ Aditi の息子たちアディチャスの一人であるヴァルナの、世界の諸悪の具体例を示す罠のことだという。次の東西の対立を描く始まりとして、これは資本主義の解体を暗示する「下向きの進化＝退化」のメッセージである。

> 牡蠣とフジツボの祖先は頭があった、
> 蛇は手足を失い、
> ダチョウとペンギンは飛行力を失った。
> ヒトも同じく簡単に知性を失うかもしれぬ。
> もう大部分は失ってしまった。
> ヒトがより高度なものに発達する可能性は薄い、
> もしそれを望み代償を払う用意がなければ。
> 　　　・・・・・・
> すでにその過程はかなり進行しているかに見える。
> 天才の数はますます少なくなり、
> われらの肉体は世代ごとに弱くなり、
> 文化はゆっくり衰退している、

人類は野蛮に戻りつつあり
　やがては消滅するであろう。　　　　　　　　（『全詩集』Ⅱ 842）

　この大半の観念はハルデーン（J. B. S. Haldane）のエッセイ「人間の運命」（'Man's Destiny'）からとられている。例のとおり、その散文の韻文化といえる。「・・・種の大多数が退化し消滅した。・・・牡蠣とフジツボ先祖は頭があった。蛇は手足を失い、ダチョウとペンギンは飛翔力をなくした。人間も同じくらい簡単に知性を失うかもしれない。ほんの少数の種のみがもっと高等なものに進化した。人間がそれを望み代価を支払う用意がなければ、もっと高等なものになることなどありえない・・・天才の数はますます珍しくなり、我々の肉体は世代ごとに一層弱くなり、文化はゆっくりと衰退しつつあり、・・・人類は野蛮に逆戻りしついには消滅するだろう」（リアク　115）。

　次の「東西の邂逅」は西欧中心主義の均衡を東洋に向けることを、まず東洋文学・哲学、とりわけインドのそれらのドイツにおける影響を指摘する。さらにショーペンハウアー、ニーチェ、ワーグナーにおける東洋哲学の影響へと発展する。

　　Lassen, Webber, Roth, Boehtlingk, Max Muller
　　Buehler, Keelhorn, Oldenberg, and countless others　　（『全詩集』Ⅱ 853）

「英国は我らが敵」は東西の不均衡を招いた張本人としての英国、とりわけその文化的支配の根幹にある英語の支配力に批判の矢が向けられる。共通言語としての英語の有用性は必ずしも否定しないが、植民地支配の道具としてのその言語の排他的役割には常に批判的である。英文学の最良の作家でも5000人の中の一人にしか読まれないとしたら、それは「民族的」（national）な作家とは言えない（リアク　118）。それに対してラシーヌやヴィヨンを無視するフランス人、ソフォクレス、ユーリピデス、パイデアスを知らないペリクレス時代のアテネ人は考えられない（リアク　118）。大衆の一部しか接することができない文化は知識のどこかに盲点のある文化であるというのである。全体性・均衡性・相対性に基づく調和こそマクダーミッドの理想である。

　「ヒトの世代のように組み編まれて」は、この部分だけ独立にさせても

評価の高いものでもある。ロデリック・ワトソンも言うように[16]初期の作品が『とぐろ巻く大蛇』（*Circumjack Cencrastus* 1930）において流動的に吸収されているのと同じく、以後の作品は人類の知識の全遺産を叙事詩的に引き継ぐ渦の中に再度巻き込まれる。この作は、実存的位相を扱う一種の分水嶺的位置にあり、このちょうど中間に位置して「異例なほど反省のための集中的な休止状態」を形成している。この部分で重要なことはリアクの指摘にもあるベンヤミンの翻訳論「翻訳者の任務」（『イルミネイション』）の影響である。つまりマクダーミッドの「原典の書き直し・再構成・再創出」は言語的相補性への憧れを表しているという。「真の翻訳は透明であり、原典を覆い隠さず、その光を遮らない。むしろ純粋な言語がまるでそれ自体の媒体で強化されたかのように原典に対しより十全に光を当てることを可能にする」（リアク　128）。

またリアクは「初期の詩の知識が後期の詩の読みの補足になる」（131）ものとして「隆起した浜辺にて」On a Raised Beachをこの詩の補足、「一つの翻訳」と見る。それは岩に「永遠」の相を、唯物論者の対極にある思考の極限をみる。それは一つの新しい世界に入る「自己実現」のありようで、そこでは精神と物質が混然一体となる世界、「永遠とは物質の特定化された一つの次元である」（131）ことが語られる。この特殊な新たな世界の具体例に音楽が提示される。このように「永遠」や「音楽」という精神性の高いテーマが「ヒトの世代のように組み編まれて」の中心であることは「隆起した浜辺にて」がその相補的作品であるのを肯かせる。

この「ヒトの世代のように組み編まれて」からもう一つマクダーミッドの他の文学のごたまぜ的（pastiche）技法の例を見てみよう。これもリアクに引用されているものである。

そこでは、菩提樹のそばの仏陀、シビルを夢見るソクラテス、詩学集大成の辞典を夢見るデカルト、聖パウロの啓示など、瞬きの一瞬にすべてが変わる「啓示的瞬間」、「永遠が時間に参入する」例が多数列挙されているところである。

　　　カスナーが独房の壁越しに／　聞こえてきた音楽の一節と／
　　　世界中で共通の大義のために／　戦っている同志たちと一体化して／

9 ヒュー・マクダーミッド

自分の解体した個性の断片を／　拾い集めるあの瞬間のように
(『全詩集』Ⅱ 874)

そこから17行にわたり原典ともいうべきアンドレ・マルローの小説『憤怒の日々』からの韻文化された引用が続く。リアクの指摘では「左翼図書クラブ選書」１冊のハーコン．M．シュヴァリエ（Haakon M. Chevalier）英訳は『侮蔑の日々』(1936)が正しいという。この小説の主人公カスナーは孤独な獄中で狂気を保つために以前の人との連帯の記憶を保とうとする。その時に看守が口ずさむ鼻歌に「インターナショナル」が歌われた日を思い出し孤独の恐怖と闘う。この若干の変更はあるがマルローのテキストを自己流に吸収したものよりも引用形を通して示したのは、マクダーミッドが単に歴史的事実よりも「啓示」的「自己実現」の例を原典にみることに主眼を置いたからだという（リアク　136-7）。

「ジョイス追悼」には様々な言語や多様な出典からの引用がちりばめられていて、通常の知識ではたどりきれない部分がある。リアクが挙げている例を見てみよう。

　　. . . this *hapax legomenon* of a poem, this exercise
　　In schablone, bordatini, and prolonged scordatura,
　　This *divertissement philologique,*
　　This Wortspiel, this torch symphony,
　　This 'liberal education,' this collection of *fonds de tiroir,*
　　This - even more than Kierkegaard's
　　'Frygt og Baven' — 'dialectical lyric,'
　　This rag-bag, this Loch Ness monster, this impact
　　Of the whole range of *Weltliteratur* on one man's brain,
　　In short, this 'friar's job', as they say in Spain. . .　　(『全詩集』Ⅱ 755)
　　・・・一編の詩のこの決別の言葉、この／　モデル・縞模様・長引く転調の実践／
　　言語学的逸脱の遊び／　この言葉遊び、この松明行列／
　　この「自由教育」、引き出しの底のがらくた／　キルケゴールの『恐怖と戦慄』／
　　以上のこの「弁証法的抒情」／　このぼろきれ、このネス湖の怪物、一人の／
　　頭脳への世界文学全体のこの一撃／　要するにスペインで言うこの「托鉢

僧の仕事」・・・

この少なくとも九ヶ国語からのそれも口語的慣用語句を混合した一節は注釈なしには理解できない。以下にリアクの解説の省略された一部を挙げる。

 hapax legomenon – the last word, the final utterance
 schablone-pl.of sciablona, a template, model, or pattern
 bordatini – pl.of bordatino, striped cloth, ... patchwork quilts
 scordatura – ...alteration in the manner of tuning stringed instruments for discortant effects
 divertissement philologique... entertainment in the study of languages
 Wortspiel – word-game
 torch symphony-symphony for torch procession for a great man's funeral
 liberal education – not bound by traditional orthodoxy
 fonds de tiroir – things left in the bottom of a drawer
 Kierkegaard's 'Egypt og Baeven' – 'Fear and Trembling'
 rag-bag – a motley collection of material... Ezra Pound used 'a rag-bag to stuff all its (world) thought in.'
 friar's job – Cassell's Spanish Dictionary; 'frailada' as a colloquial; 'rude or unbecoming action of a monk'   （リアク　71-2）

これらの字義解釈は見慣れない語彙の理解に助けになるが、マクダーミッドの博識ぶりは時に衒学的な響きを帯びるにしても、彼の文体の複雑さは主として語彙の面が中心で、統語的困難は比較的少ない。

またアラン・ボルドも言うようにマクダーミッドの自伝『幸運な詩人』では「自分の読書からの好みの章句を上手に連結させている」（ボルド227）。このような例は以下にも幾度か見るようにマクダーミッドの常套手段といえる。次のものは「私の書きたい種類の詩」の一節である（ボルド218）。

 自分の技を行うに／　生きんがために働く人のようでなく／
 仕事以外何もせぬと決めた人のごとく／　生きる人は働くのではなく／
 完全に創造者たらんには人生的には／　死であらねばならぬと確信した人の詩／   （『全詩集』II 1021）

ボルトはこれをトマス・マンの『トニオ・クレーゲル』の英訳からの引用の変形と指摘している。「彼は生きんがために働く人ではなく仕事だけを

することにもっぱら努める人のように働いた。自分を考慮するのに人間存在としてではなく、創造者としての自分に考慮した。創造者は生活者は働かないこと、完全に創造者たらんがためには生に向かっては死なねばならぬことを知っている。」[17] 先の部分と直接関わる部分だけを並置すればパラフレーズか言い換えにすぎないが、その前後の文脈を含めた全体として理解する必要がある。

また散文の印象的な部分を韻文化して独自の新たな文脈に当てはめるやり方も多い。

> 私はスイスの文学者に賛成だ。／「現代の詩は時代の兆候の一つと／
> 見なそうではないか、／ そこに人々は以前は自分たちの／
> 世紀の運命を読み取っていた。…／ 今日その詩はあまり影響力がないと／
> 主張するのは次の事実に目をつむることだ、／ つまりロマン派以来、／
> 特に1912から1927年にかけ／ 詩の果たした役割は／
> 船上の見張り役のようなもの。／ なるほどその読者の数は少ない。／
> にもかかわらずその詩は大気中の／ かすかな変化も記録に留め／
> 他者が真似たり発展させる動作を示す。」　　　（『全詩集』II 744）

引用附にもかかわらずマクダーミッドの自注マルセル・レイモンド『ボードレールからシュールレアリスム』[18] の（Wittenborn, Schultz, 1947）ではなく（Peter Owen, London, 1947）版であるとリアクは指摘し、「最終章の最終パラグラフ」が原典では、実際の引用とはいささか変化しているという。「・・・この時代の詩を人間が以前は自分たちの世紀の運命を読み取った時代の徴の一つと考えてみよう・・・（詩が時代に影響などないとする）そんなことを主張するのは次のような明白な事実に盲目であることだ。その事実とはロマン主義以来、特に1912年から1927年にかけ詩人はしばしば船上の見張り役を果たしてきた。事実、この詩は読者は少なく時に読者を意気阻喪させるかもしれない、しかしその詩は大気の微小の変化をも記録し、他者が真似たり発展させたりする身振りを作り出す・・・」リアクはこのレイモンドの文章の背後にさらにエフゲニ・ザミヤーチンEvgeny Zamyatinのエッセイ『文学・革命・エントロピ』Literature,

Revolution and Entropyの存在を指摘する。

　ザミヤーチンのエッセイは1924年モスコーで出版され（1926年にも）、彼は1929年パリに移住し、そこで1937年に亡くなっているが、それはレイモンドの書物のフランス版初版の出版される5年前のことである。「生きた文学はマストの上に送られた水夫のようである。マストからは彼は甲板上からは未だ見えない沈みかけの船・氷山・渦巻などを見分けることができる。」リアクの引用はもっと長いが、マクダーミッドがザミヤーチンを直接引用している時もあることを考えると、そこの影響も考えられるという（リアク　69-70）。

　リアクはモーガンを援用しながら、このような影響の輪を次々にたどる。例えば「マクダーミッドはシェリントン（Sherrington）を引用し、シェリントンはさらにカジャル（Cajal）を、カジャルはヴァージル（Virgil）をと」（リアク　146）続く。これは必ずしも影響の根源をたどるためではなく、家系図か進化の系統樹における流れの行く末への関心を思わせる。

ミュアとの対立とスコットランド語の重視

　伝統の継承についてマクダーミッドと同じスコットランド出身のエドウィン・ミュア（1887-1959）の間には鋭い対立があった。その理由は、ミュアがスコットランド宮廷がロンドンに移動して文化的求心力を低下させた17世紀以来その文化の復活は絶望的だとしたのに対し、マクダーミッドは民族的生命力の復活を信じていた。そこから彼の言語的実験と模索が続いた。ミュアは『スコットとスコットランド』（*Scott and Scotland* 1936）の中で「自律した文学の前提は均質化した言語である」[19]「すべての表現上の目的に用いられる言語」「連想の充実との協力多様性」を備えた言語（ミュア　17）の喪失の結果「思想を表す言語」と「感情を表す語」の分裂が生じ、「スコットランドの批評は感性か基準を欠落させ、民族主義イデオロギーと地域的愛国心とあいまいな国際主義的感情の混淆物となり」、自身が対象とする作家たちと批評の関係を希薄にしたという（ミュア　22）。これに対しマクダーミッドは以下に見るように、地域言語に根差し、それに若干の修正を加えながらも、「たった一人のスコットランド・ルネサンス」

にこだわり続けるのである。

　この二人の違いはまず詩学の違いに発するといってもよい。ミュアは幻視者ヴィジョナリとしてその詩の中心は言語の論理性よりも夢や幻想から生まれた絵画的・視覚的喚起力に力点を置いたのに対し、マクダーミッドの方は言語の記述性・思弁的展開の方に関心が強い。もちろん詩人である限り、言語のこれら二つの性能のどちらか一方を切り捨てるわけにはゆかない。しかしそれぞれの代表作をみればその傾向性は明らかである。ただこの二人の対立に『マクダーミッド伝』（*MacDiarmid, Christopher Murray Grieve: A Critical Biography* 1988）を書いたアラン・ボールド（Allan Bold）の「詩的論理はミュアにマクダーミッドを容赦ない敵、自分を絶えざる被害者と見るのを可能にしたであろう」[20]は、ミュアの自己憐憫的傾向、マクダーミッドの戦闘性を端的に表わすものとして忘れ難い。

　マクダーミッドの関心は多様で多岐にわたっているが、その広がりとともに幾つかに集中する傾向もある。その最も中心的なものが言語に対する工夫と発明である。ここではボールドに従ってその関心の推移をたどってみたい。その推移はまず土地言葉（Vernacular, the Doric, Mackay, etc.）を中心とした表現がある。マクダーミッドはボーダー地方出身で、日常的にこの言葉を話し、それにジョン・ジェイミソン（John Jamieson, 1759-1838）の『スコッツ語語源辞典』[21]による補足・修正を加えたという。それは彼自身の言葉によれば「スコッツ語が不適切だから英語に行くというのではなく、英語とほとんど変わりないスコットランドの地域言語（dialect Scots）から｛本物の土着語｝（real Mackay）に向かう必要があったからだ」という。[22] それは「土着語を（心理的圧迫violenceなしに）拡張して（extendability）近代文化の全領域を包含させる」努力であった（ボールド 57）。[23]「スコットランド土着語は不思議な霊的・病理的知覚が共に満ちている西欧世界唯一の言語で、それらの知覚はドストエフスキーの作品の独特な性質を形成するものである」（ボールド　63）。[24]

　次には「統合スコッツ語」（Synthetic Scots）を主張する。これは「地域語のすべての放棄された言葉を集め再結集させ、スコットランド人特有の心理や同時代の文化的機能や要請に合致する方向にその地域語の潜

在的可能性を実現しようとする」(ボールド 58)[25]ものである。しかしながらやがてマクダーミッドはこれらの「スコットランド方言の卑俗性、統合スコッツ語の不純さに不満を」、偉大なゲール語詩人—イーガン・オライリ (Aodhagan O Rathaille)、アラステア・マッカイスタ (Alasdair MacMhaighstir)、メアリ・マクラウド (Mary Macleod) —などとの言語的連携を作ろうとする (ボールド 128)。

「彼は統合スコットランド語や『とぐろ巻く大蛇によせて』に苛立ちを示し、その用語を雄弁な英語と官能的で口語的なスコッツ語で取り換えようとする。詩人としての彼は自分が熱意をもって発話できる基本的な観念を必要とし、それはつまりはラングオムへの想像上の帰還にあると悟ったのである」(ボールド 133)。この評言には統合スコットランド語がマクダーミッドにとってどこか後天的・人為的な創出の意識を伴うものであったことを暗示させる。

さらにより高度な抽象思考に適合しうる「荘重体スコッツ語」(Aggrandised Scots) を作りだそうとする。それは「深遠な科学的哲学的な事柄」を表現しうるもので、「マクダーミッドにとっての至上命令は統合語の抒情的限界を突破することのできるスコットランド語の一形態を作り出すことであり、それは既存の科学的用語と一時的な借用語の基礎の上に作るほかなかった」ためである (ボールド 148)。[26]

こうして最後に彼の「神秘主義や、科学的用語の恩恵」までより可能にする「統合英語」(Synthetic English) にたどりつく。「スコットランド語は概念の印象的な融合を作り出すが、それはもはやマクダーミッドを満足させなかった。彼はその神秘主義に科学用語の恩恵を与えたかった。結果は統合英語であった (『マクダーミッド散文選集』より)。その意図は彼の形而上的議論 (approach) に余分な抽象と不正確さを免れさせるためであった」(ボールド 179)。[27] ボールドは「隆起した浜辺」がこの「統合英語」による最も記憶に残る作品だという (ボールド 181)。

以上の変化は、方言の浄化 (英語からの脱却) (Vernacular)、方言の洗練・強化 (Synthetic Scots)、方言の補強 (Aggrandised Scots)、対等な関係での英語との協力 (Synthetic English) という流れのように思える。

この遍歴は彼の表現者の良心とあくなき探求心を示しているが、その根本には満足を知らない好奇心と変化発展し続ける彼の精神の動的なそして「粘着性のある」性質を読み取ることができる。ふさわしい言葉の発見を求め続けるのは詩人としては別に珍しくもないが、その過程で、様々なものを取り込む強靭な胃袋もマクダーミッドのいま一つの特性に思える。

　先に述べたように、マクダーミッドの諸作には他の作家からの、引用・借用・剽窃・もじり・パロディ・合成・混合・変形・換骨奪胎などが多い。しかしアラン・ボールドも言うようにマクダーミッドの自伝『幸運な詩人』では「自分の読書からの好みの章句を上手に連結させている」（ボールド　227）。いずれにしてもこの技法をボールドは「知的拡張主義」（intellectual expansionism）（ボールド　228）と名付けている。引用符を付けて引用するか、注記して出典を明らかにするかはともかく、一見したところこれらは市民的倫理に反する盗作行為とも見える。しかしまた、先の批評家アラン・リアクが同情的に述べているように、これらの特徴は彼の世界観の統一・融合志向に由来する。それはまず世界の多様性と分裂的傾向、人間の思考の分析的・分離的傾向、言語それ自体の対象と表象との分離から、すべての認識は一度は分化・異化・区別・弁別されたのち、人間の本性のゆえに再統合・有機的結合に向かうものだという信念がある。西欧の論理中心主義には二項対立の一方を無条件で肯定する図式が出来上がっている。「狂気より理性、文化より自然、女性より男性、実践より理論を」。これを秩序と体系と考えた。しかしデリダの言うように、従来「服従させられ抑圧されてきたもの」に復権と解放の機会を与えることは、より均整のとれた秩序の発見に導く。マクダーミッドの分裂から再統合への道もこの方向と一致している（リアク　204）。

　こうした技法についてマクダーミッド自身の弁明がある。デイヴィッド・クレイグの『ジェイムズ・ジョイス追悼』の批評についての反論である。それは、この作品には、長編に普通に見られる出来不出来あるいは不均等な文章があり、その一部だけを取り出すことの不当性を突いている。もう一つは、様々な出典からの引用が必ずしも統一的な傾向の作品ばかりでなく、相互に矛盾するようなものも並んでいることへの批判である。マ

クダーミッドは、これもまた詩人マクダーミッドの意図を十分理解していないと反論する。つまりマクダーミッドは、この作品、否、彼のすべての作品を通して一つの信念を伝えようとしているという。それは、今日人類はまだ自分の可能性のほんの一部しか利用しておらず、すべての可能性を実現する義務を負っているということ、我々の立っている文明の現時点はその壮大な解放劇の大きな岐路に立っているという危機感のことである。[28]

以上は、マクダーミッドの民族的地域言語の保存・開拓とT. S. エリオットの『荒地』やエズラ・パウンドの『キャントウズ』などのモダニストから始まった国際性と借用・引用のコラージュ的手法、これはポストモダンの雑種・混交と、グローバルな流れにおける異種共存の課題の先取り的な試みであった。今日グローバル化一色に見える流れの中で、地方的なものの復権の重要性が叫ばれるとき、この試みの先見性がいまさらながらに明らかになってきている。

注

1) P. H. Scott & A. C. Davis eds.: *The Age of MacDiarmid* (Mainstream 1980)
2) Christopher Whyte: *Modern Scottish Poetry* (Edinburgh U. P. 2004)
3) Kevin Duval & Sydney Goodsir Smith eds.: *HughMacDiarmid: a Festschrift* (Edinburgh 1962)
4) Duncan Glen: *Hugh MacDiarmid and the Scottish Renaissance* (Edinburh and London, Chambers 1964)
5) Scottish National Dictionary Association (SNDA) *The Scottish National Dictionary* (*1931-1976*)
6) Hugh MacDiarmid: *Lucky Poet* (Jonathan Cape, 1943). Alan Bold, *MacDiarmid, Christopher Murray: A Critical Biography* (John Murray 1988) 36に引用がある。
7) *Ibid.*, 227.
8) 邦訳に大竹勝 訳『酔人あざみを見る』(荒地出版 1981) がある。
9) 引用は*The Complete Poems of Hugh MacDiarmid,* 2vols. (Martin Brian & O'Keeffe 1978) による。以下『全詩集』と表記し、引用の箇所に同書の頁を記す。とくに断りのないものは拙訳である。
10) 'Caledonian Antisyzygy' の概念は、G. Gregory Smith, *Scottish Literature*

(1919) のなかで 'idea of dueling plarities within one entity' として示される。
11) 9Dec. 1926 Alan Bold ed.: *The Letters of Hugh MacDiarmid* (Hamish Hamilton 1984) 91
12) Feb 1939, *Letters* 128
13) T. S. Law & Thurso Berwick eds.: *The Socialist Poems of Hugh MacDiarmid* (Routledge & Kegan Paul 1978) xxviiiに引用。
14) Alan Riach, *Hugh MacDiarmid's Epic Poetry* (Edinburgh U. P. 1991) 89 以下、この書からの引用箇所は本文中に、リアクと表記し、同書の頁を示す。
15) Edwin Morgan の 'James Joyce and Hugh MacDiarmid' は W. J. Mac Cormack & Alistair Stead eds. *James Joyce and Modern Literature* 所収。(London, Routledge & Kegan Paul 1982) Allan Riachの前掲書に引用。
16) Roderick Watson: *Landscapes of Mind and Word: MacDiarmid's Journey to The Raised Beach and Beyond.*
Nancy K.Gish ed.: *Hugh MacDiarmid: Man and Poet* (Edinburgh U. P. 1992) 232
17) Eng. Transl. by H. T. Lowe-Porter (Harmonsworth 1928, Penguin 1955)
18) Marcel Raymond: *From Baudelaire to Surrealism*
19) Edwin Muir: *Scott and Scotland* (Edinburgh, Polygon Books, 1982) 7以下、同書からの引用は本文中に、ミュアと表記し、同書の頁を示す。
20) Alan Bold: *MacDiarmid, Christopher Murray Grieve: A Critical Biography* (John Murray, 1988) 343 以下、同書からの引用箇所は、ミュアと表記し、同書の頁を示す。ここでの引用箇所はミュアの「闘争」('Combat') についての評言であるが、ボールドはそこに二人の対比を見ている。
21) John Jamieson: *Etymological Dictionary of the Scottish Tongue* (1808)
22) *Lucky Poet*, 22 この統合スコッツ語に次の主張も重ねてみておく必要がある。「『ジェイムズ・ジョイス追悼』・・・は私の気持ちとしては自然な発展であった。ララン語あるいは統合スコッツ語で書き始める前の最初の詩からの自然な発展はより明らかであった。しかしその背後の議論、エスペラントではなくすべての言語の相互浸透による世界言語の議論は、私に関する限り、ララン語運動や様々なヨーロッパ諸国の類似の運動を取り入れるものであった。私は統一の中の多様性を求め、諸言語の統一を求めてはいなかった」。Kenneth Buthlay ed.: *The Uncanny Scot* by Hugh MacDirmid (London, MacGibbon & Kee 1968) 171 （ボールド 222）
23) C. M. Grieve ed.: *The Scottish Chapbook*, vol.1, no.3, Oct. 1922, 62-3 Alan Bold, *The Terrible Crystal* (Routledge & Kegan Paul 1983) 57 に引用がある。
24) *The Scottish Chapbook* vol.1, no.8, March 1923, 210 前掲書Allan Bold, *The*

Terrible Crystal, 63 に引用がある。
25) MacDiarmid, *Contemporary Scottish Studies*（Edinburgh, Scottish Educational Journal 1976）61　前掲書Allan Bold, *The Terrible Crystal* 58 に引用がある。
26) Allan Bold, *The Terrible Crystal*, 148にマクダーミッドからの手紙（a letter to Alan Bold 4 Oct. 1972）が引用されている。
27) 引用の『マクダーミッド散文集』SE 79はDuncan Glen ed.: *Selected Essays of Hugh MacDiarmid*（Jonathan Cape 1969）79
28) Alan Riach ed.: *Hugh MacDiarmid, Selected Prose*（Carcanet 1992）所載の'In Memoriam James Joyce' 236-7を参照。

木村正俊編『スコットランド文学――その流れと本質』（開文社　2011）所載の文章より改訂増補版

10　エドウイン・ミュアーとジョン・ノックス
　——Edwin Muir : *John Knox : Portrait of a Calvinist* (Jonathan Cape 1929) を読んで

　ミュアーの『スコットとスコットランド』*Scott and Scotland* {Polygon Books 1982 (1936)} の中に次に一節がある。

　　・・・宗教改革前の時代も終わりに近いある時期にスコットランドでは精神と感情の高度な一つの文化が存在したに違いない。その調和はカルヴィン派の厳格さによって破壊され、その痕跡はほとんど残されていない。
　　　　　　　　　　　　　　　　　　　　　　　　　　　　　　　　(35-6)
　　精神が感情から分離された国民は時には過激な乱暴さで、また時には冷ややかな鈍感さで行動するであろう。そしてスコットランド文明の、そしてスコットランドの統一の喪失はスコットランドに生じた産業革命の独特の残忍さの説明を可能にする唯一の事象である。そこでの主たる役者は無分別か変質的な子どもとしか考えられない連中である。疑いもなく、スコットランドの分裂は資本主義の初期の資本主義の成長に好都合であった。というのも当時には効率的な共同体の不在は現実としては実際上の利点であったからだ。スコットランドが資本主義国家として後れを取るようになったのは資本主義がいわゆる集合的局面に達して以後のことである。　　(45)

　これと関連して挙げられるのは「均質の言語」(36)「感情と知性の、情熱と判断力の、統一」(37) という言葉である。
　このような感性と思想の分裂を引き起こしたのは王宮がロンドンに移動したことと、スコットランドが国家としての統一体を失ったからということになる。それに輪を掛けたのが上に挙げられた宗教改革である。
　北　正巳氏の引用するミチスンも述べてしているように、「スコットランドの十六世紀は宗教改革者ノックスと女王メアリの世紀である。」(『スコットランド・ルネッサンスと大英帝国の繁栄』藤原書店　2003) 60) そしてスコットランドの困難の原因の二つがこのように連動しているのも故なきことではなさそうである。

ノックスの生涯を辿るミュアーの関心の所在を一つに絞るのは難しい。しかし彼の描いた肖像によって多少のことは推測できる。
　まずこの書物で目につくことは以下のような点である。
1）どこまで本気に信じていたかはさておくとしてもKnoxは自分を『神の道具』an instrument of Godとして位置づけていた。いくつかの予言的行為を数え上げ、それが人に信じられない場合にますます激烈になってゆくさまをミュアーは描いている。

> 彼は墓地で、また些細な機会に予言をした。理に叶ったように、また理に外れたように予言した。何よりも自分の意に叶わない場合には予言をした。・・・しかしながら予言したのは以前にもまして激しい怒りを込めて予言した、全くの孤独を感じたからである。この道具は以前にもまして使われることを願ったがそれを使うものがいなかったのである。・・・予言は激しい幻想の高みにまで達した。　　　　　　　　　　(58)

> 彼自身では無であるが、道具としては至高のものと対等であった。従って彼の習性は天性以上に彼には居心地が良かった。人として、通常の人間の次元での同時代人たちとあっても、彼は独創性や英知や偉人的個性の力を示すようなことは何も言わず何もしなかった。説教壇や討論場にやってきても、あるいはペンを手にするときでも、彼は神の裁定を一般人に伝えるだけだった。　　　　　　　　　　　　　　　　　　　(185-6)

2）英国国教会の折衷性はよく話題にされるが、ヨーロッパ大陸同様英国内においても宗教戦争は熾烈であった。プロテスタント側は当初は自分たちの牧師の給料すら払えない弱体振りであった。しかし権力を掌握すると（プロテスタント貴族も中心となり）カトリック教会の資産の略奪、司祭や信者への暴行をほしいままにした。両者の側に殺人もあった。

3）Knoxは一切ならず精神の動揺を示した様子が描かれている。

4）先の「神の道具」God's instrumentの主張を梃子にメアリ・ド・ギーズMary de Guiseを論破しようとするノックスをミュアーは「こじつけ論」'casuistical style' (296)と評しているが、確かに彼の議論は強引で、時には平気で嘘をつく偽善ぶりも見かけられる。「彼のあくことなき曲解と捻じ曲げ」(300) その論争相手は時にカトリック、時に再洗礼派、

時にカルヴィン派などの内部の対立であった。

5）The reprobate and the elected 、「選民」、「運命予定説」
　先にグラスゴウとセイント・アンドリュースでジョン・メイジャー John Major（1467-1550年 懐疑論と論理性をテキスト理解に持ち込む）から神学の手ほどきを受け、カトリックになったノックスであるが、メイジャーは旧式の神学者であったが、聖職者の生き方を非難し、人民は悪しき君主を取り替えるのは合法的であるという驚くべき意見の持ち主であった（13）。これは後に宗派を変えたにしてもノックスが主張し続けた論点である。それともう一点ミュアーがノックスの信仰に新しい衝撃を与えたと自認した聖典上のよりどころは、ヨハネ伝17章で、そこではイェスが裏切られる前に弟子たちと祈る最後の祈りを含んでいる。ミュアーが引用しているところを見よう。

　　あなたがこの世から選んでわたしにお与えになった人々に、わたしはあなたの名を知らせました。この人々はあなたのものでしたが、あなたは彼らをわたしにくださいました。彼らはあなたのお言葉を守ってきました。・・・わたしは彼らのためにお願いします。この世のためでなく、わたしにお与えくださった人々のために願います。彼らはあなたのものだからです。わたしのものはすべてあなたのもの、あなたのものはわたしのものです。わたしは、彼らの間であなたから栄光をいただきました。・・・
　　わたしは、彼らのためだけでなく、御言葉によってわたしを信じる人々のためにもお願いします。どうか、みんなを一つにしてください。父よ、あなたがわたしの内におられ、わたしがあなたの内にいるように、彼らもわたしたちの内にいるようにしてください。
　　　　　　　　　　　　　フランシスコ会聖書研究所 訳（第9刷、改定6刷）
　　この一節は論理的にカルヴィン主義につながり、絶対的な言葉で、選民、特別な恩寵、約束された救済の教義を語っているという。選ばれたる者とそれ以外のものを画然と分ける意味をここに読み取るのである。　　（13）
6）カトリックの偶像崇拝 idolatryへの攻撃の容赦なさ。
7）ノックス的雄弁 Knoxian eloquence（306）
　先の詭弁とも関連するがミュアーは結論のところでノックスの雄弁の結果について分析的な結論を列挙している。
　　1）預言者アレキサンダー・サンデヴィ・ピーデン Sandy Peden（1626-

86 カヴェナント派説教師）の説教からとったもの。
今夜皆さんに話したい四つあるいは五つのことがある。
1. 血まみれの一本の剣、血まみれの、スコットランドよ、あなたのための血まみれの一本の剣、多くの人の心を刺し貫くもの。
2. 何マイルも旅しても、スコットランドよ、あなたの中に見るものは荒廃と荒れ果てた原野のみ。
3. あなたの中の最も豊かな土地も、山地同様未開の地。
4. 孕み女たちは切り裂かれバラバラにされよう。　　　　(306)

2) 聖約の形をとったある特定の予言からとったもの。Sandy 自身が予言したように埋葬され掘り出されたら最初にその死体に触れたものは次の不幸に合うというもの。
1. 家の没落に出会うであろう。
2. 姦淫を行うであろう。
3. 盗難にあい、その故に自分の土地を離れねばならなくなる。
4. 人殺しで国を出て、暗い最期を遂げるであろう。　　　(306)

このようにどちらも4項目の事象を列挙している。ミュアー自身も項目を列挙する習性があり、この次の頁では当時のカルヴィン派スコットランドの各方面の成果を列挙している。すなわち政治、神学、文学、哲学という具合である。

初めのころ、ジョージ・ウイシャートGeorge Wishart (1513-46年 ギリシャ語で新約聖書を講じていたが、異端の嫌疑で追放・迫害された）の死の3ヵ月後聖アンドリュース城 the Castle of St.Andrewsで（枢機卿デイヴィッド・ビートン Cardinal David Beatonがファイフ県Fifeshireのプロテスタントたちに殺害されたころであるが）、それは「復讐がなされた」と喜んだノックスであるが、ことはカトリックたちとビートンの後継者大司教パトリック・ハミルトンPatrick Hamiltonを激昂させたとして、自分の身を案じさせた。ほぼ一年後ノックスが復活祭の間に同城に入ったとき両者に和解が成立し、不安定な中でノックスは説教を続け多くの聴衆を集めだした。そのとき城内説教師のジョン・ラフJohn Roughはカトリックの神学者に対抗しきれなくなってノックスに後継者になることを求めた（1540年）。事態の困難な中でノックスは幾度か辞退したがそ

10 エドウィン・ミュアーとジョン・ノックス

のためらいを引き起こした懸念（apprehension）をミュアーは列挙している。

　　自分は果たして神の執事の役目をきちんと説明できるであろうか。
　　「何も隠さず神の助言のすべてを」語る勇気があるだろうか。
　　自分のかよわい体力は改革者の生涯に共通の運命である迫害・投獄・追放の緊張に耐えられるであろうか。
　　神は今回本当に自分を召命されたのか。
　　聖アンドリュース城は安全な場所だろうか。
　　フランス軍より先にイギリス軍の援軍は到着するだろうか。　　（21）

これは和解の間に双方が自分の体制を強化するのに援軍を頼んだことを意味する。

そして市議会に告げられたノックスに対する3点の非難中傷は次のようなものである（1553年）。

　　彼はなぜ万聖節を拒否したのか。
　　彼は英国国教会の儀式をキリスト教徒として司式するのを不可能と思うか否か。
　　聖餐式で跪くことを個人の判断に委ねられることと考えるかどうか。

これらへのノックスの答えはミュアーは以下のように纏めている、

1）困惑して・・・彼はこう答えた。彼の奉仕はロンドンの外でのほうがより価値がる、だからこの非難は受け入れ難いと、また受け入れてもよかったが、ノーサンバーランド地方の教会は受け入れるなと命じたとも答えている。
2）非常に丁重に・・・英国の多くのことは改革が必要である。それらの改革なしではいかなる牧師もその良心の全き遂行を果しえない。しかし自分としては福音を広められるどんな小さな任務も拒否しない。要するに教会内の何か責任ある地位は避けつつも、教会を離れないことを正当化した。
3）単純に直接的に・・・キリストの最後の晩餐の時の態度こそ最も完全であり、彼は座って食事し、跪いてはいなかった。　　（46）

ミュアーのカルヴィニズム観は次のようなところにも表れている。「義認・神による選択・永罰はルターにとっては自分の理性よりも強い信仰によってのみ対面しうる神秘であった。しかしカルヴィンにはそれらは自明の事実であった。」(102)、「カルヴィン神学の大きな目的は要するに

その信者たちに確信・自信・精神力を注入することであった。」(106)
8）カルヴィン主義の矛盾の解消の仕方

　　個々の長所短所にかかわりなく選ばれたものとそうでないものを自由に分ける神と、神に見放されたものは責が有り罰を受けるべきだという事実の矛盾に対し、カルヴィンは相互に破壊的な信仰を取り込む。神の道具を通して作用する神の抗いがたい全能性への信仰と、個々人の能力と責任への信仰である。

　　この例にペストを広めたために焚刑に処せられた人たちが上げられる。

　　以下は別に箇条書き的に列挙されているわけではないが、議論の展開が一種三段論法的で、カルヴィニスト一般のものだけでなくノックスの論法にも当てはまる。
　　a）ペストを広めた責任は彼らのfault（落ち度）ではない。
　　b）しかし広めた責任（responsibility）は彼らに神秘的に消しがたく付きまとう。
　　c）カルヴィニストの目には無頼の徒の存在自体がこの世の悪を増すのでその限りで彼らには責任がある。
　　d）カルヴィニストは自分の中に善悪の客観的基準を持つ。
　　e）選ばれたものは神の可視的な軍勢で、不信の輩は闇の軍勢の現れである。
　　f）前者は神の道具として神の裁きを客観的に実行する。
　　g）彼らに反対するものは冒涜であり、神に対する反乱である。　　(113)
9）ノックスがスコットランドからルネサンスの成果を奪った」という主張にはミュアー独特のスコットランド史観がある。ダグラス・ギフォードの解説は簡明である。つまりミューの主張は『スコットとスコットランド』の要点ともいうべき詩「スコットランド1941年」にあるように、16世紀の内乱の宗教改革後の過程と創造的芸術の否定は産業革命の到来で拝金主義とカルヴィン派の厳格な神の崇拝とに統合されて「不毛な国家」を生み出したという。

　　　Cf. Douglas Gifford; 'Sham Bards of a Sham Nation?
　　　-Edwin Muir and the failures of Scottish Literature'
　　　　　　("Studies in Scottish Literature"（vol. 35 2007）339-361)

10) そのほかノックスの予言する力については、対フランス軍勝利を信じるスペイン軍が神を恐れぬ腐敗した生活を改めぬなら天罰が下るという彼の予言とペストのせいで降伏した話（24）、聖アンドリュース城のスペイン人たちに不利な予言をし、エドワードⅥ世が死にかけているとしてノーサンバーランドに不利な予言をした。(58)「恐怖は彼の手にあって一つの道具、今やめったに手放さぬ道具となり、時には彼の手に負えない道具となった。」(40)

北　正巳には「王政復古から名誉革命に至る時代にイングランドでは清教徒主義で貫かれたのに対して、スコットランドでは国王と教会の癒着の強かった社会の混迷の中から双方の葛藤を哲学的に止揚して、いわゆるスコットランド啓蒙主義への道を開き、極めて人間主義的な科学的思考の形式を生んだと考えたい。」(前掲書 15-6)北氏はこのような合理主義を生み出した精神風土をカルビニズムの穏健派の主張が「予定・永罰・義認」から「良き生活を達成するための技術」(135)に変わったこと、「スコットランドの教育は、イングランドの二大学が貴族師弟（ママ）への閉鎖的な極めて宗教的色彩の強い学問が中心であったのに対し、スコットランド固有の四大学がヨーロッパで最初の義務教育実施や能力による教育機会と実学習得を背景として、産業革命期の発明・改良家を輩出する高等教育機関となった」(18)こと、最後にこれは最も大事なことかもしれないが、親イングランド政策の中で植民地の分け前を享受し、特に「アメリカとのタバコ貿易は巨額の富を生み、その貿易に携わる成功した・・・商人は「タバコ貴族」と呼ばれた。彼らは、その短期間（30年）の成功にもかかわらず、その蓄積を「西インド貿易やスコットランド西部のクライド渓谷流域の工業投資」に向けたこと（161）、の３点を中心に考えているようである。

この２番目の歴史は教育の門戸開放により多くの才能が人民多数の中から選び出され、その才能は数的にも新しい発展に対応する勢力を作り出した、また高等教育が実学という従来スコラ哲学では下位に位置づけられた分野にも開放され、それにふさわしい敬意をもって接しられるようになった点で特に重要に思われる。

しかしこのような考えとミュアーのいう文化的発展を阻害されたスコッ

トランドという考え方とはどのように切り結ぶのか。

ミュアーの生誕100年記念論集D. S. Robb & C. J. Maclachlan ed,: *Edwin Muir: Centenary Assessments*（Aberdeen 1990）の二つの論文はこの文脈で興味がある。Murray G. H. Pittock: Edwin Muir and Scottish NationalismとMargery McCulloch: Edwin Muir, Calvinism and Greek Mythである。ミュアーは前者では民族主義の理想主義的独立要求よりも破産した王国の経済的建て直しにより関心が深くそれが不満で社会主義者のマクダーミッドと相容れなかったという。後者の論文はカルヴィニスムでは「原罪」と「救済予定説」の強制に反発を感じながらも、『自伝』で語るワイア島のエデンにも似た経験とグラスゴウでの相次ぐ家族の死の理不尽さの説明に「原罪説」から抜けきれない気持ちがあったように描かれる。

11　シェイマス・ヒーニー

1）観照の時『モノを見る』詩集

　詩人は時に自分の成長過程を顧みて、そこに或る図式を、もしそのようなものがあるとすればであるが、読み取ろうとする。ヒーニーも例外ではない。デニス・オドリスコルのインタヴュに応えて、ヒーニーは50歳の誕生日に述べた三つの局面をさらに敷衍して四つの局面を考える。まず三段階とは出発、（30歳ごろの）現状判断、次いで後半生の新しい自由の獲得である。それにさらに70歳に近づいて「強い流れの岸辺を孤独に放浪する時期」を付与する。また先の三段階は一種サイクル的でいつも再出発の波を持つという（*Stepping Stones* 323-4）。

　そうであれば三段階はどれもが新たな出発と終わりを持ち、そのどれもがより大きなサイクルの円環を形作ることになる。その関連で或る詩集は或る傾向に沿って動いてゆくものであるが、この『モノを見る』詩集は「一つの新たな出発」（324）と言えるという。その出発はヒーニー好みの旅の比喩で言えばまさに帰還を予想した出発と言える。

　詩集巻頭の『イニード』の「金の枝編」と末尾の『神曲』「地獄編」からの訳を枠組みとしたこの詩集は異界への旅を暗示させる。「金の枝編」では生者アエネアスが巫女シビルの導きで死んだ父の霊に会うために下界に向かい、地獄編では黄泉の川の渡し守カロンは死の穢れのない者を渡すわけにはゆかないと追い返す、一種の儀式的エピソードが語られる。一方が黄泉の世界へ下るのに対し、他方はそこへの旅は特別な一線を越えることの重大な差異の認識ということになる。この二つに囲まれた本詩集は「モノを見る」という行為がその経験の後先で意味の大きな変容を受けることを暗示する。「モノを見る」とは通常の「モノ」を見るのではなく、むしろ常人の見ないモノを見るのであり、それはモノを見ているのではなくモノの幻想を見るのである。しかも本詩集ではこの異次元の旅が様々な形で

描かれるのであるが、そこにはヒーニーの特徴的な想像力の発動が見られる。まず最初にヒーニーはブレイクやイェイツといった垂直に直線的に幻視の世界に突入する幻視者の立場ではなく、ごく平凡な日常のものから出発する。コーコラン（Corcoran 小沢 訳）はこの詩集について述べるその初めに詩「戻りの旅」のラーキンの霊を引き合いに出しながら、死者の世界から戻るという異例の体験を「日常性のど真ん中」（The Heartland of the Ordinary）と名付けている。始まりはいつも日常のさ中にある。こうして「モノの奥を見る」というより表面の「もの」と一体化した象徴性を読み解くのである。したがってその行為は最初は観察、次いで視覚の記述、さらにその記述の複合的な意味の探求へと進む。体験が言葉化し、言葉になった体験は詩人から独立した存在となる。それは詩人の中で幻視の姿をとどめ、それがまた新たな幻視を呼び出す契機をつくる。イェイツのビザンチウムの世界で生ずるイメージの増殖、「さらに新たなイメージを生みだすイメージ」に似た現象と言える。ただイェイツとヒーニーの違いは現世への戻り旅を考慮するかしないかである。ヒーニーが「日常性のど真ん中」から出発して異界体験を持ち帰るのに比べて、イェイツの旅人は衣服を焦がす熱は無く乱舞の形を取る炎の明暗のみの世界に留まる。このヒーニーの『モノを見る』詩集のそれまでの作との違いをオブライアンは次のように述べている。

> この詩集の技法は「一つのモノ、大抵は一人の人・一つの場所・一つの出来事の記憶から始めて、それを一つの表徴に変えることである——その表徴は何か正統派のそれではなく、行動の或るパターン・姿型・弾道のそれ、つまり秩序を含み神秘的な悦びを付与するものである」。（Eugene O'Brien 187）

この観察—記述—意味の探究の円環で、第二段階に属する「もの」の命名には極端な単純化と途方もない内包の抱え込みが並行して起こる。詩人の作業はその命名の歴史を個人的に再現するものといえる。そこでは経験したものの意味を新たに自らに問いなおす、内省と自己観照が生まれる。このとき記憶・想像力は未知の世界の探求（これこそモノを見る行為）のきっかけとなる（キャサリン・マロイ 171）。ヒーニーはこの『観照の時』詩集について先のオドリスコルとのインタヴューで自分の絵画鑑賞につい

て、その時の場が生み出す「喜びの瞬間」を語っている。ニール・コーコランが「測る」について述べたエクフラーシィスekpharasis（絵画の体験を記述する）詩——のような伝統も、この体験の中に含まれる。そこで生ずる事件はコーコランによれば次のようなものである。「これは、実在する過去の芸術についての作品ではなく、想像された芸術についての作品」であると（小沢 訳 311）。コーコランはそれをホメロスの『イリアス』に描かれるアキレスの盾以来の伝統としている。そして我々はそのテーマがW. H. オーデンの同じ「アキレスの盾」で再現され、ヒーニーもまたその伝統を継承しているのをみる。後に触れるこの詩集のタイトル詩第2部で歌われる大寺の正面扉の彫刻を歌うのもその実例である。この関連でオドリスコルとのインタヴューでヒーニーが語る絵画の表現性についての言葉も忘れ難い。ポーランド詩人チェスワフ・ミウォシュの実在の経験を寓話で表現する技法に触れたところである。{コーコランも「寓話」を論じる（261 − 以下）。}

　オドリスコルがミウォシュの「呪文」をヒーニーが賞賛していることを指摘したことに応えているところである。

> ミウォシュの自分の闘争についての寓話は詩の場合抽象（the abstract）と表象化（the representational）の闘争に似ているけれども、彼は一方で地上とその不幸を大いなる高みから見ているように全体を見るのが好きだ。しかし他方で地上の目線での呼吸し苦悩する個人の特定の不幸を見放すことは望まない。　　　　　　　　　　　　　　　　　（*Stepping Stonesu* 334）

さらにオドリスコルはさらなる「視覚芸術」とそれから詩想を受ける詩について尋ねるとヒーニーはティントレットの「聖母被昇天」よりもブリューゲルの「麦畑」の方が気分が落ち着くと述べ、画廊ではどんなことも起こりうるとして、ジョルジョーネの「テンペスト」のように「喜びの不意打ちを食らう」と述べる（334）。

　寓話と言い異次元と言いいずれも二元論（多元論）的発想であるが、大方の批評家は二つの世界を対立的な言葉の列挙で表わしている。コーコランは「想像と現実、宗教的な信仰と経験、詩と出来事」（294）、ダニエル・トービン「超越性と内在性」（249）、「眼前性と不在性」（250）、「空虚と充満」

(260)、「多元性と単一性、特異性と差異性、同一性と他者性」(272)、ユージン・オブライアン「二項対立」(28)、「信と懐疑、悲劇と喜劇、内在性と超越性」(61)、「空間と時間、実在と不在、動と静」(62)、これらは対立あるいは対比の局面ののち統合にも向かう。先のサイクリックな性質とはこのことを別の言葉で述べているにすぎない。その統合とはヒーニー自身の言葉で言えば「詩の矯正力」といえる。つまりある方向に揺れすぎると半ば自動的・本能的に復元しようとする傾向があるというのであろう。(オドリスコル 323, 325)

　　まず枠組みの一方の結び歌を読む。
　　　　　　　三途の川渡り　　　　「地獄編」第3部 82-129行
　　われらの方に向かい来る一艘の小舟の中に
　　老人一人　年降りて白髪
　　怒り狂いわめきつつあり「呪いあれ　悪霊どもよ

　　天国の空を見るなど望むなかれ
　　わしの来たれるは汝らを向こう岸に
　　永遠の暗黒に　火と氷の世界に渡さんがため

　　そこなるお前　お前よ　生ける魂よこれら
　　死者なる者らとは一線を画せ」
　　しかし彼はわたしが脇に寄らぬのを見て

　　云った　「別の道、別の港を行けば
　　お前はまた違った浜辺に着き　歓迎さられよう
　　お前を運ぶのはもっと軽い船でなきゃならん」

　　すると私の案内者が云った　「あなたの怒りを鎮めたまえ　カロン
　　望まれたことが全て成就するありがたき場所で
　　このことが望まれたのだ、だからして通してくだされ」

　　するとすぐに彼は灰色ひげの口を閉じた
　　あの青黒い沼地の渡し守は
　　かれは両眼の縁で燃えている火の輪を持っていた

しかし酷い言葉を聞きつけるや否や
彼ら亡者たち　みな裸で疲労困憊だったが
彼らは顔色を変え歯をカタカタと鳴らした

彼らは罵った　神と地上の両親をも
人類を　また彼ら自身の胚胎と誕生の
土地と日と寝床を

それから皆一緒になって激しく泣き
自分の神をも恐れぬ者全てを待つ
あの呪われた岸辺にと向かった

悪魔カロンの目は風に吹かれた赤い石炭そっくりだった
彼は皆を羊群のように迎え入れる
それから遅れたやつは誰でも櫂で打ちすえた

秋になって全ての木の葉が一枚一枚落ちて
ついに枝が裸になり木から奪われた全ては
地上に見られるようになるまで

それそっくりにアダムの悪しき種子は合図一つで
一人また一人あの岸辺から飛び乗った
まるで呼ばれた鷹のように垂直に

彼らはこのように茶色の水を渡ってゆくが
向こう岸に彼らが上陸するまでに
こちら岸ではまたも新たな群れが集う

「若者よ」と礼儀正しい師が私に言った
「これらすべては神の怒りを受けて死んだ者だ
国々からここに集まるのだ

彼らはこの川を越えようと強く願う

神の正義がその拍車でもって彼らを促し
　　彼らの恐怖が願いに変えられるからだ

　　善良な霊がここを渡ったためしはない
　　だからしてカロンがお前を受けつけぬとも
　　彼の言葉の意味は分るであろう」

　　　　　　　　　　The Crossing（*Inferno*, Canto Ⅲ, lines 82-129）

　この川渡りは一つの試練でここを超える前に選別がある。まだ渡る資格の持たぬ者との混在を避けるためである。資格を持たぬとは「生けるもの」「善良なもの」を除くということである。後者は納得がゆくが、前者の「生きているもの」がどうして渡れないのであろうか。未だ最後の審判の試練を知らない執行猶予期間にあり、「死」の穢れに染まぬ前に地獄行きは決められぬことを意味するのであろう。ともあれ向こうで待つのは地獄である。それでも亡者たちは正義を求めて「泣きつつ」も自ら進んで渡りゆく。恐怖が願いに変えられたからだ。あるいは己の罪の償いは受けようとする積極性の中で、正義への合意と納得が生まれているといえるかもしれない。さらには神の怒りを前にすれば、鬼のようなカロンの恐ろしさも地獄の責め苦の不安と苦しみもまだ耐えられるものに映るのかもしれない。その中で「高き所の許し」のおかげでアエネアスは例外を認められるし、良き師のヴァージルに導かれたダンテも同様である。この特殊な恩寵は感謝で受け取る以外には対処の方法はない。それが心ならずもであれ、亡者たちが地獄に堕ちてゆく最も大きな理由かもしれない。

　　　　　観照の時
　　　　　　Ⅰ
　　或る日曜の朝のイニッシュボフィン
　　陽光　泥炭を燃す煙　カモメ達　船着き場　ディーゼルエンジン
　　一人ずつわれわれはボートの中へ導かれた　ボートは
　　そのたび沈み揺れ動き
　　ちょっと怖かった　身体をこわばらせ
　　われわれは低い向き合ったベンチに２・３人づつ座り神経質に

従順に　新たな仲間で　誰も口を利かず
船頭だけは別だった　舷側が沈んで
いまにも水をかぶりそうな時のことだった
海はとても穏やかだった　それでも
エンジンが動き我々の渡し守が
バランスをとるため身体を傾け舵に手を伸ばした時は
僕は船自体の方向転換と自重による沈下にパニクッた　われわれを
保証したあの素早い対応と浮力と回復とは
僕をずっと苦しめた　深く静かで
底まで見える水面を上下せず
渡って行くときでさえ
はるか上空を航行する別のボートから
見下ろして　朝の中へ進んでゆくのが
なんとまあ危なかしいことか
また帽子を着けぬうつむき加減の定員を愛しても
所詮無駄なことかが分かる気がした
　　　　Ⅱ
光輝　この涙と無縁のラテン語は
イエスが膝まで濡れず立っていて
洗礼者ヨハネがイエスの頭になおも水をかける
あの水の彫刻された石を表すに
まったくふさわしい　この話はみな大寺の正面扉で
きらめく陽光を浴びている　固く細く
しなやかな線は川の流れを
表す。昔の小魚がいる線と線の間を下って
全てが流れ下る　その他には何もない
だがしかしそのまったくの可視性の中で
不可視性のものによって石は命を得ている
水草、流れ去る動いた砂粒
影になる影から出た流れ自体も
午後じゅうずっと熱気が階段の上で揺れ
僕らが目までどっぷり漬かった空気は生命力そのものを
表すジグザグの象形文字のように揺れる

　　　　Ⅲ
ずっと昔々のこと　溺死を免れた父が
庭に入ってきた　彼は川の土手の畑に
種イモを植えに行ったのだ
僕は絶対に連れてゆかなかった　馬の引く散布機は
大きすぎ　新式過ぎ　硫酸銅は
目を傷めるとか　馬が慣れていないとか　僕が
馬を驚かせるとか　あれこれ言った　僕は石を
カラカラいう音が面白くて
小屋の屋根の小鳥に投げた
父が戻ったとき僕は家の中にいた
そして窓越しに彼を見たが目がくらみ
怯え　帽子もなく異様な様で
足下も覚束なくて　半ば死相も現れていた
土手の上で方向転換をしようとしたら
馬が抗し後足立ちし車も散布機もみな
なぎ倒しバランスを崩した
それで道具一式はひっくり返り渦巻く深みに
落ち込んだ　馬も鎖も車軸も樽も
器具一式も　全部全部視界から消えた、
帽子だけはプカプカ陽気にもっと
緩やかな岸辺へと流れて行った　その午後
僕は父に正面から顔を突き合わせた　彼はまっすぐ僕の
ところに　川から上がった水の滴る足跡付けてやって来た
僕たちの間には「それからは幸せに暮らしました」とでも
言うべき以外には言葉もなかった　　　　　　（Seeing Things）

Ⅰ）船の上から海の底を見降ろしている場面も、アイルランドの古い年代記のエピソードの引用によって、現実と非現実の交差する二つの次元の危うい時間を描いている。クロンマクノイズの修道院で祈りの最中に船が空中に現れて祈りが中断された。船の錨綱が祭壇の手すりに引っ掛かり、降りてきた水夫がそれをはずすと船は飛び去り、戻ってきた水夫は奇跡の物語を語る。これは特殊な経験を他者に伝える任務を背負った一人が必ず存在するという物語上の一種の約束事の手法である。この中世の神話的体

験は第二部「測る」の十二行組み詩の八番でも繰り返される（コーコラン 198）。

Ⅱ）ここで述べられるclaritasはトマス・アキナスの言葉をジョイスのスティーヴン・ディーダラスが美学の定義に用いる言葉であるが、ヒーニーは大聖堂の正面扉の彫刻を素材に美的イメージを言葉化する経験を述べる。先に本詩集のエクフラーシス（視覚の言葉他）の特徴を述べた実例である。言葉化とイマジネイションによるヴィジョンの世界から現世への帰還ともいえる。石という具象が「不可視性」のものによって命を獲得するというのは、具象が不可視性を媒介として、さらなる別の可視性を獲得する神秘を言うのである。

Ⅲ）では父の死の淵からの帰還という日常の世界のすぐ隣にある危険についての体験を半ばコミカルに客体化している。語るという行為はその事件を「距離化する」作用があるといえる。この距離化は民話の常とう手段である。「昔々、あるところに・・・」から始まって、「その後は幸せに暮らしましたとさ。」で締めくくる、これもまた語りの枠組みの工夫の一つと言える。死の淵まで行って引き返す大変な経験も、この枠に収めることで、その激烈な刺激に歯止めがかかるのである。

　以上の三つのエピソードはいずれも経験が記憶にとどめられ、それを再度語りの素材に使われるという図式で統一されている。記憶が想像力に働きかける作用については、ヒーニーの師とするワーズワースやイェイツが既に力説したところであるが、見えないものに可視的な姿を与える古典的な方法と言える。

　　　　まぼろしの野
　　こんな女性を覚えている　座ったまま何年も
　　車椅子で　まっすぐ前を向いて
　　窓越しに小道の突き当たりの向こうで
　　葉を散らしまた着けるすずかけの木を見ている

　　隅のテレヴィのむこう真向かいには
　　いじけた揺れるサンザシの茂み
　　雨風に背を晒すいつもの子牛たち

いつものさわぎくの野　いつもの山

　　　彼女は大きな窓そのものと同じく頑固一徹
　　　その額は椅子のクロームのように晴れやか
　　　一度も愚痴をこぼすことなく　一度も
　　　余分な感情の重さに負けたことはない

　　　彼女と面と向き合うのは頑丈な門に
　　　向かって受ける種類の教訓
　　　二本の白壁塗りの柱の間のすらりつるりとした
　　　鉄製のやつの一つ　そこでは

　　　予想以上に遠くまで野原を見通して
　　　分ったのだ　道を遮るものによって
　　　引き込まれ目を凝らし立ち尽くしていると
　　　生垣の向こうの野原はよりはっきりと未知のものに変わるのが
　　　　　　　　　　　　　　　　　　　　(Field of Vision)

　目を凝らし見ていると普段のものが未知のものを開示してくれる、それはまさにこの詩集の一番のメッセージであろう。これは一見単純な構成に思えるが、描かれる窓の向こうの世界とそれを見ている女性を含んだ世界を見ているもう一人の人間（詩人）という重層的な画面である。今まで繰り返しこの詩集の枠組みのことを述べてきたがこの詩も例外ではなく、その枠組みの構成に焦点がある。その枠組みに収まった一幅の絵はまさに我々にはヴィジョンの一こまともいえる。ヴィジョンの持っている確定性と不確定性が交互に作用しあって、先のイメージの増殖のような働きをする。
　この額縁にはめ込んだ画のような作品は先輩詩人のハーディに学んだものかもしれない。批評家詩人ドナルド・デイヴィ（Donald Davie）は『ハーディーと英国詩』（*Thomas Hardy and British Poetry*, Routledge & Kegan Paul 1973）の中でハーディ詩のイメージの作り方について3種類を挙げている。厳密さの順に、「等価」（equation）「提示」（presentation）「記述」（description）である。それぞれに実例を示しているが、二番目の例に挙げ

られているのが「呪縛された宮廷」A Spellbound Palaceである。これは或る冬の日に訪れたハンプトン・コートの内側の庭園で見た幻影の描写である。ハーディー詩によくある呪文の呼びかけに応えて登場する過去の亡霊の記述である。

....
　そこでは外界の喧騒を無視する温和しい時の流れのなかで、
　今は私たちの目に見える噴水が、薄められた水晶粒を撒き、
　冷たい手で触れるように、王宮全てに執拗な麻痺を施す。

　剣を佩き羽飾り付けた肉感的な王の馬上の幻が闊歩し、
　そして見よ、彼の大臣の幻も大胆な独立独歩の歩みを見せ、
　紛れもない昼の光の中を通り過ぎる。すると全てが静まり、
　ただ非情な噴水のみが　か弱い意志で水晶の音を続ける。
　（森松健介 訳『トマス・ハーディ全集』詩集Ⅱ（大阪教育図書 2010）292）

　肉感的な王とはヘンリ八世、大臣は枢機卿ウルジー、これらがハンプトン・コートの往時の登場人物。亡霊は昼間には現れないとしても、これは「紛れもない昼の光の中を通り過ぎる」。考え方によればヘンリ八世の宮廷時間がここでは一種凍結されて、詩人の想像力がそれを呼び出したか、或いは詩人が時間の裂け目に紛れ込んだかの様子。前半に冬の午後の庭園のツグミの声や噴水の音が暫し途切れて、宮廷の幻影が現れ、噴水の音で、再び吾に還るという二重構造である。ヒーニーの方はより現実世界に足をとどめてはいるが、「詩」の中の女性が見たものは、詩人にとっては「いつもの」風景ではありながら、「予想以上に遠くまで」「未知のもの」の存在に気づかされる。「モノを見る」とはそのように見る者の感性がふさわしい準備をしていればいつでも、どこでもそのように開示されるというのがヒーニーのメッセージではないか。

　　　　　車輪の中の車輪
　　　僕がモノを真実把握した最初は
　　　ペダルを動かす技を学んだときだ
　　　（手で）自転車をひっくり返し　後輪を
　　　とめどもなく早く回した

スポークが見えなくなるのが好きだった
リムと車軸の間の空間が透明になるとともに
唸りを立てるのが　じゃがいもを一つそこに
投げ込むとヒューヒュー言う音が
それを砕いて雨のように顔に投げ返した
一本の藁で車輪に触れると藁は粉々に切れた
これらのペダルの踏み板がまず
僕の手にはっきりした感触として伝わる
次いで手をさらに先へと動かして
新しい弾みを加える仕組みの何かが　その全てが乗り移る
自由な力の到来のように　あたかも信念が
その対象に追いついてそれらを
憧れと重複する軌道の中で回転させたかのよう
　　　　　　Ⅱ
しかし充分が充分であったためしはない　所与の事物に
限界を見た人などいたであろうか
僕たちの家の向こうの野原に井戸が一つあった
　（「あの井戸」と呼んでいた　井戸というより
水のたまった穴で　片側に小さな
サンザシの木々があり　もう片側に
家畜の踏みつけた　糞だらけの泥地があった）
僕はそれも好きだった　淀んだ匂いが好きだった
古い機械油のようなその土地の溜まった命も
そこへ次に僕の自転車を持ち込んだのだ
サドルとハンドルを柔らかな底に
突き立てタイヤの部分が
水面に触れるようにして　それからペダルを回した
踏み板にしぶきをかける水車のように
　（でもここは逆で馬の尻尾のように後ろに撥ねる）
ひどく心地よくする水に浸かった後輪が
僕のすぐ目の前でレース織と泥のアブクを織りなして
生まれ変わった僕自身という泥人形に振りかけた
何週間も僕は昔ながらの輝きの光背を作り出した
それから車軸が詰まり　リムが錆びつき　チェインが切れた

Ⅲ
　　その後はそれに匹敵するものは何も起きなかったが
　　ついにサーカスのリングで　ドラムの響きとスポットライトの中
　　馬に乗った少女らが滑るように登場し　誰もみな純白で
　　投げ縄を振る円の真ん中にいた
　　永遠の運動。完全なピルエット
　　宙返り人　旅芸人　羅漢さん回り　「起きなかった」の前言は取りけし
　　　　　　　　　　　　　　　　　　　　　　（Wheels within Wheels）

　自転車を逆立ちさせて車輪を回すとスポークが見えなくなる、さらにまた、ペダルを回す手に弾みの力の感触が生まれる、「信念が対象を追い求め、加速された軌道の中で憧れと重複する」。見えていたものが消え、見えていなかったものが開示される。この二つの世界の交流が第一部。次には第一部のジャガイモと藁をスポークの回転にぶっつけた反応に続いて、家畜の水場のような井戸に同じ自転車を持ち込み、今度は泥水を跳ね飛ばし、それを自分にふりかけて泥人形のようになる遊びを自転車が壊れるまで楽しむ。第三部は自転車の車輪の回転が教えた信念やイメージや肉体的快楽がもう消え去ったと思っていたら、後年に思いがけなく、サーカスの乗馬した少女の投げ縄の扱いやピルエットで円が描く軌跡とその中心の不動の点の永遠性に、先に失ったとみえたものの復活を発見する。人生とは常に一方向に動き過ぎ去るものと思っていた心得違いを訂正される。＜「起きなかった」は取り消し＞とは復活の秘蹟の一つの証しと言える。この変容の過程をコーコランは次のように述べている。新しい経験が詩人の心に意味あるものとして侵入すると、「一次的な経験と言う生の素材は、より高次の存在となり、願望によって昇華させられて、空間的な≪軌道≫に転置される」（小沢　295）。これはこの詩に直接言及しての言葉であるが、それにとどまらず、ヒーニーの変容と増殖を伴う詩学そのものの特徴をとらえている。

　もう一つこの詩について、ダニエル・トービンの言う「同一物と別物の逆説」の問題がある。彼はT. S. エリオットの『四つの四重奏』を引き合

いに出し、ヒーニーの「モノを見る」は「ドライ・サルヴェージス」に、この「車輪の中の車輪」は「バーント・ノートン」に対応するという。そしてトービンは「完成されたヴィジョンの寓話」の章で、この「車輪の中の車輪」を論ずるに当たり、ここに描かれる本質的に知覚できない宇宙を「矛盾の同一化」によって提示しようとするという (272-4)。本詩集の全体的特徴として先に述べた対立から統合への道筋のもう一つの典型と言える。

   第二部　測定　　　4測定　41
  いわゆる砂層　それに砂利層　浅瀬や
  川遊びを知らないうちから
  そんな言葉の中の憧れの原石は知った

  僕が戻って行く場所は消えずにあったが
  永続するわけではない　腰までカウパセリに隠れていたが
  記憶の形成する流れに

  乗ったり制御したりして　再び泳ぎだす
  日暮れ時　橋の欄干からいや自我の川岸から
  測定していたとき

  あらゆるものが蓄積されていた
  恐怖の舌舐めずり　甘美なはかなさ　戯れと水かけ
  空に浸る柳の引きずる波に乱された流れ   （4　Squarings *xli*）

第二部の総タイトル「測定」を構成する四つの部分、1啓蒙、2設置、3渡渉、4測定の最後の総タイトルを代表する一つの51番には「蓄積された」記憶の「測定」を歌った詩がある。この作業は本詩集の全体の過程を或る意味で小さく代表する。まだ幼なすぎて川遊びもできぬうちから言葉の魅力に魅せられた、それを魅力とも知らず繰り返していた自分を回想する。このときからの数年後にまた同じ場所を訪れて、泳いでみると幼い時の記憶が蘇る。「恐怖の舌舐めずり」は幼時の溺れかけた記憶であろうか。「甘美なはかなさ」は幼い恋の淡い思い出なのであろう。「戯れと水かけ」もその

エピソードの一つといえる。「空に浸る柳」は水に映った空に浸る柳であろう。これらが自覚せぬままに詩人の詩囊に蓄えられていたのである。「記憶が形成する流れ」とは通常は「流れが形成する記憶」であるがそれが元になって詩人の頭脳に再形成される「流れ」なのである。それは現実の「流れ」が姿を変え消え失せても、「永続」し、幾度も記憶から立ち上るものである。

　この第二部の変形ソネット連作について、ヒーニー自身はインスピレーションを呼び出す秘儀は分からないが、待つことがインスピレイションのいま一つの作用であるという。そしてこの「測定」の詩の連作は「空中の建造物に延びるテントのロープの先端の釘」のようなものを考えても良いが、それでも「何かより地上的な、よりあいまいなものを握ってはなさない」作品と考えても良いとする（オドリスコル　320）。「十二行詩を書いているとき言語的不屈性の強張りとその不屈性の溶解の中間のようなものを感じた」（オドリスコル　319）。このようにこれらの連作は詩人の苦渋の産物よりも比較的喜ばしい解放感に引きずられて生まれてきたようである。にもかかわらず、ダンテのテルツァリーマを思わせる三行四聯の形式的統一と、コーコランの言う「幾何学的四角形４X12X12、四篇各十二作十二行」（308）という形式的厳密さに従った仕上がりである。記憶と幻視が現実からの自由を獲得しながら、他方でその自由に耽溺しない禁欲性もこの連作のいま一つの魅力と言える。

注

Dennis O'Driscoll: *Stepping Stones*（Faber 2008）
Catharine Malloy; 'Seamus Heaney's Seeing Things': "Retracing the path back…" In Catharine Malloy & Phyllis Carey eds.: *Seamus Heaney The Shaping Spirit*（Univ. of Delaware Press 1996）
Neil Corcoran: *The Poetry of Seamus Heaney-A Critical Study*（Faber 1998）小沢茂　訳『シェイマス・ヒーニーの詩』（国文社　2009）引用は小沢　訳より
　Eugine O'Brien: *Seamus Heaney–Searches for Answers*（Pluto Press 2003）
　Daniel Tobin: *Passage to the Centre: Imagination and the Sacred in the Poetry of Seamus Heaney*（Univ. Press of Kentucky 1999）

2）二つの詩論集

1　『プリオキュペイションズ』*Preoccupations*

I　生い立ちの分析

　序「全体的に見て本書所収の評論が、最大関心事——詩人はどのように生活し創造すべきなのか、詩人とその発言や立場、文学的遺産や同時代の世界との関係はどのようなものか、をめぐる探求であることが明らかになればと願う」（室井光広・佐藤亨 訳『プリオキュペイションズ』（国土社 2000）5)。この第一評論集は1968－78の10年間の主要なエッセイを収録しているが、その後の評論集が連続講演や或るテーマを中心により集中度を高めた論文集になっているのに比べれば、より雑録的でそれまでの多様な詩的関心事のありようを自らに確認しようとしている感がある。筆者の意識に在るのは『言葉の力』、『創作の場所』、『詩の復元力』などとの比較である。にもかかわらず、後者のグループとの連続性或いは類似性も既に現れている。その一つはヒーニーが自分の創作の経過や発想の根源について実に小まめに記憶していて、それの創作技法上の意味づけについて幾度も問いかけ、意識的な分析を怠らない。怠らないばかりか、他者に対してもその恵みを解放することに積極的である。本論集でも第一部のモスボーン、ベルファストの二つは最も私的な詩人の生い立ちの風土についての回想であり、第二部の「言葉の手探り」は近代の古典とも言うべきワーズワースやイェイツの創作法と自作のありようの比較という第一部よりも創作技法に近い場所での思索となっている。

　オドリスコル（*Stepping Stones*）ははからずもこのヒーニーの自伝的特性の幾つかをインターヴューの初めに取り上げている。いわく叔母さんのメアリの豆の畝、バター作りの撹拌作業（16）、農場と「へそ」omphalosと呼んだ水汲みポンプ（8）、農場での豚や鶏の屠殺（15)、あるいは自分の家の間どり、家族構成などである。これらは先の自伝的エッセイをあら

ためて語りなおしているが、それだけ記憶の中の存在感が強いと言える。そしてこれらに出会うのは詩に使われた道具立てがどのように象徴性を獲得するかについてわれわれの理解を容易くする。

「モスボーン」(Mossbawn)
1）「オンファロス」ではワーズワースの言う精神の風景となった幼いころの思い出とその世界の道具立てが描かれる。中でも「オンファロス」という音を立てた濃い緑色の水汲みポンプ、空洞のある古い柳の木、砂まじりの小道の伸びる向こうにある禁断の沼地、その辺りに生えるサンザシ、ニワトコ、イチイ等の木々や草花、その牧歌的世界に時折侵入するオレンジ結社の太鼓の音などが思い出として登場する。田舎の土地との結びつきがどのようにヒーニーの心に住みついているかの証明を一つ見てみよう。

　草が繁茂する人目につかない湿地や水に浸かった荒れ地、またイグサの生えた柔らかい隅っこ、水分を含んだ地面や凍原植物がありそうな所などは、車や汽車の窓からちらと見ただけで、今でもたちまち魅きつけられとても落ちついた気持ちになります。まるでそれらの場所と私の心が通い合っているようにすら感じる。　　　（以下は室井・佐藤　訳に依る）(19-20)

その親密さが生じたのは三十年前の夏の夕暮れのこと、仲間と素裸になり泥炭採掘の後の水たまりでの水浴びをして、濃い茶褐色の泥沼に入り、かき回すと底の泥濘が煙のようにくすぶり上がると体は汚れ、雑草がまとわりついた。土と淀んだ沼のにおいを発散させる身体を見て、なんだか大人の仲間入りを果たしたような気になったという。通常はむしろ不気味で不愉快な経験に思えるが、それをこのような肯定的な気持にするヒーニーの精神構造は注目に値する。

2）「読書」では『宝島』のようなごく普通の少年の冒険もののほかいろいろ乱読はあったが「私が思い出せるのは、詩が感じられる本だけなのである」(26)と述べ、ハーディの『帰郷』を徹夜で読破したと続く。

3）「唄」では詩人の魂の成長を3段階に分けて述べている。最初は口ずさむとただただおかしいもの、生き生きしてくるものに関心が向いていた。「覚えようとして覚えたのではなく、まるで心の中に飛び込んできて、

おのずと舌が軽やかに動く」(33) もの。第2段階は暗記させられたバイロンやキーツの立派な詩、しかし「自分たちの生活経験を反映していないのだから、喜びは感じられず、・・・日常語と共鳴しなかった」(34)。第3の範疇のものは今の二つの中間に属する。すなわち「朗唱」としてなじんできたものでアイルランドの愛国的バラッドだ。

「ベルファスト」(Belfast)

　五十年代後半から六十年代初めのクイーンズ大学周辺にたむろしていた文学かぶれの若者たちを六十年代半ばまでに一変させたフィリップ・ボブズバウムの影響を語る。ばらばらの分派を一致団結した運動体にまとめ上げたという。それは合評を足がかりに「一種の世代感覚」を与えたという。ボブズバウムが去ると舞台はヒーニーの家に移るが、やがて七十年代のより政治的風土の苛酷な時代が来る。「1971年、クリスマス」は疲れ、苦悩、不正、怨恨、憐れみ、恐怖などの支配下で、軍隊や自警団と一緒に暮らす生活が語られる。ついで「一九七二年」は「詩は一方で、ひそかに自然にでき上がるものであり、また一方で公の無慈悲な世界を歩まねばならないものである」(45)。この二つの流れに引き裂かれつつ、それから逃げない覚悟を語るが、それは単純にゲール語伝統にのめり込むのでも、アイルランド英語をより信奉することでもなかった。トマス・マクドナのゲール語詩のリズムや類音を英語詩に忍び込ませることに、「異を唱えはしないけれど、その企て自体やや計画先行ふうの感じがしてならない」(50) という。

Ⅱ　文学の癒しの力

「言葉の手探り」(Feeling into Words)

　そこには習作時代の手探り状態と詩の潜在力の確認の手続きが併存している。「予言としての詩、自己顕現としての詩、文化復元としての詩、——又持続という要素を含んだ詩」(54) をワーズワースの『序曲』の一節の中に見出している。その具体例が「掘る」という作品で、「それを書きながら興奮し、或る意味でなりふり構わぬ状態になり、自信を持った」(54)。「この詩は創作される以前から私の中に久しく潜んでいた」(56)。

しかしこのレヴェルでは「言葉それ自体への恋着はあっても、詩を一つの構造として見る力に欠けており、一編の詩をうまく書きあげることがそのまま人生の礎石作りにつながる踏み石になりうるなどという経験を味わったことはありませんでした」(61)。当時は未だ「他人の詩から習い覚えることが出来る」小手先の技能(クラフト)だけで、本当の意味での手法(テクニーク)は皆無であった(65)。「手法とは言葉遣い、韻律、リズムの扱い方、言葉の結構だけを言うのではなく、人生に対する詩人の確固たる姿勢や現実認識を含むものです。手法は通常の認識範囲を越え、言葉にならないものに襲いかかる方法を発見しないと手にすることはできません」(66)。

こうした分析的・自覚的な努力が実る「最良の瞬間とは心が内破したようになり、その渦の中へ言葉やイメージが流入してくる時です。」その稀な具体例に「沼沢地」(Bogland)をあげ、「ボグとは風景の記憶であるとか、そこで生起したことのすべてを記憶した風景であるという考えを抱くようになりました」(81)という。この一節は詩の一部のように印象的ではあるが、その命題があって「沼沢地」という一編が生まれたというより、「沼沢地」のような言葉が先に幾つも生まれて、その総量がこの後のような認識に固まったと見る方が自然であろう。

「イェイツは模範詩人たりうるか」(Yeats as an Example ?)
　詩人の偉大さの尺度に後代の詩人にどのような規範を与えたかというのがある。このエセーでヒーニーはまずロバート・ロウエルの『いるか』詩集のタイトル詩の末尾に潜む「自己批判めいた気配」と「意気揚々とした力強い口調」、「詩の声の根源に潜む誇りと傷つきやすさ」のことを述べる。
　「我が目はその手が成したことを目にして来た」
この墓碑銘とイェイツの墓碑銘を比べロウエルは「温情」があり、イェイツは「冷徹」であるとする。そして前者の後期の作には「ためらい」と「虚構への信頼」の揺らぎがあるのに対し、後者は「芸術への信念」をいよいよ確固たるものにしていくという(174)。
　こうしてヒーニーは「断固たる態度と紛れもない傲岸さ」(179)も含め

て、ときにそれらを意識的に演じさえしたイェイツを「生きるという形を取った実験」として詩人の一つの規範とみている。この進取の気性こそ、イェイツを絶えず駆り立てて新しい自我の発見・創出に向かわせた。「釣り師」(The Fisherman) に典型的なように「孤立、超越への意志、勇気、ダブリンの生活といったもはや信じていないものからの意識的逃避、そしてイメージや夢という自分が信じるものへの傾倒など」(191) 安住・安定とは程遠い力学の作用を受ける姿が通常である。それに比べてヒーニーのイェイツは「人生と人生の不完全さに対する愛情が芸術による慰安とせめぎ合い、前者が後者に勝ると言った詩がいくつかあります。」(196) とイェイツのもう一つの側面に注意を向ける。具体的には「内乱時の瞑想」のムクドリの巣作り再生を願う「生き物を育む自然、生命と生活の第一原理である自然の恵み深さに対し、本能と知性の両面から心底感じ入り、首を垂れる詩人の姿」(201)、或いは「慰められたクー・フリン」に見る、「生が死へと委ねられる不可思議な儀式を通して、自己が歌の中へ、芸術という他者性へと委ねられていく。この世の弱者と強者と深いところでつながっていることを示すこの詩には、人生に対する母のような優しさが満ちています。しかし、同時に生きること自体が要請する礼節や美しさに対する揺るぎない信仰で貫かれており、それが芸術や歌や言葉へと昇華されている」(203)。このような強者の誇りと共存する弱者の痛みへの理解の深さが大詩人の規範を満たしている。ヒーニーにおけるこの震度計の敏感さはスターリニズムの圧政下でなお詩（あるいは言葉）への信頼を持ち続けたオーシプ・マンデリシタームへの共感の出どころと同じであろう。

「希望、信仰、詩――オーシプ・マンデリシターム」(Faith, Hope and Poetry: Osip Mandelstam)

「詩人は言葉への信仰を貫かねばならぬ。」(404) この一見余りに古典的命題は芸術への信奉が一種嘲笑の対象、或いは傲岸不遜のそしりを受けるほど「死せる大義」となっているかもしれないという危惧を取り上げる引き金である。それを十分考慮に入れてなお繰り返しその意義を唱え続ける必要が詩人の存在のアクチュアリティの証明となる。詩人マンデリシター

ムの誕生は古典的命題の今日的実践例として、ヒーニーの心をとらえたのは間違いない。詩人マンデリシタームに霊感を与え、その作品保存に力を尽くした、ナデージダ、クラレンス・ブラウンとW. S. マーウィンの翻訳など、彼の作品を消滅させたかもしれない条件を考えると、それを今日の読者に伝えた努力そのものが、詩への希望の信仰と深く関わっていることが分かる。その教訓から、ヒーニーは「詩は政治的立場の表明手段と見なす向きがあり、詩は芸術であるという考えが危機にひんしている」(409)アイルランドの状況に警鐘を鳴らす。それは政治的立場の主張を単純に否定するのではなく、その声の大きさが他を圧倒する危険を指摘する。マンデリシタームの詩の成立の政治的状況の困難が人を動かすのは事実であっても、それが彼の作品の芸術的完成度の味わいを曇らせてはならないのを主張する。

Ⅲ 「音楽の生成——ワーズワース、イェイツ考」
(The Makings of a Music: Reflections on Wordsworth and Yeats)
ヴァレリーの言う二種の詩、「授かった詩」と「計算された詩」の対比を使い、ワーズワースとイェイツの対象的な発想を述べる。

> 私の考えでは憑依とか「授与」というものは、警戒心や渇望、臨機応変の才などと同様、自然に生じて、詩人に何か書けそうな気持ちを植えつけます。また、詩の音楽とは授かったものに詩人がどう反応するかで性質が決まって来るようにも思えるのです。もし詩人がそれに身を委ね、最初に提起されたリズムに魅了されて恍惚となる場合、ワーズワース風の音楽になるでしょう。逆らわず、うっとりと流れに乗って泳ぐような音楽です。一方、最初に導くリズムの流れに詩人が身を委ねない場合、心奪われずそれを統御すると、イェイツ風の音楽になるでしょう。断定的な響きを持ち、耳を魅了するというよりむしろ耳を統制する音楽、初発のリズム形式に逆らいながら力泳する音楽です。 (96-7)

ワーズワースでは人物に思いやりと同情を寄せるためその人物を招魂し、その人物になりきってしまう。ワーズワースには緊張の跡は見られず、詩作というものを本質的に自然な衝動と性向に従う行為とみなす。他方イェイツでは詩作は従順なものではなく抑制に基づく行為 (117)、静かな回想

ではなく言語表現を最大限に駆使する統制や操作であり、苦闘であったという。 (125)

T. S. エリオットが批評家の道具は「分析」と「比較」だと述べたように、ヒーニーは二人の対照的な詩人を取り上げ、それぞれの特徴によって両者の違いを際立たせる。しかもその対比は奇矯な側面を個性と見間違えるのではなく、よく知られた対比を自分の流儀の比較に応用しているので、人も納得されやすい。

2 『言葉の力』 The Government of the Tongue

現実と対峙する

本書のタイトルは「言葉を支配する」と言う意味と「言葉が詩人を支配する」と言う意味の二重性を含んでいる。それは先に我々がワーズワースとイェイツに見たように、言葉が託宣のように空から降って来る有無を言わさぬ力に従うことと言葉の使い方に主体的に習熟し言葉を抑制制御する方向である。ヒーニーがこのような二方向の力学にいつから興味を持ったかは面白いテーマである。先のオドリスコルの（*Stepping Stones*）『飛び石』インタヴューの中にreddressを巡って興味ぶかい発言がある。「サンデイ・タイムズ文学賞」受賞のためにロンドンに出かけた (1988) のは西ベルファストの英国兵の発砲事件のあとで、「今まで見たうちで一番悩める国」の主題にまだ関わっていた頃であるが、その頃はまだ「詩の復元力」という表現を見出していなかったという（同書　323）。その三頁後で『精神の天秤』(The Spirit Level) の中の「秤にかける」('Weighing In') に言及して、この「復元力」「矯正力」「償い」を敷衍して「私は体質的には計量されるより自分で計量する方を採る」と言う。つまり「耐えに耐えて耐え抜く」受動的忍耐に代わり、時には「赦す苦痛に反対すること、悪には善を報いることに反対すること」も現世では必要ではないかと問いかける。たとえそれがイエスの教えに反することであっても。この抵抗の仕方が不当な抑圧からの解放という均衡の回復としての「想像力」の行使を主張する。（この問題は佐藤容子氏参照）。この『言葉の力』では先にイェイツでも見た詩

による「慰めの力」appeasementが「事を荒げる力」(exacerbate) に対比して印象的に使われる。同じパターンがオクスフォード詩学教授の連続講演『詩の復元力』(*The Redress of Poetry*) でも見られる。これらはこの項の最初に述べた二方向の力学への一連の興味とも見える。ついでながら「定着と離脱」(Place and Displacement) の発想も同じ流れと見える。

1）詩人の市民的役割　社会的責任
「ネロの興味深い例とチェーホフのコニヤックとノッカー」
(The Interesting Case of Nero, Chekhov's Cognac and a Knocker)

この序文とも言うべき巻頭エセーはベルファストの爆破騒ぎの最中に友人の歌手と詩のコラボとして、「詩と音楽の存在は、まずもって幸せと心の高まりを人に広めるためにある」(以下は『言葉の力』(国文社 訳) に依る)(10) 証明を創る作業が中断されたエピソードを語る。人が苦しんでいるときに歌い始めるという考え自体が人の苦しみに対する犯罪のように思えたという。その最悪の例がローマ炎上の最中に楽器を掻きならしたと言われるネロとされる。ある芸術には「現実についての冷淡さやそこからの乖離」(11) があり、それを恥じる芸術家が存在するという。この一つの例は第一次大戦に登場した「戦争詩人」ウイルフレッド・オーウエンである。彼は戦争の悲惨さを歌うのが詩人の務めだと述べたが、それは「芸術と人生の境界を消してしまうように見えた」(15)。オーウエンは「明白な愛国的義務が果たして本当に義務かと問いかける権利を手にするために、大部分の人が義務だと考えていることを行う緊張に苦しんだ」(15)。彼らを「証言者としての詩人」とヒーニーは規定する。

> 彼は呪われたもの、奪われたもの、犠牲となったもの、特権には程遠い者たちと詩人との連帯を代表する。証言者とはその人にあっては真実を語る衝動、圧迫された人びととの一体化が、書くこと自体と必然的に統一される人である。
> (17)

しかしそれにはそれの危険も存在することをヒーニーは見逃さない。「歌と苦しみの境界は、詩人の贖罪的政治参加によってぼかされることもある」(17)。

ヒーニーが次に挙げるチェーホフも医師としての社会的に認知された地位とは別に、作家としての位置には自らこの世に一角に、「己の芸を実践する贅沢にふける権利」(18) を獲得せねばならなかった。それがサハリンの流刑地の旅に彼を駆り立てた。これらは「美の上に真実を位置づける衝動、芸術がみずからのために要求したいと思う至高の権威を否定しようとする衝動」の例である。最後に挙げられる例のマンデリシタームは昂然と囚人のために書くチェーホフ、救済者として社会的贖罪を願ったオーウェンなどのような「直接の社会上の目的」は持たなかった(21)。しかし「自由に呼吸すること」、叙情詩人の本質とも言うべき、囚われることのない「真に自由に、完全に自分自身でいられる状態」(21) を求めることと、書くことが一致した例である。ヒーニーがこの問題にこだわるのはまたしてもアイルランドの詩人たちの直接の問題でもあるからである。つまりそれは＜「時代」の領域と自分の倫理的芸術的自尊心の領域において二面的に生き残る＞（22-3）困難を表しているからである。

「奪われし者の詩の回復」(The Poems of the Dispossessed Repossessed)

　別の項で翻訳者ヒーニーを扱う部分があるので、本格的な議論はそちらに譲るとして、彼が一貫して翻訳詩にも目配りしていた証拠がここにある。それのみならず、先にもあげた「復元力」、償いの問題としてアイルランドの被った言語的抑圧が彼の大きな関心事であったことは言うまでもない。アイルランド・テキスト協会の膨大なシリーズに比べた、ショーン・オトゥーマ編・トマス・キンセラ訳『アイルランド詩選1600－1900——奪われし者らの詩』(Sean O' Tuama with vense franslations by Phomas Kinsella: *1600-1900: Poems of the Dispossessed* (Dolmen 1981)) の書評である。そこでは「詩選集」に二つのタイプを上げ、『ゴールデン・トレジャリ』のポールグレイヴ型と『イマジスト詩選』などのエズラ・パウンドを挙げる。前者は美しい花を文脈から切り離し、編集者は陰に引っ込み、時代の「よい趣味」(91) を確認しようとする。後者は教育者で「好みは個人的で、しばしば対抗文化的である。先のテキスト・協会の対訳と比べて、オトゥーマ＝キンセラ編訳は「学問的な包含性よりも、批判的な選別を目

的」(91) にし、「規範を打ちたてているのではなく、ある感受性とある達成の明確化をしている」(91)。しかしこの対訳の試みはフランク・オコナーなどの翻訳と違い「翻訳が原詩に代わるものとして受け取られることを望まず、原詩へ戻らせるための道として提供されている」(91-2)。そしてヒーニーはキンセラの英訳に含まれるダブリン言葉の根底にある何か遺伝的なものを評価しながらも、「脚韻を否定し、魅力的な調べを潔しとしない」(93)或る厳しさにも不満を感じる。英語版タイトルの「奪われし者の詩」は「キンセイルの戦い以後のアイルランド語の詩の政治的不機嫌さと、これまた同じような失望感と不満感を帯びた訳者の英語とを、同列に置く」(93)、アイルランド文学の伝統の亀裂を意識しつつもその連続の回復に幾ばくかの希望を見ていた証拠としている。脚韻に冷淡であっても「音調」に関心がある、キンセラは「いま発話されていること、或いは構文や修辞的表現に構造化されつつあるものの、背後にあって働いたり、或いはそれと矛盾したりする秘密の精神」(94) を重視する。これはマンデリシタームの願った「真に自由な自分自身」、抑圧や歴史的・空間的条件からさえも解放される空間、「重さや力の自由な動き、全てが効率よく、個人的で、全ての細部が全体の構想に一致するような入り組み生い茂った建築的な森として考えられた人間社会」(175 「オシップ・マンデリシタームとナデージダ・マンデリシターム」) に保存されている理想の民族の伝統と言えるかもしれない。

2）変革の力

「言葉の支配」(The Government of the Tongue)

本論はこの書全体のタイトルともなっているので、その重要度も分かるのであるが、発想のもとにはC. K. ステッド『新しい詩学』批判がある。それは19世紀末までの論述的な詩に対抗して生まれた「イメージ、テクスチャー、そして暗示の詩の擁護」、「意志の敗北を示し、意識下の深みから、反駁し得ないもの、象徴的に輝くものが現れることを示している」(190)。これは心理学や夢を加えたロマン派のインスピレーション論のモダーン版である。ロバート・フロストのいう利害を離れた想像力に知性が介入する

ことを許さない世界、詩の自立した権威の承認される世界である。しかし他方に「詩が宗教的真実や、国家の安全や、公共の秩序に従属する」、「想像力の勝手な快楽主義的な働きが、よくて贅沢や放縦と見なされ、悪ければ異端あるいは反逆と見なされるような」(197) 場合もある。「真実を語るためにものを書くということの持つ破壊的、かつ必要な機能」(197) の詩の存在も認める。同じ詩人がこの二つの傾向に関わる例として夢遊病的感覚の『荒地』から哲学と宗教的瞑想の『四つの四重奏』に移ったT. S. エリオットを挙げる。この二つの移行の中に「詩の恍惚」をいましめ、いやむしろそれらの魅力の後に道徳的倫理的選択を受け入れようとする変化がある。「自らの過程に心を奪われてしまうという抒情詩の罪を咎める気になるのは、実はその過程の完全に成功した例を見せられているからにほかならない」(203)。この例の一つに、芸術の完全に免罪された必要性への信念を実践したイェイツについて、ヒーニーはリチャード・エルマンの言葉を引用する。「もしわれわれが苦しまなければならないのなら、われわれが苦しむ世界をみずから創造する方がいい」(204)。またヒーニーはもっと今日的な例にエリザベス・ビショップの「漁師小屋にて」をほぼ全文引用する。ニシン漁師が恵みを受ける海は次のように賛美される。

　　暗く　塩辛く　澄んで　動きまわり　完全に自由で
　　世界の冷たく固い口から引き出され
　　永遠に岩石の胸から生み出され
　　流動し引き出され　私たちの知識が
　　歴史的であるゆえに　流動し　流れ去る　　　　　　　　(216)

具体的な観察から始めて、つまり「主観性の行使によって相手を圧倒するような現象を嫌い、支配的な圧力よりも、助力者としての存在にとどまることに甘んじる行為」(205)。

　ヒーニー流には「細心の注意を払った記述」、「物理的世界の進行を徐々に記録し、最後に詩人自身の晴朗だが、決して大仰には言わない認識に到達する」(207) のがその魅力である。

　そこでは「よく訓練された詩的想像力が、思い切って大飛躍をしようという誘惑に駆られ、ためらい、それから強い自信をもって実際に飛躍する

過程のスローモーション」(217) がある。このような証言の存在自体が詩の機能の無力と有力、「召集と解放」を何よりも雄弁に物語る。

「ローウェルの命令」(Lowell's Command)
このエセーもまた詩の自立した空間とその外の社会という枠組みの対立、無償の行為と社会的有効性の対立を巡るものである。マンデリシタームの「自分のうなじに剃刀を当てる」自己浄化の方法で不当な外部の要求に対応した道行をヒーニーは「彼の真の声と存在が己を表しうる唯一の方法、自己を正当化することの可能な唯一の方法であった。この瞬間から純粋に叙情的な創造の快楽主義と喜悦は、本質的に道徳的な次元の性質を帯びるようになった。ものを作ることと真実を語ることという詩人の二重の責任は、こうして一個の詩を書くという形のなかで同時に遂行されることとなった。」(269-70) と評している。この言い方はヒーニー自身の努力の方向が奈辺にあるかを改めて示してくれる。一貫してまず詩の発生の「自由な空間」、社会的有効性という強力な圧力からの解放を主張しながら、その上での社会的責任に戻って行く。ローウェルの前者は「書くことは何か深い衝動、深い霊感から生まれなければならない」(262) であり、後者は構造・構想・押韻といった「技法はまた自分の集団とその言語に対する詩人の盟約」(262) といった言葉で表現される。ローウェルがニューイングランドの伝統のウィンスロウ家とローウェル家の権利を捨て、ローマカトリックに改宗して「アメリカの歴史と文化の責任者のように語るのを引き受けた」ことは「美的本能を、公的行為の領域において道徳的な意義ある証言をする義務にむすびつけることに成功した」(266)。これは前年に海軍と陸軍に志願しつつ（返事はもらえなかったようであるが）、1943年に、良心的兵役忌避者として監獄に入った事件を指している。最初の行為がアメリカの理念の民主主義への挑戦と受け取られた日独の攻撃に対する市民的連帯の表れとしても、後者はハンブルグやルール地方への爆撃が「国家間の正義や慈悲の法」を無視した同じ全体主義的行為の表れとして、今度はアメリカの民主主義の理念からの告発であったという。それは「文学伝統の同化ではなく喚起された詩の声を基礎にした権威ある地位の発見」

(276) である。その地位が権威あるものとなるのはときどきのご都合主義的基準に左右されるものではなく、時空を超えて自らにも同じ苦い基準を進んで当てはめようとする決意があるからである。この必要な場合の自己否定こそローウェルの詩の「力強さ」「自由に鳴り響くように話す言葉」(276) の秘密である。

3) 離脱と回帰
「鳴り響くオーデンの詩」(Sounding Auden)
このエセーもすでに我々に馴染みとなったヒーニー (オーデン) の一種、慣行的な二項対立のテーマを巡って展開する。詩の権威と詩の音楽、真実を語り続けた歴史と響きのよさ、精神への影響力と技術的手段(言語と形式の多少とも記述可能な効果)、賢明で真実な意味を作る問題と魔術的呪文、それぞれをプロスペローとエアリエルに割り振りする(223-4)。しかしヒーニー (オーデン) はこの二項対立を絶対矛盾とは考えず、両者の弁証法的和解の道を示す。「詩人たちは私たちに何らかの真をもたらすには必ずその詩のなかに問題となるもの、苦痛なもの、混乱したもの、醜いものを導入するほかない」(224)(オーデン『染物屋の手』[ロバート・フロスト論])。それは「真」とは美醜両面に関わることを否定しない。今の二面性の前者が知性による「真」への接近を意図した瞬間から、それは社会的な役割を負うことを意味する。世界を秩序付ける機能を詩に求めたとき、詩は美と呪文の世界から、「呪文から覚める」役割も併せ持つようになった。優れたオーデン研究者のサムエル・ハインズは別の言葉で先の二項対立の統合を次のように語るという。「彼 (オーデン) が求めていたのは代替の世界、新しい意義ある形式から成り立つ想像力の世界、それによって文学が危機の時代に一つの倫理的役割を果たしうる想像力の世界であった」(Samuel Hynes: *The Auden Generation* Random House 1992の序文) (233-4)。社会と倫理と効率を考えたとき、美は既に知的分析と他者への説得という共同体の言語の領域に浸されているのである。それはまた「最初からオーデンの想像力は、ヨーロッパおよび英国という外部世界に起っている大きな図柄と、自分の内部に写るちいさな図柄を関係付けるのに熱心であった。彼は

再生か破局かを迫る公共の世界の危機を、自分の人生での行為と選択という差し迫った私的危機と類似したものと感じていた」(236)という、公私の次元をどう連続させるかの問題でもあった。

しかし、この種の倫理性・社会性・人生的価値への傾斜はそれなりの犠牲も支払われた。初期オーデンの最大の魅力の意外性、T. S. エリオットに比べてもはるかに大きい意外性、「聴衆がしがみつく意味の合意と定着を避けること、風変わりで威勢がよくて矛盾すること、生意気な態度をとり、毛を逆立て、聴衆を悩ませて目覚めさせておく権利を保持すること——これらは詩がいっそう充実した生命を持つようにし続けるためには、許されるばかりか必要なことでもある」(250)。この位相から後期の存在肯定への変化、「剥き出しの針金のショックよりも、毛糸のような柔らかを求める」(252)態度、『霧よ、ありがとう』の「悲しむのは止めよう／むしろ残っているものに力を見つけよう」への移行は「言語の自立性のある程度の後退であり、言語の野性的新芽の検閲的矯正」(256)として、ヒーニーは惜しんでいる。

「光の海」(ラーキン) (The Main of Light)

作品の中には「穴」があってそこを抜ければ「光の海」の幻視に満たされることが起こるものがある、その一つの例がこの言葉のあるシェイクスピアのソネット60番である。「これは人の世のうつろいの悲しみを鋭く感じながら、一方では隣接する「晴朗の世界」へのあこがれをも秘めた詩」である。それはラーキンの詩の第一の魅力、情愛深い、ごまかしの効かない心とそれ自身の苦境・・・との対決」(55)であるからという。それは憧れや「身を捧げるべきもっと透明な真実への未練」というようなある距離を持つものというより、いったん生じたその瞬間は有無を言わさぬ実感を持って迫るものである。「輝く静寂の中心部」(60)、「心を鎮めるこの瞬間の真正さ」(62)、「社会的、歴史的な領域を越えた領域」(64)、どう名付けようとそれは「詩人の感性の根底にあるゆえに否定されることのない夢の世界への愛着」(69)の表現である。

年を取るということは、多分明りのついた部屋が

頭のなかにあって　人びとがそのなかで芝居していることなんだろう
　　　　　　　　　　　　　　　　　　　　　　　　　（'The Old Fools' 68）

　この純粋な真正さで語られる真実は仮に一人の人の「頭の中」のできごとであっても、そこにいたる「穴」を通りさえすれば「光の海」が溢れだすメッセージであることを疑わせない。ヒーニーも引用している「人生の可能性をせばめて世界中を病院にしてしまった」(71)という批評はラーキンの集中度からくる狭さと局部性を表してはいても、先の「否定されることのない夢」は広さの概念では測定できないものと言える。

3）追悼

大きく費やされたエネルギーは
大きな持続性と同義である（ロバート・フロスト）

　2014年4月6日から17日まで、世界中からの170人を超す人々を集めたこの集まり（クイーンズ大学、ベルファスト）はシェイマス・ヒーニー・センター長の詩人キアラン・カーソンを中心にマイケル・ロングリ、ポール・マルドゥーン、メイヴ・マクガキアン、ポーラ・ミーハン、ポール・ダーカン、ジェラルド・ダウ、シニード・モリッシなど日本にもなじみの人々の自作朗読、批評家のニール・コーコラン、ジョン・ウイルソン・フォスターなどの記念講演、さらにはヒーニーの眠るラウレル・ヴィレッジの墓地までの半日ツアーなど盛りだくさんのものであった。日本からの参加者は学習院大学のアンドリュー・フィッツサイモンズ教授と筆者の二人だけであった。

　ヒーニーの追悼文の多くは彼の気前の良さをその大きな美徳の一つに数えている。とりわけ私的な場での彼の人との接し方にその例を多く見た経験がある。いつも自分の都合などを後回しにして、彼は学生の要求に気軽に応じていた。筆者自身にもそのお相伴に預かって、優れた教師のあり方の手本を教わった。

　彼から受けた好意の一つに、ある詩歌集があり、そこに、引用による献辞があった。

　　　きちんと書かれたどの一遍の詩も、書き手の意思が、芸術・政治・学校・教会・実業・愛・結婚など一つの仕事あるいは経歴において、その意思の元の意図が仕上げの結論に向けてより深く仮託され、ついでその意図が強いものであったか弱々しいものに終わったかが精力投入の結果で判定される、そのエネルギー投入の大小を象徴したものである。エネルギーの大きな消費は大きな持続性と同義である。『ロバート・フロスト詩集』（モダー

ン・ライブラリ版序文)

　このように投入されるものは芸術家の作品創出に費やされたエネルギーであったり、教育上生徒の精神に永続する教訓を与えることであったりすることがわかる。またフロストの文脈から投入と持続は経済的な活動の比喩でもあることがわかる。価値ある出費は価値ある財貨の使い方である。

　しかしヒーニー自身は芸術作品を創造したり、教育の準備をしたりすることはどれほど人を疲労させるかについて率直に語っている。彼は自分でその精神の中で起こっていることを綿密に調べている。彼はこのことを少しの自己憐憫も無く論じ、むしろ自信のある魔術師が種明かしをするようにこの過程を語るのを楽しんでいるようでさえある。彼自身の言葉「詩の創作の実験学級の1学期のあと、「詩人は最後は疲れ果て、その仕事を憎むようになってしまうこともある。」と言う彼自身の言葉についての質問に答えて、次のように述べている。

　疲労させる話をしたのは他者の希望や内面に深く身近に関わって仕事をするときに人の精神が蒙る疲労と悲しみを認めようとしていたに過ぎない。人を疲労させるものは一方で反応を率直に期待すること、考え得る限りでの正直な反応、真実の判断に到ろうとする努力のせいであり、もう一方では養成もまた必要であり賛美も求められるという意識のある事である。(『飛び石』275)

　ここにあるのは可能な限り正確に真理を語ろうと熱心な一人の人物である。ヒーニーは彼の先輩のフロストのような詩人＝教師の二重性について正しい指摘を行った。一再ならずヒーニーはフロストが二つの要素、詩人と教師(もしくは批評家)を融合させたかを認めている。この種の人物は「創作と言う孤独な箱の中の詩人から創作と聴衆との関係へと」移動することができる。さらに後者に置いては2種類の批評家、「これはすごい、ぜひとも自分のものにしたい」という『鑑賞者』と「これは本当に所有する価値があるのだろうか」と問いかける『判定者』である。ヒーニーは言う、「フロストは偉大な教師であった、なぜなら彼は詩人だけに留まらず、一人の批評家、これらの二つの機能を併せ持って、大聴衆を作り出したからである」と。(『飛び石』458)

11　シェイマス・ヒーニー

　大聴衆をひきつけるには彼らを満足させる何かを、重要で感動的で記憶にとどめ繰り返し考えに乗せ、要するに如何に生きるべきかを考える手立てとなるものを与えなければならない。こうして優れた教師の重要な一つの特徴は聴衆あるいは読者の期待を満たす必要を感じることである。これらの期待は日常的な学習で育てられ、ひとたび満足させられるとそれらの期待はより強くより高いものとなる。こうしてより高いものへの精神的機能は読者の憧れと教師の喜びの両面で補足的、弁証法的に強められる。
詩人＝教師もしくは詩人＝批評家は二つの領域の中間で仕事をする人であり、ヒーニーのオクスフォード大学の連続講演『詩の復元力』の主題でもあった。講演の最後で彼は自分の話してきたことは「ロイ・フォスター教授の命題にいくらか近い」ことを認めている。まず引用されたフォスター教授の文章は「一つの柔軟な定義としてアイルランド性を考えるために我々自身のアイルランド性の主張を放棄する必要はない。東西の排他的ジハード主義の時代にあって、人々は一つ以上の文化的アイデンティティを宥和させうるという考えはこのアイルランド性を推奨する多くのものを持っているかもしれない。」Eugene O'Brien; *Seamus Heaney* (Pluto Press 2003)

　ヒーニー批評家のユージン・オブライアンのよると、フォスター教授のイェイツの伝記をヒーニーは共感を込めて読んだようである。オブライアンはこの伝記のヒーニーによる書評を引用しながら、アイルランドの歴史修正主義の考え、歴史を複眼的に「包容的意識で」見ることのヒーニーへの影響を強調している。この引用された書評（1997）と先の講演（1995）の時間的近さはヒーニーが考えていた理念の親近性をうかがわせる。

　ヒーニーのオクスフォード講演の結論は次のようである。

　　・・・言い換えれば、制度的レヴェルで政治的調和達成の可能性が何であれ、私は次のことを肯定したい。つまり我々個々人の自我の内部で実践的と美学的（詩的）といえる知識の二つの領域を和解させることができると。また知識のそのどちらの形態も他方を補い、両者の境界はそこに越えられるべきものとしてあるということを肯定したい。（『詩の復元力』*The Redress of Poetry* (Farrar, Straus and Girou 1995) 202-3)

この講演の締めくくりにヒーニーはクロンマクノイス修道院の神秘的な出会いを歌った自作の詩を引用する。それは祈っている僧たちの上で中空に一艘の船が現れる。船の碇綱が裁断の手すりに引っかかり、船は動けなくなった。一人の船乗りが外そうと降りてきたが駄目だった。それで僧正様が船を進ませるのに乗組員を助けよと僧たちに命令する。この物語は祈りの応えてひとつの奇跡がおこり、それが人の目に見える形で生じたのである。
　しかしこの奇跡の出来事は現世の対応と交感を必要とする。奇跡は奇跡を奇跡として受けとる人にのみ奇跡でありうる。二つの領域の交錯は相互の利益を伴って初めて成立する。

　　　　　決済　Ⅷ
　年代記に記す。クロンマクノイスの修道士たちが
　祈祷所で全員祈っていた時のこと
　彼らの頭上の中空に一艘の船が現れた。

　碇が後部の後ろに深く垂れていたので
　内陣の手すりに引っかかった。
　そして、大きな船腹が揺れてぴたりと止まったとき

　一人の水夫が手足をからませ綱を伝って降りてきた
　解き放とうと苦労した。だが無駄だった。
　「この男はここでは生きられないで、溺死するだろう、」

　僧正様はおっしゃった、「わし等の助けがなければな。」そこで
　皆は助け、放たれた船は航行続け、その男は上に戻って行った、
　予想していたとおり奇跡の世界から抜け出して。　　　　(203)

ニール・コーコラン教授はこの詩について、同じような考えをもっと明確にうまく述べている。「このちょっとした奇跡の物語は存在の二つの領域、想像と現実、あるいは宗教心と経験、詩と事件と言う二つが共存し、相互依存的で、互いに相手への寛大さと言う行為において互いに依存しあっているありようを象徴している。この詩は他者の承認と魅力に依存した寛大な慈悲の推奨である。」(*The Poetry of Seamus Heaney —A Critical Study*

Faber 1998)

　コーコランは神学論争に関わらないように、詩の意味を事件の後遺症に限定するように留意している。しかし筆者はあえて異端的に天使の使命は人間の協力を待って始めて完了すると考えたい。仕事が終わると、「その男は奇跡の世界から抜け出て（船に）戻って行った。」奇跡の起こるのは現世においてだけで、そこでは船乗りは長く留まりえないのである。だからこそこの年代記は二つの領域のどちらでも例外的な人物だけに目撃されることができた。このエピソードの解釈は多様でありうる。しかし重要なのは二つの領域が相互依存的で、「境界を越える」おそらくは「再度超える」ものとしてあることである。

　優れた師人＝教師の機能は創作と鑑賞の仲介者として行動することにある。教師は想像力を駆使して注意深く読み、明晰さを伴って熱い思いで考え、情熱を込めて説得的に語ることである。こうして詩人＝批評家は二つの領域、実践と詩の領域、有効性と審美性の領域を橋渡しする。第一の領域の用語は社会的で機能的、後者のそれは信頼的で私用的である。この私的世界の神秘を社会的に信頼される言葉で語る能力とはイェイツを論じたオーデンを響かせる。「真の民主主義の社会的美徳は仲間意識と知性である。その言語的対応の美徳は力と明晰さである。」（Auden; The Public v. the Late Mr. William Butler Yeats）

　フロストはイェイツやオーデンとよく似ており、ヒーニーは同じ美徳を称え、それを次世代に手渡すという、似た精神構造を受け継いだ。さらに、すぐれたきょうしは自分の経験からの生きた証拠を提供できる。一行の解釈にはゆっくりかすばやくか、規則的にか飛び跳ねるようにか精神の動きの奇跡を示すことができる。だからこそそれはより教訓的といえる。

　ヒーニーの息子マイケルはこの詩人の家族に向けた別れの言葉として、「恐れるな」であったことを語っている。これは単純な命令文としてではなく、謙遜を込めた「可能なら同じ道を一緒に歩もう」と言う提案とも読める。そこに見られるのは自分の提案の困難さを知っている人の態度である。これはまた彼のメッセージが読者もしくは聞き手により親密に響くヒーニーの言葉の秘密でもある。

批評家の仲介役としての役割のもう一つのものは対立する二つのグループの調停役である。批評家の仕事はどれほど細いものであれ、現実の困難さの中で共通因子の平和の糸を見つけることである。『プリオキュペイションズ』と『言葉の力』の評論集で、もっとも印象に残る言葉の幾つかは精神を和ませる詩の機能についてのものである。前者に置いてヒーニーは「荒げる」と対比させて「和らげる」を使い、後者では「宥める」「書き立てるよりも揉み解す」、つまり精神の乱れを荒げないことを述べている。これらは闘争に引き裂かれた国からの人間にはごく自然な理念である。(*Preoccupations*; 'assuaging' (17) contrasting 'exacerbation' (29), and *The Government of the Tongue* ; 'appease' and 'massages rather than ruffles' (121), so as not to exacerbate (xxii) the disturbances of the mind.)

　しかしそれは彼がいつも妥協に走るわけではないことを意味する。ペンギン社の現代イギリス詩選の場合のように必要が生じれば彼は断固たる『ノー』を言えるのである。大文字の『ノー』は民主主義の語彙である力と明晰さの中に含まれるのである。

　ペンギン社の『英国現代詩選』に誘われたときのヒーニーの有名な断り状は以下のようなものである。

　「私のパスポートは緑／一度もグラスを挙げて／女王陛下に乾杯したことはない。」

　詩人＝教師の仕事の二つの側面は神秘的であるとともに説得的であることである。前者は模倣など不可能で、詩人の語る権威ある真理は受け入れるほか無い。後者については話者は神秘の過程を言語化して分析的で伝達可能なものにする。読者と聴衆はその経験を共有し、正確な思考過程を模倣し習得することができる。このように我々は自分の精神を分析することに興味を持って携わることができる。こうした教育で教わることの喜びと満足は我々の心にその教師への感謝の念を生み出す。そしてこの機能に置いてヒーニーの気前の良さは感謝することに含まれる宝物の存在を我々により強く意識させる。

12 補　遺
イーグルトンのポストモダニズム論
── テリー・イーグルトン『ポストモダニズムの幻想』によせて

　イーグルトンの多くの著作に親しんだ方から見れば小生の印象は駆け出しの素人談義かもしれない。しかし以上に述べてきたようにモダニスト詩に育てられた人間から見ればイーグルトンの所論には大いに我が意を得たりというところが多い。それは彼の基本的スタンスがポストモダンよりモダニストに傾いている同質性（彼には迷惑かもしれないが）を感じるからに他ならない。

　まずポストモダニストの「古典的概念を徹底的に疑う思考法」（森田典正 訳『ポストモダニズムの幻想』（大月書店　1998）5）があげられる。そこから「自己観照的で、戯れ的で、模倣的で、折衷的で、複数的」（6）という形容詞が生まれる。それらがどの程度に時代的社会的反映（変化の一過性という意味で）であるかはいまだ不明であるが、その反映である基本的性格には豪も疑いを入れない。

　　（ポストモダンについて）「全体性」が信じられなくなる大きな理由は、自
　　分たちの社会的存在を広い政治的枠組みの中において検討しなければなら
　　ないという、切実な思いを知識人が共有しないからである。
　　　　　　　　　　　　　　　　　　　　　（以下は森田 訳に依る）（22）
　　刑務所、家父長制、肉体、絶対主義的政治体制の全体を話題にすることは
　　許される一方、生産形態、社会組織、思想体系の全体についての議論は、
　　いつの間にかタブーとなっている。　　　　　　　　　　　　　　　（23）
　　一人の人間のなかに、鈍感すぎるほど自己同一性が強すぎて、他に向かっ
　　て自分を開けない自我と、あまりにも分裂しすぎて初めから開くものを持
　　たない自我とが肩をぶっつけあっている。　　　　　　　　　　　　（28）

最初の引用にあった「自己観照的」の意味は不明であるが、他者批判の場合の急進性・攻撃性に比べて、自己を観る目の鈍感さはここに指摘されている通りである。それはまた同時代の中にあまりにどっぷり浸かりすぎて、

その風潮と自分が見えないか、時代と社会があまりに強い一色に糊塗されているせいで、その特性の自覚に盲目になっているせいかであろう。家父長制や肉体という話題をそれ自体として論ずることへの執着は、今までのどの時代よりも顕著である。

> ポストモダニズムの最大の功績は、セクシュアリティ、ジェンダー、エスニシティの諸問題を、政治的議論としてしっかり定着させたことであった。(37) その理由の一つは「いまや文化的左翼は日常生活を陰で支配し、あらゆる分野で我々の存在を規定し、国家の運命を決定し、国家間紛争の行方を大きく左右する権力に、無関心か、全く触れようとしないという滑稽を演じている。国家、メディア、父権性、人種差別、新植民地主義といった抑圧的な制度は、ポストモダニズムにおいて、必ず議論の対象になるにもかかわらず、これらすべてに共通する永続的な社会主義的課題、あるいは、少なくとも、これらすべての根底に秘められた政治問題は、完全に無視されているのである。 (38)

伝統的左翼の無力感、分断された文化意識のような間隙をついて、ポストモダニズムは疑似的にもせよ、「生産形態や社会組織」の一部をあたかも全体のように論じることに成功した。こうした自己の認識の中で、分断され断片化された現実の一部を全体と錯覚するのがポストモダニストの一つの特徴でもある。そのようなことが生じる一つの原因は自己認識を批判的に分析する視点に欠けていることと無関係ではない。これがイーグルトンのポストモダニストに向けられた最大の不満であり、批判であるように思われる。

> 知識を不確定的、自己破壊的、権威を抑圧的、一元論的とするポストモダニズムの認識にはユークリッド幾何学の学者だけが持つ絶対的確信と、教会の大司教だけが持つ絶対的権威が感じられる。ポストモダニズムの批判精神は大変優れたものであるが、問題の批判精神は自らの仮説に対して向けられることがほとんどない。 (43)

> ポストモダニズムは社会現象に対して、例えば、雑種は純血より、多様は単一より、差異は同一よりも好ましい、というようなことを、まるで普遍的倫理であるかのように主張している。しかし、普遍性こそ、ポストモダニズムが非難する啓蒙主義の時代から受け継がれた負の遺産ではないか。反現実主義的立場の認識論と同じく、ポストモダニズムも世界が現実的に

12 補遺　イーグルトンのポストモダニズム論

表象される可能性を否定する。にもかかわらず、それが常に行っているのは、世界の現実的表象なのである。　(46)

ポストモダンの理論は、マシュー・アーノルドと同様、すべての批判的自己分析においては、絶対的中立性とともに、歴史的状況からの十分な距離が必要であると強調する。しかし、ポストモダニズムはこれに執着するあまり、批判的自己分析の機会が、人間という動物が世界とかかわりあう、そのかかわり方の中に備わっているということに気がつかない。　(56)

（ポストモダン的）自我が自由なのは・・・自我が何者によっても決定されないからではなく、自我は何者によっても決定されないという前提によって決定されているからである。　(64)

ポストモダニズムが独善的なのは、普遍に反対する立場を普遍化していることであり、共有された人間性という概念を、全く無意味なものと結論つけていることである。　(73)

ジェルジュ・ルカーチからロラン・バルトにいたるまで、ほとんどすべての思想家が主張していた、すべてのイデオロギーは「自然化」の試みであるという意見も間違っている。ポストモダニズムはこの自然化を痛烈に批判するが、自らの思考システムを絶対化することで、彼らも自然化の過ちを犯している。ポストモダニズムは「物質主義」の称号を言葉の上では自らに与えながら、人種差別、性差別を生んだ生物学主義への反動から、人間のなかでも最も物質的な生物学的構造に言及することを避けるようになったのである。　(84-5)

先に「全体性」批判、価値体系批判の例を挙げたが、次には歴史批判も登場する、歴史に目的に向かう物語性を読み取るのが従来の価値論の一つの典型としたら、ポストモダーンはそれも否定するのは論を待たない。しかし社会主義もその目的を非理性的なもの（自然災害のように）から解放を願うとはいえ、逆に抽象的カテゴリに収れんした決定論にくみするわけでもない。「理性的に統制された歴史というのは、無慈悲な運命にそれほど影響を受けていない状況のことである。」(145) そしてポストモダンでは理性と自由を対立させるが、それは理性が脱領域的欲望を撃退させようとするからだという。「しかしいい意味での自由は規制なくしては考えられない。自由が達成されるためには、しっかりと秩序づけられた基盤が必要だからである。」(146) 言うまでもなく『自由とは必然の認識』であるか

らだ。

　そこでイーグルトンは従来の目的論的歴史観を三種類挙げる。
　　幸せでいくらか退屈な黄金時代、「原始共同体」
　　その崩壊後の不統一だが活気のある個人主義社会
　　以上の二つの融合した至福状態。
それぞれに長所はあったが前代の欠陥を引き継いでいたのも確かである。もちろん改良を伴いつつだが。そして現代は個人主義的自由・精神的豊かさ・人間の平等・普遍的権利の観念を孵化させた。しかし同時に冷淡な時代的秩序も同時に発達させた。重労働・抑圧・搾取・激しい権力闘争・陰険な神話・軍事暴力。このように相矛盾する要素を内包しつつ変化してゆくのが歴史であり、ユートピア実現が幻想としても、盲目的反動や未熟な進歩思想には「警鐘」(148)になる。そしてイーグルトンはもう一つの目的論の存在を提示する。それは「歴史というよりも個人に関する目的論」、カント流のカテゴリカルな「義務概念、個別の道徳的自我・個々の行動における善・悪」ではなく、アリストテレス的な「現実的コンテキストにおける、生活の形態、構造、質、つまり一言で言えば、美徳の観念に照準を合わせたものである。美徳とは人間の持つ能力が適切に、存分に発揮された結果であり、また、実践であり、実践の結果である。」(150)

　またすべての思想はその出自の条件に左右される。ポストモダニズムの多くはアメリカでそのむつかしい政治的課題を反映しながら発生した、あるいは広まった。「アメリカのポストモダニズムは反自民族中心主義に拘泥するあまり、自民族中心主義的色彩をおびてきている。こうした現象はそれほど珍しいものではなくて、アメリカはしばしば独自の政治的問題を、世界共通の問題として、全世界に認識させようとする。」(166)「ポストモダニズムが一般的人間性の理念を疑問視したのは、マイノリティを強く意識した結果であった。しかし、実際に人種差別の被害にあっているマイノリティを救うために、なぜ一般的人間性の否定を言う必要があるのか、その疑問は消えることはない。」(167-8) ついでイーグルトンは他者批判の急進性、その普遍的理性批判の先にある「理性全般についての懐疑性」に向かい、こう述べる。「最良の理性は寛容といったものに近い。なぜなら、

それは他者の主張の真実性と正当性を、自らの利益と欲求を犠牲にしてでも受け入れる態度なのだからである（168）。そうした相補的な行動に対しポストモダンの「反自民族中心主義」の主張の裏返しには「自らの文化に批判の矛先が向けられる」のを回避している（168）。

ここにもまた批評の最も原点的な原理「己自身を知る」ことへのポストモダンの欠落ぶりが指摘されている。「ヒューマニズムは人間にある本質、あるいは、共通の特質を認め、すべての人間が共通の倫理、政治的能力をもつと信じる立場」（176）、これがポストモダンと反ポストモダンの分水嶺とされている。

ポストモダンが人種差別・民族性・自己同一思考のパラノイア・全体性の危険・他者性の恐怖の理解に果たした貢献は認めつつ、イーグルトンは文化相対主義・道徳的約束主義・懐疑主義・プラグマティズム・局所主義・連帯と組織秩序の嫌悪・政治改革その理論欠如をその否定部分として挙げる。これらはまたヒューマニズムの側での未成熟と「現在」という時点での負の遺産の混在の問題を表していると考えるべきなのだろう。

いずれにしても、本書に所収したモダニスト各論は、ヒューマニスト的立場を離れがたい筆者の限界と他方でのその真理性を保持するその伝統への賛美の反映からは逃れられないように思う。

あとがき

　もう随分前になるが、工藤好美先生の立川のお宅に出入りさせていただいたころのことである。先生から英国モダニスト・ポエトリについて「華開くモダニズム」というような書物を書いてはどうかなどと謎めいたお話を伺ったことが記憶に残っている。これは先生がご自身で計画されていたことなのか、小生に何かそのようなものを書いたらどうかとの謎かけだったのか、今もってわからない。というのは先生ご自身の関心事を半ばつぶやくように、半ば自問自答するように、そしてまた若い相手に向かってその反応を確かめるようにお話しされるのが多かったからである。その一例は『無意識の世界』で土居光知先生と対談されることが決まって後、その機会にどんな話をすればよいかをいろいろ思案されていて、いくつかの話題が若い世代にどんな反応を引き起こすか試しておられたような時期があったからである。

　ここに収めた論考は先生のそんな提案を無駄にした劣等生の試論の寄せ集めである。考えてみれば自分の欠点がますます明らかになるだけかもしれない。それは何かに一心に集中することが不十分で、あれこれする割にはどれもが中途半端に終わった結果をさらけ出しているからである。ただそうした一途さへの憧れだけは持ち続けてきた。イェイツ、大江、ヒーニーと、考えれば身近に絶好のサンプルを与えられたこれまでであったといえる。

　「中途半端」ではあったが、ここに集めた詩人たちについて暫定的にせよなにがしかの一つの自分の鑑賞度を確認する機会を与えていただいた方々へのご恩は一言述べずにはおれない。

　発表の機会は次の通りである。

1 ）エミリ・ブロンテ　　　　　ブロンテ協会　　2008・10・11
2 ）ハーディ　　　　　　　　　ハーディ協会　　2007・10・27
3 ）エズラ・パウンド　　　　　パウンド協会　　2014・11・1
4 ）イェイツ
　　　　　一心になること　　アレーテイア　27号　　2012・
　　　　　大江とイェイツ　　　　　日愛協会　　2013・3・23
　　　　　一心になること　改訂版
　　　　　　　　　　『中部英文学会論集』　　（2016）
　　　　　イェイツとロレンス　日本ロレンス協会　2006・6・25
5 ）戦争詩　　　　　　　　中部英文学会　　2005・8・31
6 ）T. S. エリオット　四つの四重奏
　　　　　　　　　　Kobe Miscellany no.17　　（1991）
7 ）ロレンスのモダニティ――エリオット批判の後に
　　　　　　　　　　日本ロレンス協会　　2002・6・8
8 ）オーデン　　　　　　　　　　　　　　書き下ろし
9 ）マクダーミッド　　木村正俊編『スコットランド文学』
　　　　　　　　　　　　　　　　　　　　2011加筆訂正
10）ミュアー　　　　　　カレドニア学会　　2004・6・5
11）ヒーニー　　『モノを見る』詩集・評論集『プリオキュペイション』・
　　　　　『言葉の力』　　　　　　　　　　書き下ろし
　　　　　　　追悼集会報告（ベルファスト）　2014・4・7
　　　　　　　和訳版　神戸『半どん』163号　2014・12
12）イーグルトン　　　　　　　　　　　　書き下ろし

　もう一つお断りを付け加えなければならない。タイトルに「英国」を付け加えたにもかかわらず、アイルランドとスコットランドが加わっていることである。最近の独立志向を考えればそれらを「英国」に含ませるにはためらいを禁じ得ない。では「英語」もしくは「英語圏」を付け加えるかと言えばアメリカは勿論のこと、カナダやニュージランド・オーストラリアさらにはグローバルな地域を考えなければならない。従ってこの命名には筆者の学問的な歩みの歴史的限界が大いに反映していることをお断りし

あとがき

ておかなければならない。

　そしてまたこれもいつものことながらまたしても溪水社社長木村逸司氏を煩わすことになった御礼が最後になったことである。氏にはこれまでも幾度かお世話になって、そのお仕事ぶりが信頼できること、小生の財政的事情もよくご存じなことなど、幾つか手前勝手な理由はある。しかし何よりもお仕事を通して、幾つかいただく助言の的確さが魅力なことが最大の理由である。改めて感謝を記しておきたい。

　同じく同社編集部の西岡真奈美さんの綿密な仕事ぶりにも敬意と感謝を捧げたい。

【著者】

風呂本　武敏（ふろもと　たけとし）

　元神戸大学教授、元愛知学院大学教授
　元国際アイルランド文学協会日本支部会長
　『半歩の文化論』（渓水社 2003）
　『見えないものを見る力』（春風社 2007）
　編著『アイルランド・ケルト文化を学ぶ人のために』（世界思想社 2009）
　『W. H. オーデンとその仲間たち』（京都修学社 1996）
　イェイツ、オーデン、ヒーニーなど翻訳多数

華開く英国モダニズム・ポエトリ

平成28年12月20日　発行

著　者　風呂本　武敏
発行所　株式会社　渓水社
　　　　広島市中区小町１−４（〒730-0041）
　　　　電　話（082）246-7909
　　　　ＦＡＸ（082）246-7876
　　　　E-mail: info@keisui.co.jp

ISBN978-4-86327-379-5　C3098